楊照作品集④

# 問題年代

# 目次

作品集總序　　　　　　　　　　　　　005

自序：問題年代　　　　　　　　　　009

## 第一輯

迷彩券，到底迷什麼？　　　　　　　014

性派對給台灣什麼啟示？　　　　　　023

為什麼台灣人不唱國歌？　　　　　　030

總統的眼睛看到了什麼？　　　　　　037

我們要什麼樣的總統紀念館？　　　　046

為什麼我們那麼拙於協商？　　　　　053

我們的葛林斯潘在哪裡？　　　　　　062

中央銀行是幹嘛的？　　　　　　　　069

台灣的「商業文化」在哪裡？　　　　078

教改為什麼失敗了？　　　　　　　　084

什麼是「大學」？　　　　　　　　　093

什麼是「知識分子」？　　　　　　　100

新一代的知識分子在哪裡？　　　　　106

台灣評論界「入戲的觀眾」在哪裡？　115

為什麼聯合國無法阻止戰爭？　　　　124

為什麼要服從多數？　　　　　　　　132

我們瞭解法律嗎？　　　　　　　　　139

## 第二輯

私心的悲劇、王充的悲劇　148

新舊錯雜時代所需要的智慧　154

悲劇英雄拿破崙　162

傻子當家的社會　171

最好的壞皇帝、最壞的好皇帝　178

人情智慧與政治智慧衝突下的悲劇　186

電影中看不到的珍珠港　194

美國女孩書桌上的日本骷顱　202

人權的終極基礎　208

雷根一生中最精采的一場戲　215

恐怖主義的根本矛盾　224

向卡斯楚學習！　232

英國和台灣都找不到執政黨以外的選項　240

彼得・杜拉克的洞見　249

狂風暴雨式的「李登輝新聞」　257

不服輸、輸不起的艾佛森與李登輝　263

這就是棒球、這就是人生　270

棒球真的復活了嗎？　276

楊照創作年表　283

# 作品集總序 　　　　　　楊照

　　我少年時候讀徐志摩的〈自剖〉，深感困惑。文章一開頭說：

> 我是個好動的人，每回我身體行動的時候，我的思想也彷彿就跟著跳盪，……我愛動，愛看動的事物，愛活潑的人，愛水，愛空中的飛鳥，愛車窗外掣過的田野山水……

然而第二段立刻急轉直下，變成了：

> 近來卻大大的變樣了。第一我自身的肢體，已不如原先靈活；我的心也同樣的感受了不知是年歲還是什麼的繫，動的現象再不能給我歡喜，給我啟示。……

整篇〈自剖〉，就是在剖析為什麼會發生這徹底的大變化，徐志摩創造了一個虛構的朋友的聲音，用嘲諷的語氣幫他解釋了變化後面的緣由，這一部分論理少年我讀不懂，我也沒興趣。可是無論如何我忘不了這段幽黯的描述：

先前我看著在陽光中閃爍的金波，就彷彿看見了神仙宮闕
——什麼荒誕美麗的幻覺，不在我的腦中一閃閃的掠過；
現在不同了，陽光只是陽光，流波流波，任憑景色怎樣的
燦爛，再也照不進我的呆木的心靈。我的思想，如其偶爾
有，也只似岩石上的藤蘿，貼著枯乾的粗糙的石面，極困
難的蜒著，顏色是蒼黑的，姿態是倔強的。

我困惑，人生真的會這樣嗎？年歲增長，連像徐志摩這樣的浪
漫精神化身，都會被窒息了那些活躍波動的感觸，都會被拘執
固定成一顆枯呆安靜的靈魂嗎？

少年時候，還讀到葉珊（楊牧）的〈作別〉，深感沮喪。
〈作別〉裡寫著：

多少年來，朝山的香客已經疲倦，風塵在臉上印下許多深
溝，雨雪磨損了趕路的豪情。我也曾經在盛唐的古松下迷
戀過樹蔭，我也曾經在野地的寺院裡醫治了創傷；我在獵
人的篝火前取暖，在野獸的足印裡辨識惟一的方向。只因
為遙遠的地方有蕭穆的詩靈——而我已經疲倦，倦於行
走，倦於歌唱。……事實上我已經很厭倦於思維。我感覺
到彩虹的無聊與多餘，我體會到春雨的沉悶與喧鬧；我已
經不再能夠掌握鳥囀的喜悅了，看楓樹飄羽，榆錢遮天，
那種早期的迷戀也會蕩然。

為什麼感動與追求，會帶來疲倦與蕩然呢？為什麼行走、歌唱

和思維，竟然會帶來絕望的疲憊呢？我不瞭解，正因爲不瞭解，更覺得其中有一股荒荒忽忽，如遠方雷鳴或山頂席捲而下的風吼般的巨大威脅。

後來讀了白先勇的〈冬夜〉，心情更是轉爲宿命的無奈，原來所有的理想都根源自青春騷動；原來青春結束了，與理想相依相附的一切，浪漫的感懷、激烈的情緒還有與人與物之間的相繫感應，也都會消逝。就像〈冬夜〉裡那兩位老先生，自己被壓在現實底下動彈不得，只能保留一小塊心靈田地，想像著也許遠在地球另一端的對方，還在爲年少的理想前進奮鬥。兩人久別終於相見，得到的不是舊情誼的溫暖，而是互相揭開現實眞相後，彼此的終極幻滅。沒有人眞正能一直持有理想——這個天啓式的暗影悄悄全面籠罩，讓那個冬天夜晚那麼冷那麼冷。

年輕時，我努力寫作，因爲知道青春是有限的，理想與感動或許也是有限的。我的心底藏著一股袪除不掉的恐懼，不知哪一瞬間會有怪獸倏然躍出，大口大口吞噬掉我的青春與理想與感動，只留呆木與疲倦給我。對抗這想像（卻如此眞實）怪獸的方法，我惟一的方法，就是寫作，留下白紙黑字的記錄，留下怪獸吃不掉消滅不了的鐵證，證明自己青春過、理想過、感動過。

一路寫下來，對於怪獸的恐懼仍然不時閃動著，不過卻也慢慢發現了寫作不同層次的意義。原來以爲寫作只是保留青春、理想、感動證據的手段，寫到一個程度才驀然理解：原來寫作同時可以刺激、甚至逼迫青春、理想與感動，不那麼快從生命舞台上謝幕隱退。

累積的一行一行，一頁一頁，就像是過程的自己，不斷向現在的自我提醒喊話。十幾二十年來逢遇的讀者也不時殷勤持問著、關心著。於是所寫的與所活過的糾纏搏合成不可分不可辨的整體，不可能單純回頭指認這中間哪些是經驗哪些是記錄，哪些是過去哪些是現在。

這整體是我，這整體才是我。那時間變化中，留下了與社會時代掙扎互涉，直至遺忘時間或超越時間的整體，才是我能呈現我能提供的最終與最高，也才是和我摯愛的地方一起繼續動下去的夢想原力。

【自序】

# 問題年代

這是個問題年代。充滿問題的年代。

中文裡說的「問題」，在英文裡有兩個不同的字，一個是question，一個是problem。分辨這兩種問題，最直接最簡單的方式是，question呼喚「答案」，而problem卻渴求「解決」。

台灣處於雙重意義下的「問題年代」，有很多沒有答案的問題流竄著；也有很多找不出解決辦法的問題陰魂不散地在空中游蕩。

或許有人會說：哪個時代、哪個社會不是充滿問題呢？難道有哪個時代不是「問題年代」嗎？如此標舉「問題年代」對我們理解現實哪會有什麼幫助？

是的，每個時代、每個社會都有它的問題，需要答案的問題與需要解決的問題，不過畢竟還是有程度上的差異。遠的不必說，我們曾經親歷、應該記憶猶新的上一個時代、正在褪色中的社會，就可以拿來當比對基礎。

我少年成長的環境，周遭也有很多問題，不過面對問題時，底層有著強烈的信念，相信靠著我們的力量，可以去找出答案或解決來的。那個時代，威權體制想盡辦法掩飾太平，讓問題隱藏在華麗的外表與激動的口號之下，不要顯露出來，然

而自以為萬能的威權註定是千瘡百孔的，從每一個威權照顧不到的縫隙，透進來的，不是光，而是問題的冷風。那個時代，我們貼趴在威權築成的牆上，仔細觸摸尋找那最是冰寒的所在，我們努力尋找問題、挖掘問題，在我們心底有一份不必明說的信念，相信問題不可怕，看不到問題聽不到問題才真正可怕。

在那個時代，整個社會煥發著找尋答案與提供解決的熱情。為了找尋答案，所以在很封閉很艱難的環境裡，依然饑渴地吸納別人——時間或空間上的別人——曾經製法、整理出的答案。為了提供解決，我們自以為是地詮釋人類歷史經驗，想方設法裝出雄辯的姿態來說明、來呼籲、來號召。

「生活的目的究竟是什麼？」這個大問題吸引了一代年輕人接近存在主義、聽搖滾樂、撿拾美國嬉皮世代的種種牙慧。

「國家的危急存亡怎麼辦？」這個大問題吸引了另一代年輕人回溯禁忌的歷史，凸顯「五四」文化革命的意義，試圖由重建中國文化現代意義來給自己信心、給別人信仰。

「我到底是誰？我和我的鄰人之間的關係究竟是什麼？」又一個大問題催促了一代年輕人認真爬梳台灣過去的人與事，湮沒遺忘了的殖民、抗爭、農村鄉土經驗，樹立起「本土」作為答案，將「本土化」供為解決。

沒錯，那些年代都有問題，可是那些年代也都相應爆發了解答問題的熱情。在熱情中拼湊出來的答案與解決，當然不會是完美的，然而不完美反而激刺出了更熱的熱情、更積極的追尋。

　　那個尋求的時代。追尋自我、追尋真理、追尋正義、追尋刹那的美與永恆的愛、追尋所有值得與不值得追尋的夢與理想。那份一直在路上的感覺，不安、惶惑、遲疑、猶豫、困頓、矛盾，但就是沒有停下來，不會想要停下來的舊時光、老年代。

　　與舊時光、老年代相比，我清楚感受到，現實最大的特色，正在於失去了尋找答案的信心與動力。一個問題引領出另一個問題，一串問題帶著另一串問題，問題不斷累積，直到我們被問題給淹沒了。

　　活在問題之海包圍中的人們，不知從什麼時候開始麻木了、開始犬儒了。到處有人叫囂著拋擲出更多的問題，到處有人亢奮地量產著分析、評論與更多的分析、評論，可是每當認真地要探索，「那答案在哪裡？解決是什麼？」時，我們能得到的幾乎都是聳聳肩的苦笑，或是促狹刻薄的嘲諷。

　　「問題年代」背後有個越來越牢固的預設：問題是不可能解決的，也不必白費力氣去找尋答案。「問題年代」裡還誕生了一種奇異的自虐傾向：誰能製造、渲染出越不堪的問題，誰能危言聳聽刻畫末世的絕望威脅，誰就能在這個年代受到最多注目、贏取最高的收視率。

　　活在問題之海包圍中的人們，呼吸著問題、消費並再製著問題，似乎渾然忘卻了問題需要應之以答案、對之以解決。

　　不知從何時開始，我們遺落、甚至鄙視通向答案、解決的路徑。我們厭棄知識、失去了對知識的珍視與寶愛，儘管明明知識中藏著答案。我們嘲弄堅持原則的人、鄙薄超越功利的

事，儘管明明超越利益立場的原則裡藏著解決。我們輕視理性與邏輯、輕視是非對錯的判準，儘管明明沒有理性、不能判定是非的情況下，任何問題都只能繞著自己的狗尾巴不停打轉，哪裡都去不了。

這是個問題年代。問題年代裡，我努力地拒絕在問題的魔壓下麻木、犬儒。問題年代裡，我努力，不管這份努力多麼渺小多麼貧微，努力保留一點追尋答案的熱情、一點提供解決的信心。是的，這裡面一定會有不合時宜的部分、這裡面一定會有從現實利益上看來政治不正確的部分，然而曾經活過不麻、不犬儒時代，曾經體驗過追尋熱情感動，我不忍讓那樣一個時代的美好精神，傾頹、灰滅、化為烏有。

問題年代裡，我努力保持對於歷史、對於知識的真切喜好，藉歷史與知識持續抗拒著洶洶湧來的時代潮流。努力做個不合時宜的寫作者。

輯

一

# 迷彩券，到底迷什麼？

人間歷史告訴我們：機率遊戲最迷人的地方，就在於不祇發生了什麼輸贏，還留給每個人自己去相信、去解釋到底發生了什麼事的樂趣。

北歐的歷史裡，有一位著名的挪威國王，綽號「胖子歐拉夫」的歐拉夫三世（Haraldsson Olaf Ⅲ）。胖子歐拉夫活躍於十一世紀，先是個英勇善戰的維京海盜，後來皈依了基督教，成了有名的聖徒。

胖子歐拉夫最有名、流傳最遠最久的一次戰役，卻不是用兵刃打的，而是用骰子。他的對手是瑞典國王，他們爭奪的戰利品是希興島（Island of Hising）。

故事是這樣鋪陳、這樣開展的：

胖子歐拉夫和瑞典國王決定以擲骰子方式決定誰有資格據領希興島。他們賭骰子的規則，簡單得很。兩顆骰子，看誰擲出的點數比較高。

瑞典國王先擲，一把就扔出了兩個六，最高的十二點。瑞典國王於是很傲慢地建議歐拉夫乾脆直接認輸就好了。

　　依照故事的說法，如果還在海上當海盜的話，胖子歐拉夫大概會很「阿莎力」就認輸認栽，直接把希興島讓給瑞典了。然而歐拉夫皈依信奉了基督教，宗教帶給他對上帝的無限信心。於是歐拉夫說：「即使你擲出了最高點，誰曉得神不會用別的方法，扭轉情勢對我有利呢？」

　　胖子歐拉夫不放棄。他也拿起骰子來，一擲，結果擲出十二點，和瑞典國王打成平手，至少立於不敗。瑞典國王被迫鼓勇再戰，再擲一次，竟然還是兩個六。瑞典國王當然再勸胖子歐拉夫不必困獸猶鬥了，難道有可能不敗嗎？而胖子歐拉夫在信仰的驅策下，當然也不會退讓，堅持非擲第二把不可。這一擲，奇蹟出現了。兩顆骰子被胖子歐拉夫擲出了十三點！

　　怎麼可能!?因為骰子落底的瞬間，其中一顆裂了開來，除了六點一面穩穩向上之外，破掉的另一半還轉出了另外一個一點來。於是，胖子歐拉夫贏了這場賭局，贏了希興島做他的彩金。

**傳奇的現實解釋**

　　十一世紀以來，這個故事一直被當作神話傳誦，證明上帝的能力確實存在，證明信仰的影響確實巨大。祇要信得夠真夠虔誠，連兩個骰子都可以擲出十三點來。這不是上帝的奇蹟是什麼？

　　不過我們可以猜想得到，從十一世紀以來，每一代每一代必定有人，聽到這個故事就暗自竊笑。他們大概不敢公開挑戰

那關於信仰、關於上帝全知全能的說法，然而在私心裡，他們顯然覺得有一個更可信更明白的解釋，比宗教神話更貼近事實。

在那些人心底，他們猜測那兩顆骰子，根本就是瑞典國王拿來要哄騙欺詐歐拉夫的道具，搞不好瑞典國王看歐拉夫胖胖的樣子，覺得他腦袋也應該跟他的身體一般遲鈍，認定有機可趁。

那兩顆骰子，絕對是動過手腳的，怎麼丟都是六點，要不然怎麼可能兩人先後四次，都擲出最高點來呢？至於最後出現的「神蹟」，其實也很好解釋，在骰子上動手腳最常見的辦法，不就是鑽洞灌水銀嗎？鑽過洞的骰子，嘿嘿，就是會有這種不小心會裂開的麻煩問題！

在這些人「瀆神」的解釋裡，唯一不清楚的，祇有胖子歐拉夫的主觀想法。他真的呆呆受騙，但「傻人有傻福」，最後卻得到了好結果？還是他根本就看穿了瑞典國王的詭計，將計就計，乾脆陪人家玩到底，說不定還刻意在手底多加把勁，好把骰子摔破呢？

除此之外，故事每個環節都得到了合理的說明，而且完全不需要上帝，也不需要奇蹟。這樣在心底暗暗偷笑的人，當然不會是虔誠的教徒，比較可能是會在倫敦泰晤士河畔流連忘返的賭徒們吧！

## 在泰晤士河畔流連的賭徒們

倫敦泰晤士河畔有一個叫富爾漢（Fulham）的地方，照不完整的歷史紀錄（關於這種事的記載怎麼可能完整？）看來，至遲到十五世紀，已經以玩骰子賭博盛行而大大有名了。有名到當代英語俗語裡「富爾漢」由一個專有名詞演化成為普通名詞，小寫的fulham，指的就是灌了水銀造假作弊的骰子。

這些賭徒們，不祇用灌水銀的方法製造出可以控制的骰子。更大膽、更依賴快速掉包手法來玩的，還有一種叫「high men」的骰子。「高人們」，顧名思義，骰子六面，卻祇刻了四、五、六這三種數額。這種骰子怎麼擲，保證你擲不出一、二、三來。相對於「high men」，當然也就有「low men」了，骰子上集合的都是一、二、三這樣的「矮子們」，你擲一千萬次、一億萬次，用這種骰子絕對擲不出瑞典國王和胖子歐拉夫對決的場面。

一九八四年，英國考古學界還有過一次重要收穫。倫敦港務局所屬的泰晤士河泥搜學會，利用金屬探測器，在河底深泥裡挖出了一個銅錫合金的盒子。這種方盒，是十五世紀英國農夫們習慣拿來收藏種子用的。不過這個盒子一打開，裡面可沒有什麼大自然的種子。勉強要形容的話，大概也祇能說是一堆「罪惡的種子」吧！

一共二十四顆骨製的骰子在裡面。有趣的是、重要的是，二十四顆骰子，沒有一顆是正常的。十八顆屬「富爾漢」，其中十一顆方便於擲出五和六，七顆怎麼擲老擲一和二。另外有三

顆是「高人們」，三顆是「矮人們」。

挖出十五世紀留下來的骰子，已經很稀奇了；挖出一整盒郎中作弊用的骰子，更是稀奇得慌；尤其是在離富爾漢不遠的泰晤士河底挖出這個盒子，那就更是意義非凡了。

我們幾乎可以看到這樣一幕動作劇，隔了五百年，在眼前上演。一堆人圍在霧夜的街角，靠一盞煤油小燈照明，熱情地用骰子賭輸贏。骰子換手，錢財也快速換手。在夜闇與霧色的掩護下，有人用靈巧的手法將骰子掉包。

接著有人發現自己怎麼老是輸，越輸越不甘心，於是注意到了賭陣中那個運氣好得不可思議的人，於是注意到了那人懷中一個四方盒子他的手在盒子上頻繁動作著……。

逼到臨界點，吆喝聲起，大家亂成一團。那個被「抓包」的郎中趕緊拔腿就跑，其他人不放過隨後就追，跑了一段路，郎中將懷裡那盒子及盒中賴以賺錢吃飯的傢伙，慌忙往河裡一丟，噗通濺起一團水花……。

郎中可能逃脫了。也可能被追到，誇張地攤開雙手，以示自己的清白。可能還是被毒打了一頓……，我們已經無從知道了。不過他也無論如何不會知道，他認定無緣再使用的郎中把戲，竟然靠著淤泥隔絕了水與空氣，意外傳流到五百年後，幫我們見證了骰子賭博作弊的長遠歷史。

正如玩骰子地方富爾漢，後來轉變成作弊假骰子的名稱，這一轉變提醒我們的：玩骰子沒有不作弊的。作弊的歷史，應該和骰子一樣長遠。

## 作弊的歷史和賭博一樣長

若照西方史學之父希羅多德在《史記》（Historia）書中的記載，骰子是里底亞（Lydia）人發明的。里底亞人遭遇到了恐怖的饑荒，食物不夠吃，每隔兩天才有機會飽餐一頓。在這種苦難中，還好里底亞人找到了骰子，學會了玩骰子。沒有東西吃的那天，他們就大家一起來玩骰子，玩得天翻地覆，玩得忘記了飢餓。

憑什麼骰子會那麼好玩，可以玩到把糧食都省下來？說穿了，骰子是人類發明的最古老的機率遊戲。骰子沒什麼了不起的玄機，也不需要什麼了不起的本事，純粹交給機率。

里底亞人當然不會知道機率是啥米碗糕，可是祇要一擲起骰子來，他們一定馬上可以領會到機率迷人的地方：有輸有贏，一定有人贏一定有人輸，可是沒有人一定輸，更沒有人一定贏。輸贏冥冥中似乎有些規律規則，然而認真一追究，規律規則卻又立即煙消雲散。輸贏是再清楚再明確不過的；然而之所以輸之所以贏的道理，卻又是再空虛再縹緲不過。

不過我們也可以想見，骰子的形式本身就顯示了作弊的空間。一直到今天，在專業的賭城裡，都得要允許客人換骰子，祇要是賭場提供的骰子，客人可以隨時決定這顆換掉那顆換來。倒不完全是迎合客人迷信心理，而是的的確確賭場也沒辦法保證每顆骰子都是六面完美平衡、機率均等的。

現代賭場要求，骰子每邊長度間的誤差值不得超過○‧一公釐，但即使這樣，骰子就完全公平公正嗎？

　　那就更不用說以前的骰子了。不完美的骰子不會影響玩遊戲的公平性，祇要大家用的是同一顆有著同樣機率偏差的骰子就可以。但是反過來看，大家也很容易看出來，祇要有機會掉換骰子，在骰子上做手腳，就有辦法以機率之名，實際上取得機率所沒有安排的額外勝率。

　　骰子不見得公平，骰子遊戲經常伴隨著作弊手法出現，弔詭的是，非但阻止不了人們前仆後繼玩骰子，可能反而更增添了骰子的吸引力。因為不完全依循機率的骰子遊戲，才有道理可說，才有技術可傳教，也才有神話故事可以附隨流行。

　　如果祇是機率，那頂多祇能相信上帝的影響。如果不祇機率，每個人都可以相信自己也能影響骰子遊戲的輸贏。關於怎樣玩骰子才會贏，歷史上此起彼落出現過的資料想必多得不得了，可惜的是，能存留至今的卻寥寥無幾。

## 好賭的羅馬皇帝們

　　例如說聲望、權力顯赫一時的羅馬皇帝們，當中就不乏好擲骰子之徒。奧古斯都是一個、尼洛是一個。不過論好賭程度，奧古斯都和尼洛都不及克勞迪亞斯（Claudius）。克勞迪亞斯好賭到動用當時最先進的機械技術，在他的皇家戰車上裝了一個即使在最顛簸的路上也能維持平衡的板子，供他遊戲使用。克勞迪亞斯就寫了一篇教人家怎樣擲骰子保證必贏的大文章，不過早早失傳了。連大皇帝寫的東西都傳不下來，其他可想而知了。

　　克勞迪亞斯賭名在外，勝過了他一生的戰績與政績。羅馬哲學家、演說家西尼卡（Seneca）對他不滿到索性判他死後在地獄裡永遠反覆做一件事——不斷拿起骰子往杯子裡擲，可是給他用的杯子卻是沒有底的。換句話說，他一直擲一直擲，卻怎麼擲也擲不出個點數結果來。西尼卡顯然覺得這是對一個賭徒最嚴格最殘酷的懲罰了。

　　回到最前面說的胖子歐拉夫的故事吧。瑞典國王在骰子上動了手腳，應該是較為合理的解釋，然而文明卻顯然不是依循這條合理的路走下來的。上帝的手在最戲劇性的時刻剖開了骰子，塑造了歐拉夫的聖徒形象，也大幅增加了基督教在北歐的說服力。不能說真正發生了什麼不重要，但顯然大家相信發生了什麼，比真正發生了什麼，要更重要得多。

　　人間歷史告訴我們：機率遊戲最迷人的地方，就在於不祇發生了什麼輸贏，還留給每個人自己去相信、去解釋到底發生了什麼事的樂趣。

　　和與作弊相終始、堆滿作弊故事的骰子歷史相比，選號對號的彩券，實在是單調無聊得太多了。彩券，尤其是電腦彩券的完整程序設計，把所有作弊可能性降到最低。這是人類可以想像出來的遊戲中，最接近單純、純粹機率的一種。儘管如此，熱中在彩券遊戲裡的社會，卻總是刻意拒絕接受單純、純粹機率的那一面。

　　他們總是寧可相信，彩券從買賣到開獎到中獎，每一環節都牽扯著各式各樣神祕的事，一個個上帝的手突然介入的戲劇性時機。

　　從這個角度看，我們所迷的，其實不是彩券本身，甚至不是彩券所帶來的龐大財富，而是我們藉著彩券去編織、相信不在這個世間的神奇故事，社會自我催眠自我陶醉的機會。這才是彩券帶給這個社會的最大誘惑。

# 性派對給台灣什麼啓示？

沒有壓抑，就沒有愛所帶來的幸福美滿感受，這很弔詭，不過卻是佛洛伊德的真意，也是六○年代狂燒過後，更新世代所領悟出的道理。完全百無禁忌之後，才發現百無禁忌並不如想像中那麼快樂。佛洛伊德的快樂藥方本來就不是徹底的解放與自由。

　　一九六七年，美國有一樁一直打到最高法院的訴訟案，引起了全國的注意與關心。這個案子牽涉到當時仍然有十六州保有禁止黑白通婚的法律，意義不可謂不大。不過之所以受到全美媒體的爭相報導，還有一個很有趣的巧合，那個案子裡違法娶了黑人女子爲妻的案主，名叫Richard Loving，而他所住的州是維吉尼亞州（Virginia）。於是這個案子的法律訴訟代號，就成了Loving vs. Virginia。

　　這樣一個代號具備的豐富象徵意義，很難翻譯。甚至離開了六○年代後期美國的特殊氣氛，都很難準確理解這層象徵激動人心的力量。

## 「做愛不要作戰」的年代

畢竟那是個年輕人高喊「做愛不要作戰」的年代。「做愛不要作戰」是句非常響亮的口號，不過老實說，這兩件事之間實在沒什麼必然的邏輯關連，更沒有充分理由一定要這樣彼此對立。誰說做愛就可以不作戰，別忘了人類社會長遠歷史裡，有多少爲了爭取有限交配做愛機會而爆發激烈戰爭的例子！

不管合不合邏輯，這個口號如草原火苗般快速燎原，將青年反抗文化、對越戰的厭惡與性解放這三項潮流燒成一把無法分開的大野火。年輕人覺得理直氣壯反對越戰、反對徵兵、反對殺戮，同時也就理直氣壯地大力解放對於性的禁忌，瘋狂做愛。於是代表禁欲的處女意象，在那個時代，就等同於保守封閉，就等同於助長戰爭殺戮的國家體制勢力。

維吉尼亞州的名字源自於英國十七世紀最著名的「處女女王」伊莉莎白一世。這樣一個名字同時代表王權、封建與處女。竟然剛好和維吉尼亞州爲了黑白通婚權上法庭抗爭的人，叫作Loving。在那個時代的觀念裡，愛必然戰勝保守封建，愛攻破處女，讓處女變成自由享受性愛的眞正女性。

在這個案子上，聯邦最高法院最終裁決：Loving有權利娶黑人爲妻，不衹在維吉尼亞州，而是所有各州這類妨礙黑白通婚的法律統統違憲。消息傳來，「處女」破功、「愛」獲得大勝，六〇年代的叛逆青年們歡欣鼓舞，以更多更激烈更瘋狂的做愛，來慶祝這項不可思議的勝利。

## 避孕藥的社會效果

讓我們追溯一下美國六〇年代這波性解放的幾個重要源頭吧。最重要一個突破性的影響，來自於一九六〇年聯邦食品藥物管理局，通過了讓口服避孕藥正式上市。口服避孕藥提供了讓性愛與生殖脫鉤的方便手段，也讓性愛與家庭之間的鏈帶瞬間瀕臨斷裂。

在沒有避孕藥丸的時代，做愛到懷孕的機率太高，而一旦懷孕一旦有小孩，就不可能不帶進家庭機制來，這種狀況下，當然無從解放起。

六〇年代性解放的另一個重要動因，來自神經刺激性的藥物大量生產、大量流通。大麻、LSD是其中的最大宗。而不管是大麻或LSD所造成的幻覺效果，都跟神經所受的刺激強度成正比，還有什麼比性更全面、更強烈的激烈經驗呢？

我們不要忘了，性的刺激在那個年代，還附隨著龐大的打破禁忌的快感。美國原本的清教傳統、戰爭時期講究的紀律與犧牲，都使得五〇年代的美國父母對身體充滿負面的教訓，以及以隱藏爲主流的思考；然而與此同時發展的，卻是五〇年代美國戰後高度經濟成長，大量人口從都市移往郊區，舊有親族關係與社區關係快速凋零衰敗，在這段時期內長大的小孩生活裡沒有辛苦、沒有物質匱乏，然而卻充滿寂寞。

他們無所事事，他們不必爲餬口忙碌，他們卻又渴望與別人有比較親密的接觸，這些都是性解放的潛力快速發展儲存的地方。

六○年代嬉皮文化裡另外一個響亮的口號是「Peace, Pussy, Pot」，把這三樣東西放在一起，我們今天覺得怪異得不得了，當時卻視為天經地義。以「Peace, Pussy, Pot」為口號的文化，當然是一種男性中心的文化，他們內在的潛意識其實是在戰爭的陰影下，以迷藥、以與女人做愛來消解內在的暴力、侵略性，如此達到和平的目的。如果從這個角度來解讀的話，我們會發現，「做愛不要作戰」其實是把做愛當成另一種戰爭，或是戰爭的替代品，與傳統中所理解的「愛」，完全不是同一回事。

被和戰爭、藥物放在一起，美國六○年代的性解放，呈現出一種近乎歇斯底里的面貌。任何與性有關的事物，都被大量開發，自由援引來作為讓性愛合理化的工具、手段。

## 海夫納對佛洛伊德的解釋

例如說這段時期中，古往今來的思想家，就屬佛洛伊德最紅。佛洛伊德的若干名言，被這些信奉性解放的年輕人們掛在嘴上，念念不忘。

佛洛伊德說：「所有的快樂都源自性快樂。」佛洛伊德說：「精神官能症起源於不滿足的人的性需求。」佛洛伊德說：「首先也是最重要的，我們發現：精神分析研究追溯病人病徵，老是一再規律地追溯至他們的性愛毛病……我們被迫認定：不管在男人或女人身上，性干擾是造成疾病最強大的影響力量。」

這些話的確都是佛洛伊德說的，沒錯。把這些話集中在一

起，就產生了《花花公子》創辦人海夫納最爲自豪的一套哲學，那就是：人們需要性發洩，認眞的性發洩造就健康的人，《花花公子》非但不是耽溺享樂，還是一種新時代的新工作原則，努力把性搞好了，才有其他一切。

海夫納雖然認佛洛伊德爲他的思想導師，不過在墳墓裡翻身的佛洛伊德卻一定不會收海夫納這個學生。包括海夫納在內的這些六〇年代性解放活躍分子，他們完全誤解了佛洛伊德。佛洛伊德的基本理論，一來當然沒有那麼簡單，二來也沒那麼樂觀。在佛洛伊德的想法裡，「壓抑」是個核心概念。「壓抑」對佛洛伊德而言，是個事實描述，也是個必然的邏輯，人的精神運作祇能在壓抑裡進行，也祇能在壓抑中來理解。

六〇年代的性解放者和佛洛伊德背道而馳的地方是，他們以爲拿掉了壓抑，人就沒有病了，人就可以自由、可以健康、可以幸福美滿過日子了。他們不瞭解佛洛伊德講的是：壓抑是必然、甚至是必要的，沒有壓抑的話就沒有文明成就了。正因爲有對性欲的層層壓抑，人類被迫將堵塞出不去的精神予以改造、變形，因此才會把力氣花在製造出各種文明事物上。從一個意義上看，所有的文明造作都是性壓抑性扭曲的表現，壓抑才能保存精神精力。

甚至就連幸福美滿的感覺，依照佛洛伊德的解釋，也是性壓抑的產物。佛洛伊德說：

「需要有一些障礙才能讓原欲（libido）的潮流滿漲到最高點⋯⋯在某些性滿足全無阻礙的時代，例如上古文明的沒落過程中，愛變得毫無價值，生活變得空虛空洞，要讓愛的價值能夠

重建，必須有強烈的反應形成程序。」

　　沒有壓抑，就沒有愛所帶來的幸福美滿感受，這很弔詭，不過卻是佛洛伊德的真意，也是六○年代狂燒過後，更新世代所領悟出的道理。

　　完全百無禁忌之後，才發現百無禁忌並不如想像中那麼快樂。佛洛伊德的快樂藥方本來就不是徹底的解放與自由。

　　都已經到了徹底解開與性相關的禁忌枷鎖的地步了，要怎樣回頭再給自己新的限制？已經藉性解放運動，讓佛洛伊德視為人心理根源的原欲到達一個沒有任何堤防可以阻堵蓄積能量的平原了，要怎麼回頭到多山多谷多風暴的舊日情境？

## 性解放使性變得無聊

　　七○年代，美國性解放已經在強弩之末，然而就是卡在這個如何重設性愛限制的關口上，突破不了，性突然間成了整個社會最無聊、最沒有創意的話題。

　　這種狀況到了一九七九年急轉直下。那年發現了無法用抗生素治療的疱疹病例。到了八○年代中期更進一步發現了HIV病毒，病毒主要在性交過程中傳染，引起的愛滋病無藥可治。

　　疱疹和愛滋病當然發生了巨大的嚇阻作用。本來性愛藉著和生殖脫鉤而取得自由，現在性愛卻和死亡掛上了鉤。不過值得我們注意的是，疱疹與愛滋衹是讓性解放泛流的原欲能夠重新約束的外在刺激而已，真正造成美國社會在性上逆轉的主要力量，其實是大家對必須阻擋性的原欲才能獲得滿足的愛的感

覺，開始有了懷舊的朝思暮想了。

　　九○年代的美國，不祇是家庭道德這類保守思想捲土重來，我們不應該忽略連帶一起掀起的還有浪漫愛情氣氛的起死回生。自由的性退位退潮之後，調情與追求的辛苦過程才能復活，也才能再有能夠賺人熱淚、愛得死去活來的浪漫故事。

　　台灣走的路、台灣的經歷，和美國很不一樣。我們沒有經歷過那種大解放的爆炸性時代，所以也談不上有復原回歸。更重要的，不管是對待性或藥物或文明，台灣一貫都祇能囫圇亂混，嚴重缺乏思想資源的投注，也就沒有什麼可以言之成理、可以據理以辯的鮮明立場。因為都祇是打混仗，都祇能打混仗，所以一場混仗引來下一場混仗，大家各用不清不楚的前提與邏輯，吵來吵去，總也吵不出個結果來。

　　吵不出任何結果，也就意味著每隔一段時間就要再騷動一次，一直達不到某種相對穩定的論述環境，這是文化力、思考力太薄弱所造成的，沒有辦法也無可奈何。

　　下次一定還會有什麼人捲入什麼樣可疑的性與藥物的派對活動裡，被拍到被錄到，我們就還要再聽各方各說各話吵嚷一番，從媒體到法院到政治人物到市井小民，統統要被動員起來，可是紛紛擾擾之後呢？我們什麼也沒得到，既沒有得到性快感，也得不到因性原欲壓抑而昇華的文明成就。

# 為什麼台灣人不唱國歌？

我們的國歌，也成了一種認同的標誌。唱國歌代表一種認同，反而分裂出了願意唱與不願意唱的人之間的巨大差異。在這種狀況下，齊唱當然是不可能的，於是慢慢地我們祇能選擇把它看作是過去愚蠢、僵化時代的某種遺留紀念，逐漸讓它在生活中淡出。

從新聞裡看到的小花絮：陳水扁總統在「睦誼之旅」中，出席了「第三屆中美洲元首高峰會議」，會議中演奏了各國的國歌。拉丁美洲人有高聲唱國歌的習慣，在那樣的氣氛帶動下，台灣去的官員和媒體記者被刺激得也開始扯開喉嚨唱「三民主義，吾黨所宗」。

陳水扁「睦誼之旅」獲得許多重視，尤其是在紐約過境一過四十四小時那段，更成為外交新聞的焦點，不過相對下，他行程中真正的目標諸友邦，反而就被冷落了。

## 台灣與中美洲

　　例如說就沒什麼人再去討論為什麼台灣去的總統要參加「中美洲元首高峰會議」。台灣總統藉這個會議來和中美洲各國溝通，背後有李登輝時代外交大戰略的重要布局考量。在面對中共的封鎖打壓下，台灣的友邦不斷減少，尤其是僅存的重量級國家如南非、南韓也相繼棄我而去之後，我們的困境不祇是數量上，也在質量上，更在全球政治地理分布上。

　　數量上的困境表現在「三十」成了一個「魔術數字」。外交部想盡辦法要把友邦數維持在「三十」上下，社會一般也把「三十」當成是國際存在安全感的底線。質量上的困境則在這些僅存的友邦通常都地不大人不稠物不博，從任何標準算都祇能是「小朋友」。「小朋友」沒有什麼不好，至少人家還認你是朋友，可是現實上，「小朋友」能發揮的力量當然也就有限得很了。至於在全球政治地理分布上的困境，是這些友邦散落在各地，本身不具備戰略優勢地位，更不能構成有意義的連線或陣線。

　　在這多重困境壓迫下，誕生了選擇中美洲為策略聯盟夥伴的構想。這個構想其實是個值得稱讚的聰明突破。台灣提供經濟與技術上的援助，幫忙中美洲各國的整體發展，勇敢扮演起中美洲龍頭的角色。這樣一來，本來都不算大的幾個中美洲國家，就可以名正言順地串聯起來，結合成一股人家不敢輕忽的力量。而且在實際利益中介的情況下，這幾個中美洲國家也自然願意和台灣發展起比單純是「友誼」更堅固牢靠的關係。他

們之中任何一個國家或許都不怎麼會受到重視，然而八個位於美國後門的國家如果成功結合起來，那至少美國是要對這個聯盟多看幾眼的。

中美洲國家本身比較難去運作自主聯盟，主要障礙在彼此的情況相去不遠，發展階段更是大同小異，找不出足以令大家信服的老大來。

台灣剛好可以做這樣的老大。以台灣經濟發展的程度，必然有可以讓中美洲各國信服的經驗、Know-how能提供。以台灣的富裕程度，也必然可以給予中美洲各國實質的投資協助。反過來看，台灣也獲得一個機會，擺脫老是看美國日本中國眼色的處境，擺脫老是被協助被帶領的長久歷史經驗，學著做做老大。

這麼有創意這麼有意義的戰略布局，很可惜不祇是媒體忽略、遺忘了，恐怕連中華民國政府本身，都沒什麼信心沒什麼決心繼續追求繼續執行了。使得這個構想逐漸變色褪色的一個主要原因，在台灣自身的財政問題與經濟壓力；另一個原因則在台灣與中美洲間的文化實在差異太大。

## 財政壓力與文化隔閡

先談財政問題吧，雖然台灣經濟一直到去年才出現急遽反轉疲弱的狀況，台灣政府財政支出的不健康不健全，卻蓋有年矣。國防預算居高不下，為了換裝新型戰機與軍艦編列了大筆大筆的特別預算，同時過去長期被忽略的社會福利支出，又在

民主意識大幅升高，每個政黨每位政治人物都深切感受到選票壓力下，快速成長。更不要提一九九九年九月發生的嚴重地震天災，逼迫政府必須緊急補上一筆完全未預見的龐大開支。

這是整體的一般狀況，在外交經費上，最大的超支，則是為了和馬其頓建交所付出的昂貴代價。雖然李登輝先生在他的《執政告白實錄》中，依然視援助科索夫、拉攏馬其頓的決定為重大的外交成就，我認為這項外交投資其實是得不償失的。暫且放下馬其頓又要和中共建交的最新變化不談，李登輝執政末期的這招神來之筆，一口氣耗掉台灣有限的外交子彈，集中打在一個地方，就算把馬其頓攻下來，讓台灣終於有了一個位於歐洲的盟邦，畢竟還祇是面子上好看，裡子卻沒辦法發揮什麼效應。更慘的是，這樣的集中式運作，一定會產生排擠效果，也一定會吸走主要注意力，被排擠的、被吸離開的，就是中美洲。

現在再到中美洲去，陳水扁總統祇能頻頻道歉。因為他實在拿不出做一個龍頭老大應該有的氣派排場，因為台灣經濟景氣一路下滑，政府到現在還一籌莫展，要怎樣說服大家慷慨解囊，再把錢花到中美洲去呢？

除了財政問題之外，讓陳水扁在「中美洲元首高峰會議」上，怎麼看怎麼尷尬的，還有台灣長期對這個地區的陌生與不瞭解。本來在外交大戰略規畫中，應該是要透過策略聯盟的利益相連，再進一步慢慢促進雙方的交流與瞭解，然而現在的狀況，卻顯然是隔閡與距離倒過來阻止了真正有力的策略聯盟得以建立的條件。

　　我們可以查一下，台灣每年到中美洲觀光的人次有多少？我們也可以查一下，台灣坊間每年出版幾本關於中美洲的書，學校裡又開過幾堂介紹、研究中美洲的課？

　　陌生到一定程度，就連看見奇特的現象，也無從去加以準確描述與分析了。

## 齊唱的意義

　　對中美洲，我也很陌生。不過看到記者關於唱不唱國歌的花邊報導，我倒是想起了班納迪克・安德森（Benedict Anderson）所寫的經典作品《想像的共同體：民族主義的起源與散布》。在書中，安德森提到過「齊唱」（unisonance）在民族建構中的重要性。

　　「有一種同時代的，完全憑藉語言──特別是以詩和歌的形式──來暗示其存在的特殊類型的共同體。讓我們以在國定假日所唱的國歌為例。無論它的歌詞有多麼陳腐，曲調有多麼平庸，在唱國歌的行動當中都蘊含了一種同時性的經驗，恰好就在此時，彼此素不相識的人們就著相同的旋律唱出了相同的詩篇。……唱著『國歌』……創造了和諧一致的場合，也提供了使想像的共同體在回聲中獲得體現的機會。」

　　還會大家一起齊唱國歌的中美洲國家，他們處在民族主義、國家主義仍然是生活中主要領導原則的階段。相對地，我們的「三民主義，吾黨所宗」卻已經成了一項尷尬的古董。我們長久以來失去了「齊唱」的精神，在生活裡遺落了「齊唱」

的場合，一方面反映了國家與民族在過去從來不曾取得充分的合法性，另一方面則反映了我們的社會重組正以一種新的遺忘過程來進行。

不衹是國歌，而是所有的齊唱曲，在台灣都失去了吸引力。並不是因為台灣人不會唱歌不愛唱歌（KTV的流行可以證明），也不是因為台灣人具有強烈的個人主義精神（看看社會上的一窩蜂現象就可以確知），而是因為沒有任何歌可以擔負「共同體代表」的任務。我們有最複雜的認同結構，在這個結構裡，任何一種認同的象徵，都會對其他不認同的人產生威脅作用，刺激起強烈的反感與拒斥心理。

## 尷尬的國歌

我們的國歌，也成了一種認同的標誌。唱國歌代表一種認同，反而分裂出了願意唱與不願意唱的人之間的巨大差異。在這種狀況下，齊唱當然是不可能的，於是慢慢地我們衹能選擇把它看作是過去愚蠢、僵化時代的某種遺留紀念，逐漸讓它在生活中淡出。

遺忘反而有結合的作用。當國歌對大家都代表一個逝去時代的殘留時，不管是什麼樣認同立場的人，都在參與這個遺忘過程中得到了共同經驗。不管喜歡或討厭國歌，我們藉將它推向舊時代而得到了溝通，因為我們一起遺忘，弔詭地，遺忘變成了我們共同的記憶。

這樣的複雜心態，當然無法解釋給中美洲友邦高聲唱國歌

的人聽。反過來我們也就應該小心：處於和我們完全不同發展階段、不同文化模式的這些國家，他們自有許多我們不認真不用心就一定學不到的深層「祕密」。

相通的地方是，如果我們真能走出去，在許多相異的現象比對與分析中，我們會對自己產生更多的問題，詰問類似「為什麼我們不唱國歌？」的問題，我們可以找到許多意想不到的深入認識自己的方法。

# 總統的眼睛看到了什麼？

整個總統行程充滿了儀式、充滿了象徵。幻象機隊成軍固然是儀式，藉儀式來鞏固三軍統帥的威望，藉儀式來加強國人的國防信心；到澎湖到花蓮的活動，又何嘗不是儀式？儀式的作用就是另外創造一套現實，讓在儀式裡的人進入不同的時空感受裡，渾然忘掉了真正的、比較不美麗比較殘酷的現實。

二○○一年五月十一日下午六點五十分，總統府安排台灣媒體主管隨同總統參訪的行程正式結束，出了松山軍用機場的大門，台北下著雨，加上又是星期五傍晚的下班時段，從民權東路到敦化南北路沿途嚴重塞車，走走停停，彷彿哪裡都到不了。

在壅塞的車陣裡，我想起十日晚上在飯桌上，民進黨主席、高雄市市長謝長廷開玩笑的話：「最好的工作就是每天跟著總統進進出出、享受總統級待遇，卻又不必當總統。」

## 不必塞車的生活

的確，跟著總統進進出出的那兩天，塞車從生活裡消失了。印象最深刻的是從佛光山要到高雄港的那段路。車隊從中正路下交流道，穿過高雄市的市中心區，沿途每一個交叉路口都有一至三名警察在掌控交通狀況，我約略算了一下，光是那段市區的路程，動用了超過百名以上的警力，為了讓總統的車隊不至於遇到阻礙，可以一路暢行。

不管為了安全或是國家行政效率的考慮，這種安排都是必要的，這種代價也是合理的，然而我還是忍不住思考：如此總統級的待遇對總統、對總統身邊的幕僚，長久以往到底會產生什麼樣的心理作用？真的不會讓他們和台灣現實的問題逐漸脫節嗎？

「總統級待遇」還包括了行程中各級單位所安排的簡報。又是為了效率的考量，每一場簡報都不可能太長。簡報完總統如果有什麼指示，那些指示意見也是早就準備好的正式講稿，而且各單位也很體貼地事前就完成了新聞稿。換句話說，這種視察簡報中其實根本沒有多少互動的空間。

我印象很深刻的，是十一日早晨由經建會副主委張景森進行的「高高屏地區重要建設計畫」簡報。依照這個計畫，未來高高屏地區會建設成為「亞太運籌據點」、「高科技走廊」，不但擁有「便捷的交通網路」，而且還能有「優質的生活環境」，真是太好太美妙了。在簡報裡顯示的，這些不祇是宣傳、口號，是已經有了明確進行中的方案可以支撐的。然而不幸的

是，開放給媒體主管發問互動的有限時間裡，大家問的問題，竟然都不是針對經建會給我們的高高屏美好遠景，而是逮住經建會主委、國科會主委、經濟部長都陪同在場的機會，大問特問南科的困境。大家關心的是，目前已經吵得不可開交的南科到底要如何收場解決？

為什麼會出現這種場面？因為媒體主管無法融入「總統級待遇」裡，無法接受完全正面、肯定的簡報，媒體報導的焦點永遠是危機、永遠是困難、永遠是麻煩。

## 「總統級的待遇」讓人看到最好的一面

我不止一次認真地問自己：如果這趟行程不是兩天一夜，而是一個月兩個月，甚至半年一年，會不會改變我看待台灣的方式？答案毫無疑問一定是——會。「總統級待遇」會讓人看到最好的一面、看到台灣最樂觀的未來前景、看到所有的積極努力、看到正在進步正在改善的一切。從「總統級待遇」中蒐集到的有關國家正面發展豐富的報告資料，回頭對照看媒體上的報導，難免會覺得媒體片面、充滿焦慮、誇大毛病與危機。

媒體老是在呼籲政府要多一點危機感，政府則老是要媒體多報導正面好消息。這不祇是兩者立場先天上的不同，還牽涉到了兩種行業與社會的關連方式不同帶來的不同經驗模式。

在參訪行程裡，有許多「總統級待遇」讓媒體人深感不安。例如十日晚間我們抵達佛光山，從大雄寶殿西淨下車，走了大約兩百公尺的路往大雄寶殿大門，繞著這條路兩邊全站滿

了寺方動員來的歡迎群眾。據我們事後瞭解，來歡迎的群眾，包括普門中學的學生，竟然高達三千人之多。而且在大雄寶殿前的朝拜大道竟然全都鋪上了紅地毯，還因為紅地毯蓋住了底下原本凹凸不平的石板，讓許多人走得顛顛躓躓的。

我們不安的一來是如此勞師動眾製造場面，顯然不應該是民主時代的常態。二來是整個佛光山上沸沸揚揚、鬧熱滾滾，似乎也違背了落腳此處取其清靜的原意。

又例如說，在高雄港的參訪行程是登上了二一二號交通輪，繞行高雄港一圈。航行中港務局游局長同時進行介紹解說，詳細解釋了高雄港的配置，更說明了高雄港作為轉運中心的實際運作方式。高雄港每年處理七百多萬隻貨櫃，絕大部分和台灣本身的進出口無關，而是以大船換小船的方式，轉運到其他地方去。

實地看過高雄港的運作，瞭解高雄港的重要性與複雜性，我們幾位媒體工作者有著共同的感受與共同的憂慮：市港合一之後，高雄市政府有能力接下這麼重要這麼複雜的大商港管理任務嗎？市港合一作為一個「權力由中央下放地方」的政策宣示，當然具有高度的象徵意義，然而實際移轉中對港務的衝擊到底有多大？應該如何減緩衝擊？如果衝擊必定要來，怎樣評估市港合一實施的最佳時機呢？

## 誰在「斷章取義」？

我瞭解，我也可以想見，針對這些問題，相關單位還會提

出許多報告。報告也許可以說服行政院長、可以說服總統，卻不一定能說服每天在注意危機、觀察危機的媒體。

政治人物經常指責媒體「斷章取義」，然而我們卻發現真正最斷章取義，或者說最希望大家斷章取義的，其實是總統所看到的這些簡報。

整個總統行程充滿了儀式、充滿了象徵。幻象機隊成軍固然是儀式，藉儀式來鞏固三軍統帥的威望，藉儀式來加強國人的國防信心；到澎湖到花蓮的活動，又何嘗不是儀式？儀式的作用就是另外創造一套現實，讓在儀式裡的人進入不同的時空感受裡，渾然忘掉了真正的、比較不美麗比較殘酷的現實。

這次專訪行程安排，去了澎湖離島又去了東部後山，照顧弱勢凸顯偏遠地區的用心，當然應該肯定。而且在澎湖主要關心觀光事業、到花蓮則聽取生物科技育成中心的簡報。顯然就是要指出即使偏遠如離島後山都有新生機新希望。

然而新生機新希望，不見得是經得起檢驗的。在澎湖的簡報中，提到了觀光度假中心的投資案，投資金額都超過十億以上，主管單位卻完全不提前一陣子吵得不可開交的賭場問題。在被媒體問到時則表示，投資案目前都是純觀光度假，沒有包含博弈事業在內。然而媒體之所以會特別問賭場問題，就是因為我們知道，如果不通過博弈條款不開放設置賭場，這些大型投資案真要實現的可能微乎其微。

不明確訂定開放賭場政策，卻又要把觀光度假講成是澎湖未來的希望，這是不折不扣的斷章取義，切斷了事情複雜的背景、前提。

在花蓮東華大學聽取的簡報，也遇到了同樣的狀況。依照簡報，台灣要發展新世紀最熱門的新產業——生物科技，將來各地將平衡分配。台北有「都會區生物技術實驗室基地」，新竹有「生物醫學園區」做「生物技術產業生產基地」，南部有「農業生技園區」，東部則分到「示範性生物技術育成中心」。這個藍圖看起來很好，然而一旦開放互動，媒體又質疑了：東部要如何做有效的「生物技術育成中心」？

技術研究控制在北部、生產中心也在北部，東部本身沒有能力開發新技術、也沒有特殊的商業化優勢，在這裡設育成中心的道理是什麼？更進一步要問：什麼樣的科技什麼樣的公司會選擇到東部來「育成」？

我們目前看到東華大學起步的成果，其實是個假象。這些公司的技術不是東華提供的、商業化機制也不是東華發展的，東華大學對他們的服務僅限於提供免費屋舍場地，以及將每年四百萬的補助金轉發而已。

現在還有廠商願意來東部，那是因為西部的生物科技也尚未成熟。等園區也蓋了、研究機制也健全了，東部怎麼可能在這種條件下擁有任何競爭力呢？

生物科技不可能是花蓮未來的希望。這是個完全不切實際的夢想，而且是個看起來就不怎麼打算要實現的夢想。把背景補上、把真正的問題點出來，我們無法不懷疑：所謂「示範性育成中心」，不過是為了安慰東部人而給的充飢畫餅，為了怕人家說發展新興產業忽略了東部，所以一定要分一些給東部，然而既然分的不是東部真正有能力有條件可以發揮的，國家就不

可能也不能投注主要經費在這些項目上。

## 官員看到希望，媒體老看到問題

　　媒體的思考，眞的和官員很不一樣。官員總是看到希望，媒體卻老看到問題。這種差異態度平常就存在，反正各說各話沒什麼關係，然而在眞正變動很大的轉捩時刻，這種態度差異就有了致命的嚴重性。

　　我們有相當理由相信：目前正是個變動劇烈的轉捩時刻。全球化的競爭局勢基本完成了，我們的強鄰中國蛻變爲經濟大國，世界景氣暫時挫低，國內失業率節節高升，資本市場呈現緊縮狀態……這些都是確確實實發生了的事，這些都是有數據可以明白表示的大變化。

　　在關鍵轉捩時刻，我們很怕看到一種惡性循環。政府官員依然在看希望看光明面，不肯承認危機之山雨欲來，於是媒體越氣越急，就把負面的消息渲染得更黑更嚴重。讀到這些加重警告的政府官員，更不願接受媒體製造的危機氣氛，更堅信祇要媒體不要亂炒亂鬧，世界就依然美好。在雙方的僵持拉鋸中，不祇是蹉跎掉了寶貴時機，還製造了社會的兩極分裂，更崩毀了整體的信心機制。

　　要避免可怕的惡性循環，媒體需要自制，卻也更需要政府趕緊提高危機感。政府不能一直拒絕去看大家認爲的異常現象，政府不能把所有不喜歡不愉快的事，都解釋成媒體扭曲的產物。

　　陳水扁總統在和媒體主管茶敘談話時，態度極誠摯，說明也極詳盡。雖然這場被拿來代替五二〇周年記者會的重要談話，沒有談出什麼新的政策走向，也沒有宣布什麼震撼性的積極作為，然而在溝通的形式意義上，仍然是值得充分肯定的。

## 令人不安的訊息

　　唯獨在遇到與台灣當前危機有關的議題上，茶敘透露了一些令人不安的訊息。訊息之一是陳總統對大陸尤其是上海的快速崛起，及其對台灣造成的大衝擊，顯然還沒有切身的體會。他依然掉進相對的模式裡，以為大陸看起來那麼好，祇是因為我們的媒體不報導他們的負面新聞。這種觀點太窄化也太小看中國目前所投之於台灣的陰影了。

　　另外一個訊息是陳總統三番兩次提到「台灣價值」，提到「台灣活力」，他顯然認為在遠離台北的地方，尤其越是偏遠鄉間，還藏著某種素樸的「台灣價值」、「台灣人精神」，我們祇要能夠把這些寶藏重新挖掘出來，台灣就沒有問題。

　　作為一種信仰信念，這是我們可以尊重甚至深受感動的。然而如果要作為一種施政的抽象指導原則，我們卻不得不指出這種想法的危險。我們可以不喜歡，我們不能不承認：都會區，尤其台北，是台灣主導性力量所在。我們不可能跳過台北、跳過都會區去尋找、去理解一個「美好台灣」。

　　要看清楚台灣，就得回到台灣的現實本源上來，我們不能躲到南部躲到鄉間，祇能在污穢混亂的台北、高雄，找到足以

支撐台灣人度過這個難關的力量。

　　兩天一夜的「總統級待遇」，沒能改變媒體人的思考模式，由此我們也可體會，平常媒體如何苦口婆心，也很難改變生活體驗完全不一樣的政府官員們。要讓兩者完全溝通，幾乎是不可能的，然而我們還是可以、也還是應該追求：讓官員眼中看到的希望稍稍照亮一點總是陰鬱悲觀的媒體世界；也讓媒體的焦慮與擔憂多少感染給總不愛承認危機的官員們吧。

# 我們要什麼樣的總統紀念館？

美國的總統圖書館背後含帶的價值訊息，其實是非常清楚的。曾經掌握過最高權力的人，一旦交出權力，唯一該做、能夠做的，就是面對歷史。民主最高權力伴隨的責任是：你必須將治理國家的相關資料準備齊全、忠實保管，留待後世研究者定奪。

很多人去參觀過、更多人聽說過巴黎羅浮宮的中庭玻璃金字塔，那是二十世紀現代主義建築風格的傳奇成就。在古典的皇宮中央，如同幻影般浮現一座線條簡潔，然而風格強烈的幾何型怪物。玻璃金字塔和周遭如此格格不入，但它卻一舉解決了多少羅浮宮機能上的困擾。

羅浮宮是法國帝王思考下的產物，設計之初本來就沒想過有一天要為大眾服務。羅浮宮的美學是建立在十七、十八世紀歐洲人的日常生活經驗上的。那個時代的人，對天氣變化很認命，對光線要求不高，陰暗的室內氣氛他們視為理所當然。

這樣的羅浮宮轉變為博物館，皇家收藏品當然夠豐富夠壯觀夠迷人，可是展場的條件，卻差得令人無法忍受。而且是隨

著現代經驗的深化，愈來愈難以忍受。不衹是嚴重缺乏公共設施，上個廁所先要在迷宮般的空間裡找老半天，找到了還要排長龍等待，更致命的是空間裡透露出一種被現代價值直覺視為不健康的調調，陰鬱冰冷的走廊，彷彿浮貼著鬼魂的牆壁，還有陽光照射不透而似乎總是散發著異味的空氣。

由華裔現代派巨匠貝聿銘主持規畫的整建工程，在外表上藉著不搭調的金字塔，強行給羅浮宮的環境裡注入不容忽略、不容否認的現代氣息。而且玻璃金字塔將羅浮宮的入口改到中庭，從這邊要到任何不同展場，都不必拐彎抹角走很長的路，解決了過去若干展場距離入口過遠，參觀者最遠必須走將近兩公里才能到達的荒謬狀態。玻璃金字塔還將大量自然光導入羅浮宮，重新設定了羅浮宮的視覺基調。

這就是為什麼玻璃金字塔雖然在建造過程引來法國人幾乎一致的反對，單靠密特朗總統堅強意志、力挺到底才一一克服難關，實現計畫；可是落成開放之後，不衹是觀光客們看傻了眼，法國人愈來愈愛，本來極不願踏進羅浮宮的巴黎本地人也愈來愈願意到這邊來活動了。

**羅浮宮金字塔的前身**

不過躲到這個現代主義傳奇故事後面，很少人知道的是，在羅浮宮之前，貝聿銘其實就設計過一個一模一樣的玻璃金字塔，換句話說，玻璃金字塔不算是專門為羅浮宮量身訂做的。

另外一座玻璃金字塔在哪裡？本來是要蓋在美國哈佛大學

校園邊，作爲甘迺迪總統紀念圖書館的建築主題。

　　時間要溯回到一九六三年。時值盛年、英俊、備受崇拜的甘迺迪總統在德州慘遭暗殺。他坐在敞篷轎車上，頭部中彈，腦漿迸出濺在身邊第一夫人賈桂琳衣服上的畫面，在電視上播出，震駭了全美國，甚至全世界。那個時候，甘迺迪公私祕密仍然鮮爲人知，他在美國人眼中維持了近乎完美的形象。斯人而有斯厄運！

　　應該給他一座能夠彰顯他英雄身世、英雄地位的紀念館，幾乎是當時全美國社會的共識。新聞餘波盪漾中，大家開始行動了，先是確定了紀念館所在地。美國歷任總統都有紀念圖書館，慣例一定蓋在他出生、成長的家鄉，所以甘迺迪紀念館當然在波士頓。波士頓地區有全美最老、最有錢又最有名，同時也是甘迺迪母校的哈佛大學，所以紀念館最好蓋在哈佛校園裡，一來可以利用哈佛的學術資源，完整收藏甘迺迪的資料、進行關於甘迺迪的研究；二來也可以和哈佛的旅遊景點連起來，吸引更多人參觀拜訪甘迺迪紀念館。

　　問題是，經過三百多年發展的哈佛大學，早已碰到校地不夠的問題。商學院、醫學院、公衛學院都不得不離開學校發源地劍橋市，設到河對岸的波士頓市區去，眞的很難再找到可供利用的閒置土地。還好地方的政治人物卯足全力支援配合，終於在哈佛旁邊，查爾斯河畔找到了一塊可供利用的地方。這塊土地屬地下鐵捷運公司所有，是當時擴建紅線用來堆置材料的。

　　土地找到了，甘迺迪家族情商聲名頗盛、又是家族密友的

貝聿銘著手設計。貝聿銘提出的基本構想，就是玻璃金字塔。對貝聿銘而言，玻璃金字塔不祇造型搶眼，而且具備了最準確的象徵意義，象徵甘迺迪一國元首、近乎帝王的身分。他以總統之尊死於任內，而且是遭到政治性暗殺，算因公殉職，他沒有卸職，帶著永恆的總統身分進了墳墓。不過換另一個角度看，甘迺迪不是古代帝王，將原本厚重沉鬱的金字塔改以鋼材、玻璃建造，凸顯了現代民主公開、透明的精神。

這個構想，在少數參與規畫的甘迺迪家人、市政官員，以及專業建築師中，獲得了一致的讚賞與支持。不過可惜的是，構想後來就一直停留在構想階段。兩個重要的障礙，終於使得貝聿銘這個精采的設計案，胎死腹中。

第一個障礙是甘迺迪家族一直希望把紀念館蓋得氣勢磅礴，最好能有華盛頓林肯紀念堂那樣的規模。原本選定的那塊地方，如果用這種標準看，面積不夠大，發展腹地更幾近於零。第二項障礙則是清運那些地鐵建材，遠比想像中的耗時廢工。

在不耐等待、又無法接受那塊土地面積限制的情況下，甘迺迪家族終於放棄在那裡蓋紀念館的念頭，另行在波士頓郊區，選了一個海邊的位置。貝聿銘也就另起爐灶，針對那個地點的特色，做了不同設計，完成了現在的甘迺迪紀念圖書館。

如果沒有這些曲折，玻璃金字塔會出現在美國麻州劍橋，大概就沒機會去巴黎羅浮宮了。不過顯然貝聿銘太喜愛、太珍惜自己這個神奇的設計想法，才會在接下羅浮宮整建案後，又把它搬出來使用。

## 美國總統圖書館的深厚傳統

回顧這段故事的現實意義在於，提醒大家美國的總統圖書館設置精神，及其深厚傳統。前面甘迺迪紀念館籌畫考量中已經彰示出來的，有幾個重點：

一、每一位卸職的總統都會有自己的圖書館，在他過世後就自然變成了紀念館。

二、圖書館、紀念館幾乎毫無例外，蓋在總統的故鄉。一方面是為了讓與總統生平相關的歷史資料，更容易接近收藏；二方面可以形成社區中心、創造地方特色；三方面還可以吸引觀光人潮。

第三點，總統圖書館，依照那一位總統的個性、特色，而會有不一樣的風格。通常興建地點的選擇、建築風格的拿捏到展覽擺飾設計，都帶有為這位總統的人格與政風做歷史定位的意義。這樣設計出來的總統圖書館，絕對不會千篇一律，絕對值得一一探訪，形成一種複合性的政治教育資源。

第四點，總統圖書館具備非常明確的功能。在館裡收藏最多最豐富的檔案資料，足可以記錄這位總統一生，尤其是他主政期間的公私決策資料，盡量蒐羅齊備。總統圖書館收藏的重點，就是「如何充分瞭解這位總統」的相關資料。美國政治史、美國憲法討論、這個人成長活躍時期的社會動態、經濟狀況、政策影響評估，到國際政治研究，是一所總統圖書館固定的收藏方向。每座總統圖書館，雖然以同樣精神經營，一定會收藏不同時期不同性質的資料。

　　總統圖書館，是瞭解這位總統的寶庫，也是政治、歷史研究者必拜的山頭。所以比較健全、比較受重視的總統圖書館，往往都還會附設研究單位。研究目標的選定，也是承繼該總統的政治精神，對他特別有貢獻或特別感興趣的領域，進行深挖、後續研究。

　　總統圖書館的成立，已經樹建為堅強的傳統。國會會撥一定的預算，卸職總統更會在卸職之初，利用還未完全消退的影響力，為自己的圖書館努力募款。有些卸職總統的辦公室就設在圖書館裡，於是圖書館又兼有作為卸職後政治基地的意味。

## 掌握大權的人必須準備好面對歷史

　　這樣的制度，值得我們借鏡參考。過去這方面的情況，在台灣很少受到注意，因為我們並不存在卸職總統的問題。再加上政治人物，就算明知自己任期有限，卻總是不願放棄以為可以永遠享有權力的幻想，最不願去規畫，也最不願意人家提的，就是他退職退休後的安排。

　　退職退休總統要在哪裡幹什麼？迴避這個公共議題，甚至將這本來應該屬公共討論層次的議題個人化私有化了，產生的一個結果就是權力者永遠不覺得自己已經離開了舞台，也不覺得自己應該離開舞台。

　　美國的總統圖書館背後含帶的價值訊息，其實是非常清楚的。曾經掌握過最高權力的人，一旦交出權力，唯一該做、能夠做的，就是面對歷史。民主最高權力伴隨的責任是：你必須

將治理國家的相關資料準備齊全、忠實保管，留待後世研究者定奪。

美式民主權力者可以行使權力，但權力的行使一定要留下真確資料。大部分資料是要給分權架構下的其他部門監督考核之用；還有其他資料，就算目前不必公開，也得準備著，以俟來時，當事者是沒有權利予以竄改、銷毀的。

美式民主裡還有一個清楚的分際。政治權力者也是人，理應保有隱私。然而他的隱私權不同於其他人，僅保護到他斷氣去世那一刹那。他不能把隱私帶進墳墓、永遠埋藏。他有義務成立、維持圖書館，不管喜不喜歡，保管自己的公私資料，交給後人運用。

這一套邏輯，我們會愈來愈需要，這應該才是討論「總統紀念館」的真正焦點。以這樣的標準看，「中正紀念堂」當然不及格。那裡所「紀念」的是一個神話，是一個沒有真實的人的內容的空殼子。誰能在那裡感受到蔣介石真正是個什麼樣的人呢？難怪大家可以每天進進出出利用「中正紀念堂」，卻不必想起、不必注意這個地方到底在紀念誰。

這是統治神話要紀念、反而製造了遺忘的矛盾反諷。如此紀念，說老實話，不要也罷。我們寧可要美國式的總統圖書館，即使甘迺迪圖書館收藏的資料，後來成為揭發甘迺迪最不英雄、最不堪的一面的重要助力，甘迺迪在地底下大概也祇能攤攤手、聳聳肩說：

「沒辦法，這就是民主！」

# 為什麼我們那麼拙於協商？

台灣的政治有衝突有混仗，卻少有協商、談判可以來解決問題的空間，最根本最根本的原因就在，我們缺乏一種設身處地替別人著想的文化。設身處地不是要做好人好事，而是談判協商最基本的前提。我們至少得懂得暫時擺脫自我中心的觀念觀點，試著去理解對方要什麼、在意什麼、計較什麼；試著從對方的價值觀裡去想像對方是怎麼在衡量得失與緩急輕重，我們才有可能試著找出方法來，在不損及己方利益的情況下，讓對方也能接受。

先來講一段應該還沒有被披露過的政壇祕辛。

一九九九年的春天，我從美國回來，身上沒有任何固定的工作，更沒有固定的職務，在偶然的狀況下，介入了當時民進黨內山雨欲來的一場爭議。

那就是為了二〇〇〇年總統大選，逐漸浮上檯面的「陳許之爭」；陳是陳水扁、許是許信良。

## 「陳許之爭」的一段祕辛

從實力上看，許信良不管在黨內或社會上獲得的支持度，當然都遠遜於陳水扁。

然而許信良占有了一個黨章規定上的優勢。民進黨提名辦法裡明確規定：總統、省市長等最高層次等級的公職，每一個人每四年祇能選擇一樣參選。這辦法的精神在於分散選舉機會，不讓由高層次選舉所動員出的政治能量，被一、兩個極少數明星寡頭壟斷。

陳水扁一九九八年才剛參選完台北市市長，受「四年條款」管制，沒有資格沒有機會代表民進黨參加二○○○年總統選舉。相較之下，許信良為了準備二○○○年參選，甚至放棄了在一九九七年民進黨縣市長全面大勝捷報聲中競選連任黨主席的機會。

如果不修改「四年條款」，陳水扁祇剩一線希望，那就是黨內同志沒人參選，或登記參選者都被協商勸退的前提下，中常會可以用「徵召」的方式，擺脫「四年條款」的拘束。

可是許信良老早就表態要選，而且說要參選到底。如果許信良真這樣堅持，當然也就斷絕了陳水扁獲得徵召參選的路。

在這樣微妙又有點尷尬的僵持形勢下，我居中試圖找出雙方也許可以達成某種協議的空間。

許信良依然不改其梟雄個性。他真正的底線，其實是希望如果國民黨連宋整合成功，民進黨明顯處於劣勢時，陳水扁可以退讓由許信良出馬。許試圖說服阿扁的是，反正如果「連宋

配」成形，民進黨輸面居多，阿扁才剛一戰敗於馬英九，絕對承受不起再戰又輸給連戰的代價。不過另一方面，我明瞭許信良內在的革命自信，他總認為自己有辦法可以製造奇蹟，當年在桃園縣國民黨包圍打壓、沒人看好情況下卻漂亮勝出的記憶，一直縈繞在老許腦中，所以他不在乎打劣勢難打的仗。

許信良希望陳水扁不要在黨代表大會動員修「四年條款」。因為一旦修了「四年條款」，環境與氣氛會逼得陳水扁非出來不可，許信良不可能再有任何機會。老許希望和阿扁間達成默契，不修黨章，但如果連宋整合不成，老許一定不會去登記，不會阻擋阿扁獲得徵召的程序。

退而求其次，許信良的底線則是將原訂六月召開的黨代表大會，延到八月才開，那樣的話到黨代表大會前，國民黨的分合動態可以比較明朗，到時再來決定修不修「四年條款」會更適當。

然而這樣的思考，得不到阿扁那邊的共鳴。阿扁也頗為顧忌動員去修「四年條款」工程不小，難保不會引起黨內激烈反彈，在外給人的觀感也不是太好。他真正希望看到的就是許信良明白地表示不參選，以維持他無須動「四年條款」也還能參選的運作空間。

我很快就感受到了陳水扁強烈的參選企圖心。他根本等不到八月。我也很清楚：如果陳水扁非選不可，老許去擋他，不祇不會有效果，而且還會弄得兩敗俱傷難看得很。所以問題轉成：有辦法幫許信良找到一個不選的好理由嗎？

## 有機會出現台灣的Aspen Institute嗎？

　　協商中有一個階段，我提了一個想法。我建議由阿扁承諾全力支持許信良成立類似美國Aspen Institute般的智庫兼教育機構，來換取許信良退選。因為如果有那樣一個機構做基地，許信良不祇可以繼續發揮他的政治影響力，而且對他的理念的傳遞，會比參選總統更有意義。

　　我得稍微解釋一下這個在台灣知名度不是那麼高的機構。Aspen Institute成立於一九五○年，成立時的核心人物是美國當代哲學家艾德勒，成立的宗旨目標很明確──希望讓握有現實大權的政治人物與企業負責人，有一個可以深造受教育的地方。

　　為了達到這個目的，選了美國最知名的觀光勝地，科羅拉多州的亞斯本城，在風光明媚的地方蓋起一座世外桃源。來這裡上課受教育的政客與大老闆們，都得付昂貴的費用，不過他們可以得到最高級的食宿招待、每天下午的度假時間，以及全世界頂尖的第一流學者專家朝夕相處相伴。

　　在差不多一周的時間中，每天早晨都是非常辛苦的討論會，辛苦到四個小時下來，每個人的腦袋都發昏了。這麼高難度的討論會才能製造出最高的效果來。

　　Aspen Institute成立之後，又得到了著名的餐具製造商康寧（Corning）家族的慷慨捐助，在和華盛頓特區隔波多馬克河相望的馬里蘭州擁有了一塊超過一千公頃的廣闊土地，得以在那裡建立了一個專以教育國會議員、高級行政官僚為主的分部。

Aspen Institute在美國的地位如何呢？我們可以拿一件歷史大事來說明。一九九〇年美國總統布希下定決心出兵攻打伊拉克，並取得英國方面充分支持的關鍵會議，既不是在白宮也不是在倫敦開的。那場會議的地點就在Aspen Institute，時間是布希總統和佘契爾夫人連袂參加Aspen Institute四十周年紀念會之後。

如果台灣也有一個這樣的機構，如果在台灣我們也能給政治人物與企業老闆更大的壓力、更多的動機，去接受多元些又深刻些的教育，那不是很好？

照我當時天真的想法，一方面由陳水扁提供比較豐富的募款人脈，另一方面陳許兩人聯手進行政治串聯，如果能夠募到一億以上，而且可以聯合至少八十位跨黨派的立法委員支持這樣一個機構，這機構就算是立於不敗之地，可以開始積極運作了！

### 不意外的協商破局

不過這個構想很快就胎死腹中，陳許兩人的溝通也斷了線。導火事件是雙方仍在協商中，許信良接受《聯合報》專訪，忍不住用頗重的話批評了陳水扁一頓。專訪見報當天，我恰好與阿扁有約，見面時阿扁始終寒著一張臉，我知道再談什麼協商、合作都已無意義了。

說老實話，目睹這樣兩位重量級政治人物的協商互動，對最後破局的結果，我既不意外，也不怎麼遺憾。因為最根深柢

固的是兩人之間徹底的不信任，兩人之間不衹沒有相通的思考邏輯，甚至連基本類似的共同語彙都非常稀少。我比較惋惜的，其實還是建構一個特殊智庫機構的重要契機就此消失破壞！

這件事比較長遠的影響，是刺激了我一直在思索、反省台灣政治領域的協商、談判問題。這個問題在政權輪替之後，以更誇張的方式浮現在我們每個人面前。

我們被迫認真去問：為什麼我們的政治必須一直陷在不斷衝突的泥淖裡，找不出更有效率更具建設性的新模式來？為什麼我們的政黨協商，最後竟然必須依賴「大哥」羅福助？「大哥」無黨無派，他領導的無黨籍聯盟席次還比不上民進黨裡的任何一個派系，為什麼他會擁有完全不成比例的龐大權力？

## 缺乏設身處地替別人著想的文化

台灣的政治有衝突有混仗，卻少有協商、談判可以來解決問題的空間，最根本最根本的原因就在，我們缺乏一種設身處地替別人著想的文化，我們普遍缺乏設身處地替別人著想（empathy）的能力。

設身處地不是要做好人好事，而是談判協商最基本的前提。我們至少得懂得暫時擺脫自我中心的觀念觀點，試著去理解對方要什麼、在意什麼、計較什麼；試著從對方的價值觀裡去想像對方是怎麼在衡量得失與緩急輕重，我們才有可能試著找出方法來，在不損及己方利益的情況下，讓對方也能接受。

　　很不幸地，在我們的文化、在我們的教育裡，這麼重要的能力卻長期被忽略了。絕大部分的狀況下，我們在重重的規約下成長，設計、執行這些規定約束的人，從來不考慮我們的感受。到了稍稍長大些，我們便開始反抗這些規約，而反抗規約的方式則是伸張自我，強調「我」要什麼、不要什麼。

　　在這種機制下，哪裡有什麼力量在幫助我們、訓練我們去想像別人的立場、體驗別人的經驗呢？

　　落到政治層面上來看，我們還會發現，台灣的政治運作，一貫也就是沒有協商談判傳統的。國民黨所習慣的是列寧式威權體制，決策的中心是中常會，然而中常會雖然每周開，但其作用卻絕對不是折衝協調，而是大家齊聚一堂共同表達「沒意見」的儀式形式。換句話說，國民黨中常會非但不是意見交換表達的場合，還是個集體壓力下每個人都要來展現「沒意見」團結立場的威權場域。

　　民進黨抄襲了中常會的權力形式，然而其骨子裡的精神當然完全不一樣。民進黨的問題是同志們都還帶有革命草莽氣息，習慣自己打天下，任何協商協議，後面沒有什麼言必行、行必果的君子保證。更因為單打獨鬥慣了，民進黨的談判協商行為裡最困擾的就是：無法建立「代表權威」。在個人草莽氣氛大行其道的狀況下，誰能代表誰？誰又願意被誰代表呢？

　　國民黨與民進黨截然不同的政治文化，卻同樣使得協商談判寸步難行。國民黨是威權籠罩下，沒有人願意也沒有人敢做決定；民進黨卻是人人做決定、做決定時可以很阿莎力，然而你做你的決定，我做我的決定，誰也不聽誰的，這種決定怎麼

能在談判桌上發生效用呢？

## 立法院爲什麼需要大哥羅福助？

從這樣的困境裡，我們可以部分理解爲什麼立法院協商要拉大哥羅福助。因爲他沒有黨在後面牽制，不會畏畏縮縮拖拖拉拉；他又有威嚇性的實力，不讓人家不被他代表。所以他一拍板就定案，難怪能有如此影響力。

阻礙台灣產生有效的政治談判協商機制還有一個理由在：台灣的現實變化實在太快、太難逆料了，以至於大家對於自己最大利益所在，捉摸不清、拿捏不準。

解嚴之後台灣政治的發展，最重要的協商、談判里程碑，當推一九九七年年初的「國發會共識」。讓國、民兩黨達成那麼多項共識，談何容易，自然是成就一樁。

不過仔細檢視，那些洋洋灑灑的「共識」，其實建立在一個假設上，那就是國民黨短期內不會失勢，會繼續掌有中央政權。

祇有在這個假設上，那些共識才有道理。可是誰猜得到才那麼短的時間內，這個假設就被推翻了，連帶使得依照「國發會共識」所修改的憲法，變成這麼不合理的大怪物！

協商、談判要能進行，去協商去談判的人得有概念知道自己的利益何在；得有個前瞻性的視野，衡量怎樣的變化對自己最有好處。可是台灣的情況是，不定的變數實在太多了，多到誰都看不清測不準，連基礎利害得失都估不出來時，要如何協

商、談判？又要協商、談判什麼？

　　這層層因素相乘相加，不衹造就了羅福助的政治勢力，可能也造就了陳水扁總統「衝突──升高──妥協」的特殊政治風格。陳水扁的模式，說穿了就是放出試探性的氣球，看氣球怎麼飄，才做出立即的反應，搶短線的利益，一看風頭不對了，就趕緊撤退，控制傷害程度。

　　為什麼需要如此做？因為心中沒有一個長遠的規畫腹案，沒有可以控制操作的願景，衹能對麻煩複雜的多元變數進行階段測試。

　　可是這種風格也就會循環生出短線上更多不定的變數，更多變數使長程規畫更加難產。於是在這樣的循環裡，可能不衹埋葬了以協商、談判來運作政治的典範，也埋葬了台灣發展的長期、穩定動力。

# 我們的葛林斯潘在哪裡？

「喊水會堅凍」，必須平常有一致的貨幣政策標準。這個標準長期看來有其理性基礎，而且長期看來，要有充分的預測能力。葛林斯潘的威力，是靠柯林頓任內努力打消赤字替他撐起來的；而他始終對通貨膨脹憂心忡忡的態度，已經由美國這幾年高成長卻未過熱的實質成就充分肯定了。在這樣權威基礎上，他擁有比別人都多得多的武器，可以來對抗蕭條，也可以來刺激景氣。

「我知道你以爲你瞭解我說的話，但是我不確定你是否瞭解你聽到的話並不是我真正的意思。」

你看得懂上面這句話嗎？這是什麼話嘛！說得又臭又長，然而什麼也沒說，什麼樣的人會去講出這樣沒營養的話？

講這話的人，是當今全世界金融界最有權力的人——美國聯邦準備理事會主席葛林斯潘。台語裡有一句形容人很厲害很有勢力的話，叫作「喊水會堅凍」，就是說不用出手不用動作，光是用嘴巴喊，連水都會乖乖地凝結成冰，有這麼神奇這麼了不起！

## 「喊水會堅凍」的葛林斯潘

葛林斯潘眞的是「喊水會堅凍」。他甚至還不必用喊的，他輕聲細語講的話，都能讓全球股市洶湧起浪。一九九六年十二月五日晚間，葛林斯潘在一項典禮上發表了一篇題名爲〈民主社會裡中央銀行面臨的挑戰〉，演講稿長達十八頁，講到一半在場聽眾已經昏昏欲睡。

然而演講後半段，葛林斯潘開始講起日本的泡沫經濟，然後問了一個其實相當空洞的問題：「我們要怎樣判定什麼時候開始，是由非理性繁榮（irrational exuberance）在推高資產價值？非理性繁榮會在無法預期的情況下陷入長期的收縮，就像過去十年來日本的遭遇一樣。」

當場大家注意到了葛林斯潘似乎把美國股市和日本泡沫經濟相提並論，葛林斯潘似乎是以「非理性繁榮」來形容美國的股市狀況，於是瞬間地球背面的日本股市首先應聲受挫，全日指數跌了三％。澳洲、紐西蘭也受到波及，接著傳染到德國、法國、英國，最後在次日的早晨，「股瘟」繞了地球大半圈，回到美國，紐約股市一開盤就大跌一四五點。

認眞檢討，當天迫使全球股市一片哀號的沒有別的可怕災難消息，就是葛林斯潘話中的兩個「似乎」，這樣就夠了！

這樣的人，眞的稱得上「喊水會堅凍」吧！

經過「非理性繁榮」事件後，全世界媒體更加注意葛林斯潘說出來的每一句話。他到美國國會參加聽證會，那當然是大事；他主持每月例行的聯邦準備理事會議，更是大事；就連他

沒事參加派對私下講的話，都被媒體視爲值得不擇手段先搶先贏的寶藏。

## 「葛林斯潘旋風」

全球性的「葛林斯潘旋風」正式飆起。兩個背景助長了「葛林斯潘旋風」的威力。一個背景是美國股市的快速成長，不衹是指數節節上升，而且投入股市的人也愈來愈多，換句話說，身家財產與股市榮枯息息相關，不得不每天每天盯著注意股市表現的人大幅增加了。所以本來被稱爲「衹有○‧二％的人知道他在幹什麼」的聯邦準備理事會主席，也就因爲他掌管貨幣供給、貨幣供給總量直接影響股市投資投機可用的「子彈」，躍升成了家喻戶曉的熱門明星級人物。

第二個背景是由CNN開啓其端的即時新聞革命，在九○年代推向了另一波新高潮，那就是理財新聞頻道大大流行。理財新聞消息面的焦點有限，於是葛林斯潘就成了它們鎖定非炒不可的大新聞了。幾乎是葛林斯潘所到之處就有理財新聞頻道的SNG車如影隨形，現場立即轉播葛林斯潘又講了些什麼。CNBC甚至還針對葛林斯潘設計了一個別出心裁、大受歡迎的噱頭，叫「公事包指標」。他們緊盯葛林斯潘的公事包，如果公事包很薄，表示沒什麼大事，利率應該就會走穩；然而反過來要是公事包很厚很重，那表示葛林斯潘得讀很多資料，得做很多功課，事出不會無因，利率調整的可能性就大幅升高。

媒體這樣密集報導葛林斯潘，全美、全世界股迷這樣關心

葛林斯潘，於是大家口耳相傳傳頌——葛林斯潘個心思多麼細膩、說話多麼模稜兩可，像塊厚厚的毛玻璃，讓人怎麼看都看不透。

不過讓我們不要誤會了，尤其應該小心不要倒果為因了。葛林斯潘不見得天生就是個這麼不透明的人，性格那麼複雜、講話那麼彎彎曲曲。比較接近事實的恐怕是：葛林斯潘正因為意識到自己說幾句話都會被人家解讀、聯想，甚至利用，所以才不得不找出一種後遺症最少，可以讓不同立場的人各取所需，但又誰也沒辦法掌握確切答案，在其中形成「動態平衡」的說話方式。

為什麼這樣看？因為有很多證據顯示，葛林斯潘以前不是這樣模稜說話的人。證據一是一九七六年，福特和卡特的大選選戰中，葛林斯潘曾經代表福特陣營，在電視上和人家一對一辯論經濟政策。在那個電子媒體依然有限、上電視機會不多的年代，什麼樣的人才能被選為代表去跟對手辯論？除了專業背景要夠強夠硬以外，必然還得口才便給，話說得清楚透徹，不祇能質疑攻擊對手，還能在最短時間內說服觀眾、爭取支持。

還有一項反面的證據。那就是更早前，一九七四年，當時擔任聯邦經濟顧問委員會主席的葛林斯潘，曾經因為心直口快在會議上講出讓全國譁然的話。會議上正在討論通貨膨脹帶來的威脅，葛林斯潘說：「我們大家都受影響，不管窮人或富人。如果從因通貨膨脹導致財產縮小的幅度上來看，華爾街的證券商他們受到打擊最大，這是統計上的事實！」此言一出，葛林斯潘幾乎成了過街老鼠。他竟然為有錢的華爾街證券商說

話，簡直就是對窮人的痛苦掙扎視若無睹，活該慘遭各方修理。

## 葛林斯潘的話為什麼難懂？

我們還應該注意，不要掉入另一個誤會裡，人云亦云地以為葛林斯潘空洞又複雜的語言，弄得美國的貨幣金融政策神祕兮兮的，讓人摸不著頭腦。其實，葛林斯潘如果真的要故弄玄虛、如果真的要神祕兮兮，最好的策略不是講模稜兩可的話，而是完全不講話。不講話你們不是連猜都無從猜起了嗎？

事實上，在葛林斯潘之前，聯邦準備理事會基本上是不對外講話的，說聯邦準備理事會是個大黑箱，亦不為過。聯邦準備理事會完全獨立運作，甚至可以和總統的財政政策背道而馳。聯邦準備理事會什麼時候調利率、要調多少，不祇不對外公布，也不對外說明，甚至不讓外界探問。

為了避免有人從中套利，聯邦準備理事會內部運作是祕密中的祕密。二次大戰期間，美國和英國最高層軍事計畫，很多次都選在聯邦準備理事會的大樓裡開會討論。因為這個地方最不可能被竊聽、最不可能被間諜滲透，由此可見其祕密程度。

事實上，葛林斯潘是歷來最開放最清楚最透明的聯邦準備理事會主席。他對外說過最多的話。他幹嘛講這麼多？一方面是來自國會的監督壓力，促使聯邦公開市場操作委員會的會議紀錄解密公開了，聯邦準備理事會不能再躲在迷雲裡操作貨幣市場。然而另一方面是葛林斯潘認識到多說話、多公開的好

處。

一九八七年，葛林斯潘剛接任理事會主席兩個月後，「黑色星期一」殺到。一天之內紐約股市狂跌了五〇八點，創歷史上單日的最大跌幅。面對這樣的空前危機，葛林斯潘決定發表最簡短最清楚的聲明，昭告天下，聯邦準備理事會不會採緊縮措施，會保證讓資金源源注入銀行體系裡。事後證明，這個聲明發揮了強大的效果。一紙聲明穩住了慌亂中不知所措的系統中的每一環節，聯邦準備理事會成了不動的後盾、靠山，擋住了骨牌進一步再連串傾倒的動能。

葛林斯潘從那次經驗學到了怎樣利用語言來給自己增添影響金融市場的無形武器。他經常講，大家習慣於傾聽做反應，真有關鍵時刻，他光是用比較清楚的態度暗示，甚至毋需有實際的升息或降息措施，就可以使偌大的經濟體朝加溫或降溫的方向進行微調。

這是多麼了不起的成就。在開放與掩藏的動態拉鋸中，拉出一條前所未見、前所未聞的新路，這是葛林斯潘的偉大貢獻。

## 不只是靠耍嘴皮和控制利率

不過我們也不要誤會，以為葛林斯潘這套靠一張嘴皮子、靠操縱利率上下就能管控經濟的本事，是可能移植複製來解決其他地方——像台灣的問題的。要學葛林斯潘來幫台灣開藥單下藥，至少還得考慮兩個非常重要的因素。

　　第一個因素是葛林斯潘跟柯林頓總統第一次私下密談中講得最清楚的：財政赤字是扼殺貨幣政策有效化最狠毒的殺手。預算赤字是政府向民間借貸，吸走了大量市場資金，使這些資金不受短期利率波動影響，如此一來中央銀行勢必無能為力。

　　第二個因素是要說話有力，「喊水會堅凍」，必須平常有一致的貨幣政策標準。這個標準長期看來有其理性基礎，而且長期看來，要有充分的預測能力。葛林斯潘的威力，是靠柯林頓任內努力打消赤字替他撐起來的；而他始終對通貨膨脹憂心忡忡的態度，已經由美國這幾年高成長卻未過熱的實質成就充分肯定了。在這樣權威基礎上，他擁有比別人都多得多的武器，可以來對抗蕭條，也可以來刺激景氣。

　　台幣大貶，股市又跌，難免有人又要問：「台灣的中央銀行在哪裡，像葛林斯潘這樣的救星又在哪裡？」看看葛林斯潘真實的歷程，我們擔憂：台灣根本還沒有可以供貨幣政策英雄出現的環境吧！對目前的不景氣，我們恐怕得在中央銀行貨幣政策之外去尋找解套辦法。

# 中央銀行是幹嘛的？

沒有中央銀行時，得要靠一個非常英雄人物的非常英雄作為，才能夠穩定貨幣金融結構。有了中央銀行之後，我們不必再依賴英雄人物與英雄作為，取而代之的，卻是運作這龐大權力與複雜平衡機制的高度專業技術。什麼時候該收什麼時候該放，中央銀行正因為擁有甚至連摩根當年都無緣擁有的高效武器與工具，更是需要小心謹慎。

一九一三年三月三十一日，美國當時最知名的銀行家摩根（J. P. Morgan）病逝。消息傳出後的十二個小時內，有三千六百九十八封弔唁的電報拍到。爭先恐後去拍電報的人，包括了世界各地的國王，包括了教宗，包括了藝術家及藝術經紀人，當然也包括了工業鉅子和銀行鉅子。

後來沒有任何一個既非皇帝也非王公貴族的人，死得這麼轟轟烈烈。事實上，後來沒有一個銀行家比摩根擁有更高的地位關係、更大的影響力，在他之前沒有，在他之後也不太可能會有了。

## 「真想不到摩根算不上個有錢人！」

　　大家都知道摩根是全美最了不起的銀行家，大家也都知道他創辦、掌握的摩根銀行是全美、甚至是全世界數一數二的金融機構，所以大部分的人想當然爾將摩根視為世界首富的合理候選人，畢竟在他手裡進進出出的金錢數額是別人連想都很難想像得到的。

　　因而摩根即使死後都還提供了爆炸性的消息，上了報紙的頭版。幾乎全美所有的報紙都用不可思議、無法置信的口氣報導了這樁新聞：仔細計算後，摩根的財產總計竟然祇有區區的六千萬美元！

　　聽到這個消息，真正名列全美鉅富榜的約翰・洛克斐勒禁不住脫口說出：「真想不到摩根甚至算不上是個有錢人！」

　　六千萬美元不是小數字，然而六千萬美元和洛克斐勒的財產相比，微不足道。更教人感受到大落差的是，六千萬美元和摩根曾經推動運作的事業規模相比，簡直是九牛一毛。

　　舉個例子來說明摩根是什麼樣大開大闔大氣魄的人吧。一九〇〇年年底，摩根參加了一場宴會，宴會的主角是卡內基鋼鐵公司總裁史瓦伯（Charles Schwab）。史瓦伯三十五歲就獲得老卡內基的青睞，坐上了總裁寶座，年輕氣盛意氣風發。宴會上有一個節目是史瓦伯要對來賓「簡單說幾句話」，結果史瓦伯的話匣一開欲罷不能，滔滔不絕地講了將近一個鐘頭。

　　在那一個鏡頭裡，史瓦伯勾勒了一個美國鋼鐵業的夢境遠景。史瓦伯信口開河，大談如果有一個公司可以整合所有最有

效率的公司，聯合所有最先進的工廠，那麼透過規模經濟的競爭優勢，美國鋼鐵業有機會一舉打垮英國和德國，稱霸全世界。

史瓦伯的口才很好，全場大家聽得如痴如醉。然而會中有一個人始終面色凝重，沒有隨著宴會氣氛興奮叫好。這個人就是摩根。會後他把史瓦伯拉到一邊講了幾分鐘的話，立刻就決定要以他的金融實力創造史瓦伯描述的那個世界鋼鐵霸主。

在摩根的主導規畫下，史瓦伯和卡內基打了一場最昂貴的高爾夫球。球賽打完，卡內基同意接受以四億八千萬美元的價錢，將卡內基鋼鐵賣掉。那是當時全世界最龐大的一宗私人買賣交易，從球場走出來的卡內基同時成了全世界最富有的平民。

隨後摩根宣布成立一家新的公司叫「美國鋼鐵」，資本額十四億美元。這個數字不祇在美國，在全世界都造成了大騷動。一九〇一年的十四億美元到底有多大呢？那一年美國聯邦政府的總預算祇有五億兩千五百萬美元。那年美國全國製造業總產值大約是九〇億美元左右。

## 摩根重新創造了世界

那年在紐約華爾街流傳最廣的笑話是：老師問學生：「誰創造了世界？」學生回答說：「上帝在西元前四百年創造了世界（這是從聖經舊約推算出來的標準答案），然後J. P. 摩根在西元後一九〇一年重造了世界。」

　　不過美國鋼鐵還不是摩根玩過最大的事業，也不是大家真正懷念他的唯一原因。要瞭解摩根的重要性，要瞭解為什麼之後不會再有像摩根這種等級的銀行家，我們必須提一下一九一三年發生的另一件大事。

　　一九一三年十二月二十三日，美國聯邦準備法正式立法。美國在建國的一百三十七年之後，終於可以有一個扮演中央銀行角色的機構出現，來結束銀行體系自由放任各自為政的局面。

　　美國社會不喜歡中央控制，抵抗中央銀行管制的根深柢固情緒，可以從聯邦準備理事會的組織看出一斑。它負擔國家中央銀行的功能任務，然而不祇是名稱不叫中央銀行，在架構上也刻意地「去中央化」。聯邦準備理事會不是一個中央銀行，而是十二個地區性準備銀行的聯席會議。

　　而且聯邦準備法能夠通過立法，還依賴一項歷史的偶然，和一項歷史上的慘痛教訓，兩者缺一不可。

　　歷史上的偶然是老羅斯福總統和原本擔任過他的副總統的塔虎脫竟然反目成仇。塔虎脫任內受到最強烈的攻擊，認為他的公共政策保守、倒退的，就是來自前任總統羅斯福。一九一二年，老羅斯福對塔虎脫的不滿高漲到無可收拾的地步，他宣布退出原屬的共和黨，另組進步黨，自己以進步黨候選人的身分，參選總統。

　　老羅斯福的做法使得共和黨陣腳大亂，塔虎脫連任失敗，從中漁翁得利的是原來並不被看好的民主黨候選人，大學校長出身學者型的威爾遜。

## 聯邦準備法的爭議

威爾遜充滿了理想。他的理想色彩，尤其是他主張聯邦政府應該為人民盡更多責任的理想，老實說並不是當時美國的主流。如果沒有老羅斯福執意攪局，威爾遜當選機會微乎其微。威爾遜如果沒當選，不祇是聯邦準備法很難立法，一次大戰後，「民族自決」是否還會成為沛然難禦的世界潮流，都很難說。

威爾遜總統聯合了重量級的國會議員，包括維吉尼亞州的眾議員格拉斯（Carter Glass）、奧克拉荷馬州參議員歐文（Robert Owen），以及檢察總長布蘭代斯（Louis Brandies），費盡力氣才讓妥協後的聯邦準備法在國會獲得支持。

這個法案在國會討論時，有許多支持該法案的銀行家不約而同地在媒體上表達了他們的立場，那就是：「美國亟需一個中央銀行，別忘了，這世界上已經沒有了J. P. 摩根。」

為什麼摩根的死會和美國要不要有一個中央銀行扯上關係呢？這就要談到發生在一九○七年，幾乎釀成大災禍的慘痛歷史教訓了。

一九○七年的風暴中心，當然還是紐約還是華爾街。然而風暴的兩道醞釀力量，卻遠起自美國大西部。

一道力量是一九○六年舊金山大地震震起來的。舊金山地震造成了龐大的損失，剛好震到了美國發展中的保險業。現代保險業已經基本上成立了，所以接受保險概念的個人與商家大幅增加。然而相對地，保險理賠辦法卻又還沒發達、細微到去

構想像地震這種不可抗力集體災難的特別情況。於是舊金山大地震的理賠，不祇是快壓垮美國保險業，而且層出不窮的理賠糾紛爭議，更幾乎癱瘓了保險業的正常運作。保險與金融直接牽動，保險不保險更營造了潛藏的焦慮恐慌心理，這些都是逼擠著原本就不怎麼健康健全的銀行體系的強大壓力。

最後引爆這些壓力的，是從西北部蒙大拿州一路結到東岸來的恩怨。這個事件的主角是位名叫海因茲（F. Augustus Heinze）的人。海因茲出身紐約布魯克林區，一八八○年代他遠走大西部尋求出路。當時因應美國電力開發，電線的主要材料──銅，成了大熱門大搶手。蒙大拿州和亞歷桑納州都有豐富的銅礦，就吸引了許多人來此開礦淘金。

海因茲先是任職於「波士頓與蒙大拿礦業公司」，然後他遠赴加拿大做其他生意，賺了一點錢之後，又回到蒙大拿州。他利用對銅礦礦脈的準確定位猜估能力，以及當時對地上地下物產權法律規範上的許多漏洞，開始炒作土地，處處與老東家作對。他還接觸礦工，慫恿礦工們向雇主爭取福利，深得礦工們的支持愛戴。

對這樣一個頭痛人物，「波士頓與蒙大拿礦業公司」的大股東們，最後決定破財消災尋求解決。他們付了一千零五十萬美元的鉅款，買斷海因茲在蒙大拿州的所有權利，順利地讓海因茲離開了蒙大拿，回到紐約去。

不過這事用這種方法解決，卻留下了嚴重後遺症。後遺症之一是，礦業公司的大股東雖然花錢消災，心中卻不可能沒有怨沒有恨。後遺症之二是海因茲手握鉅款，就有了本錢到華爾

街去，而他選擇到華爾街炒作的，無可避免又是他最熟悉的銅礦股。

換句話說，在蒙大拿交手過的敵對雙方，移到另一個戰場上又見面了，這下子自然是分外眼紅。

海因茲找了個合夥人，開始炒作「聯合煉銅公司」的股票。他們的做法是刻意讓「聯合煉銅」的股票維持在不尋常的高價位。市場上預期「聯合煉銅」應該會下跌的傳言愈來愈盛，終於吸引了大量炒作手開始放空「聯合煉銅」的股票。海因茲卻在此時逆勢操作，強迫已經偏高的股價在短短幾天內從一股三十七‧五元漲到六十美元。他預期空頭為了回補股票不得不跳入陷阱任他們宰殺。

沒料到海因茲在蒙大拿結下的仇家之一，標準石油公司的羅傑斯（H. H. Rogers）看穿了他們的運作，反而設了另一層陷阱。他不祇刻意摜壓「聯合煉銅」的股價，還操控讓銀行催繳海因茲的貸款。一場激戰之後，海因茲垮了，他背後的信託公司也垮了，連帶地吹起了一陣金融機構的擠兌風。

## 可怕的擠兌風潮

大家都怕自己的銀行被牽連，大家都搶著去把錢領出來，結果是每家銀行都岌岌可危。每家銀行都面臨擠兌的人潮，它們祇好向最大的銀行求救。

還好這最大的銀行，就是摩根銀行。摩根以他的魄力與影響力，立即開始行動。

　　「聯合煉銅」風波之後的第一個星期一，美國信託公司特別調了一百二十萬現金因應擠兌。一百二十萬在下午一點到達，一點二十分，現金就降到祇剩八十萬。到一點四十五分，祇剩五十萬。兩點十五分，祇剩區區十八萬。

　　還好在緊急中摩根出現了，保證現金會源源供應。到星期三之前，在摩根奔走下，一共有兩千五百萬美元進到像美國信託公司這樣的金融機構裡。

　　星期四，換成華爾街股市來向摩根求救。整個市場融資貸款狀況一塌糊塗，如果沒有立即資金挹注幫忙，股市祇好被迫休市。在五分鐘內，摩根調來了兩千七百萬美元供股市運用，解除了股市狂瀉的危險。

　　當天晚上，全紐約的銀行家齊聚在摩根家裡。摩根卻關在自己的西廂房，遲遲沒有露面，焦急的助手去催摩根：「你趕快去告訴他們該怎麼辦啊！」摩根回答：「我自己也不知道怎麼辦！我祇能在這裡等他們想出辦法來。」

　　銀行家們終於想出辦法。他們願意在摩根後面聯合起來，撐起摩根的所有資金調動。換句話說，全紐約的錢都匯集到摩根手裡，摩根可以拿去救火。一旦大家知道摩根有能力救火，存款信心就恢復了，眼看就要燎原的擠兌大火自然就消弭了。

## 摩根傳奇凸顯了中央銀行的重要

　　這就是摩根，這就是摩根的傳奇。一個在沒有中央銀行的資本大國裡，靠著私人的力量扮演起中央銀行角色的銀行家。

因為有摩根，一九○七年的美國才躲過了一場大恐慌與大蕭條。因為有摩根，美國人終於明白中央銀行有多重要。怎麼百般不願意，在歷史條件下，在摩根逝世後的驚恍中，美國畢竟還是有了聯邦準備理事會。

我們現在已經太習慣在中央銀行的管制與保護下過日子，有時候會忘記中央銀行有多重要，有多大的力量。回顧摩根的故事，可以更清楚凸顯出中央銀行的意義。沒有中央銀行時，得要靠一個非常英雄人物的非常英雄作為，才能夠穩定貨幣金融結構。有了中央銀行之後，我們不必再依賴英雄人物與英雄作為，取而代之的，卻是運作這龐大權力與複雜平衡機制的高度專業技術。什麼時候該收什麼時候該放，中央銀行正因為擁有甚至連摩根當年都無緣擁有的高效武器與工具，更是需要小心謹慎。

台灣的中央銀行夠專業夠小心謹慎嗎？中央銀行的決策者真的瞭解自己的使命與任務嗎？看看摩根，再看看最近台灣貨幣金融市場的狀況，我們能不感慨嗎？

# 台灣的「商業文化」在哪裡？

商業活動本身，在中國文化龐大陰影下，遲遲無法在社會上取得相應的正當性。長期下來產生了嚴重的後遺症：雖然有熱鬧蓬勃的商業活動，雖然賺取了社會賴以運轉的商業利益，不過台灣的「商業文化」卻始終停留在低度發展的窘況裡。

說台灣「以商立國」，絕不誇張。

台灣歷史起自於漢人的移民開墾，然而第一批有系統、大規模渡海的居民，卻是應荷蘭東印度公司之募而來的。

荷蘭人以十七世紀的殖民主義方式開發台灣，既然不可能遠從荷蘭搬來大量的勞動力，祇好就近在福建、廣東沿海想辦法。荷蘭人在台灣建立的殖民經濟體系，從一開始就具有高度的商業性質。這種農業體系，不是自給自足封閉性的。對於市場隨時保持敏感，並且追求農業利益的最大化。在商業考量主導下，農民該種什麼、該怎麼種，相應周邊的工作與生活方式，非但不是保守不變，而且必須隨時進行調整。

荷蘭人雖然祇在台灣短暫停留，不過他們所建立的商業性農業基礎，卻深深影響了過去幾個世紀的台灣。不論在利益追

逐的心態上，或在「數字上可管理」（mathematical manageability）上，台灣與中國大陸有著非常不同的發展。這樣的特殊性格，又在大陸邊陲及移民社會的兩項文明要素推擠下，獲得了強化與扭曲。

這樣的移民社會，遷移到台灣的人帶來了強烈的「生存危機感」。幾乎都是在原有社會結構裡活不下去了的人，才會冒險渡過黑水溝，來到台灣尋找新天地。他們有著比常人更高的求生意志，更重要的，他們比別人更意識到生存本身的艱難。移民性格裡，無可避免地摻雜了「為了求生，不擇手段」的強烈色彩。所以在這個島上，不容易累積傳統，更不容易拒絕變化，頑固的傳統主義、保守主義，很難在這塊土地上生根。在這裡，有著商業冒險投機進一步熱絡成長的龐大空間。

不過從另一個角度看，身處一個強大傳統文明的邊陲，卻也迫使這種商業動機，無法像近代西方那樣發揮得淋漓盡致。台灣幾百年來所面對的最深刻的矛盾與尷尬，就在於：一方面明明是個商業導向的、追求商業利益的社會；另一方面卻受到中國傳統的強烈羈絆，而抱持著根深柢固對商業與商人的歧視。對於商業利益的愛恨交織，形成了台灣集體個性的核心部分。

## 台灣人的商業性格

舉個最鮮明的例子來說吧！清朝中葉以後，台灣與中國大陸的交流往來逐漸「正常化」，加上台灣持續增長的財富，推動了「鄉紳化」的過程。有一批鄉紳，取代了移民的豪勇，成了

台灣社會的權力中堅。這群鄉紳鞏固自身地位的方法之一，就是對祖國的高度認同，藉由與中國核心主流靠攏，一方面增加貿易上的可能合作利益，另一方面拉開自己和其他台灣農民間的社會地位差距。

在這種考慮下，愈來愈多鄉紳願意培養子弟讀書習文，進而求取科舉功名。「鄉紳化」過程的明顯現象，是台灣秀才、舉人的增加，還有就是中國詩文傳統開始有了台灣支脈的發展。然而有意思的是，我們檢視十八、十九世紀台灣鄉紳士人所出版的書籍，還是找到了和中國大傳統很不一樣的東西。

台灣鄉紳取得功名之後，也會出版詩文集來彰顯自己的學識與品味。不過台灣獨有的流行作法是，在詩文集中附上大量的「試帖詩」。「試帖詩」顧名思義，是考試時答題專用的詩。「試帖詩」高度形式化，而且具有太清楚的功能目的，一般是不被中國士人看重的，更不會堂而皇之地收進詩文集裡。

可是「試帖詩」卻有高度的商業價值。考上科舉功名的人，把「試帖詩」刻印出來，就可以吸引其他對功名有企圖心的後學後進，買書來記誦、仿襲。換句話說，同樣都是「詩文集」，在台灣多了一項「科舉參考書」的實用性質。

這就是台灣。即使是中國最主流最核心的士人文化傳統，也都逃不掉受到商業思考的侵擾、改造。

## 商業活動無法取得正當性

如此現象反過來看，則是商業活動本身，在中國文化龐大

陰影下，遲遲無法在社會上取得相應的正當性。長期下來產生了嚴重的後遺症：雖然有熱鬧蓬勃的商業活動，雖然賺取了社會賴以運轉的商業利益，不過台灣的「商業文化」卻始終停留在低度發展的窘況裡。

所謂「商業文化」，指的是對於商業活動的有意識反思整理，從中間形塑出商業倫理規範，再進一步找到累積、傳播商業智慧的手段。「商業文化」將零散的個人利益追求，拉高到社會集體層面，去建構一個大家良好互動、減少摩擦衝突耗損，並且分享商業經驗，不必老是單打獨鬥、從錯誤中學習的有效機制。

我們今天習以為常、琅琅上口的概念，如資本、市場、利潤、供需平衡……等等，正是西方「商業文化」裡的產物。人類很早就開始了商業交易行為，然而近代西方才建構了「商業文化」。而這建構起來愈來愈複雜、愈來愈詳密的「商業文化」，幫助西方快速崛起強大。

台灣有商業，卻沒有商業文化。

## 沒有商業文化的嚴重後遺症

從宏觀的角度來看，缺乏商業文化，會讓我們錯看了經濟活動真正的因果關連。很長一段時間，大家解釋台灣經濟的成功，都將決定性因素指向政府的決策與建設。相對地，把隨著經濟繁榮而小康致富的商人，視為是乘著浪頭搶拾利益的奸猾分子。花了很長時間，這個看法才被扭轉過來。我們赫然發

現：原來這群中小企業主，他們才是真正的造浪者，國家其實沒有那麼重要。

從微觀的角度來看，沒有商業文化基礎，勢必也會使得我們的經營者必須高度依賴直覺。在台灣，「家族企業」一直到今天仍然是主流的組織原則，背後其實反映了非常嚴肅且嚴重的問題。一個問題是，我們的確沒有建立起以專業知識、技能為內容的商業信任系統。商業直接牽涉利益以及利益的分配，利益的產生、利益的公平有效分配再生產，其實都有賴於大家同在一個信任系統裡運作。缺乏這樣的系統，使得台灣人面對關鍵利益時，祇能退回在家戶親屬關係上尋求合作與協助，因而在人才運用上受到了很大的限制。

另一個問題是，我們也沒有清晰、有效的商業能力評判標準。商業文化低度發展時，商業能力被賦予了許多非理性的聯想與解釋，商業能力的虛與實，被包裹在層層煙幕裡。於是除了親近接觸的家人之外，我們的企業主也不懂得怎樣去偵測、評量其他人的能力與商業潛質，這是另一項競爭上的不利劣勢。

我們迫切需要更認真地看待台灣的「商業文化」，尤其是要打破長期糾纏的偏執偏見，整理出台灣式的商業價值，以及這套商業價值可能開發出來的智慧資源。

這樣的工作不祇是為了教大家怎樣做生意、如何賺大錢。畢竟台灣社會的基本組織模式，和商業組織如此密切相關。政府官僚組織在台灣一直都不曾真正在社會嵌入相融，官僚組織給人的基本印象，仍然是浪費的、無效率的，換句話說，不是

值得學習的。

## 兩個關鍵核心問題

「台灣商業組織真正的長處短處何在？」「商業策略的優勢劣勢何在？」這兩個極關鍵極核心的大問題，其實最容易可以在實際的商場競逐裡表達出來。我們如果能累積夠多具代表性的案例，整理出其中的經驗教訓，就可以進而理解、診斷台灣社會與歷史發展的基本動向。

商戰案例，不祇是案例，而是我們希望在未來蓋起一座富麗的「台灣商業文化」殿堂的一磚一石、一瓦一柱。能不能在未來讓台灣的商業活動，取得尊嚴與文化意義，再從尊嚴、意義裡翻轉出新的升級動力，就取決於我們今天是否願意認真、努力蒐集分析更多的商業競爭個案。這絕對是件不容輕忽的新時代知識工程。

# 教改為什麼失敗了？

台灣一直到今天還殘留著那麼多近世中國舊教育傳統的渣滓。兩個主軸，依然挺立在那裡，使得教育改革不斷變質。一個主軸是以教育、以考試為功利的社會階層流動手段的想法，教育是為了爭取更高社會地位，至少是維持既有社會頭銜的重要工具。另一個主軸是教育為了家庭、為了社會甚至為了自己的收入，然而就不會是為了自我實現與實踐。

在一個非常偶然的機會，聽到某電台裡的健康醫療節目。節目裡的專業醫生說的是小孩習慣吃奶嘴的問題。醫生提醒了三歲以上的小孩如果還無法戒除吃奶嘴習慣，可能會帶來的不良作用，包括了容易蛀牙、容易依賴等等。有意思的是醫生的結語，他特別用極嚴肅認真的口氣說：「小時候看起來沒有什麼關係的小毛病，長大後說不定會影響到他的人格，進而變成了嚴重的社會問題。」

我知道類似這樣的訓誨論調，在台灣非常普遍。普遍到一般人聽見了，都不會有任何感覺。至少不會感覺到那中間的邏輯與重點選擇，有什麼特別值得注意、討論的地方。

## 教育眞心的目的到底是什麼？

然而我卻忍不住要問：爲什麼嚴肅、認眞警告的，不是個性發展可能對自己帶來的困擾與折磨，而是這樣的人會對社會產生的影響？這背後預設的價值觀裡，顯現了教育、家庭教育與學校教育，眞正的目的到底是什麼？

是成爲社會上不出問題的正常成員。在這一套表面看來天經地義的教育哲學、教育邏輯裡，長大就是爲了長成一個社會與別人都能接納的人。

這樣的教育，是《荀子》裡所說的「爲人之學」，而非「爲己之學」。這樣的教育理念，和被奉爲教育正統的孔子古典儒家思想，其實是格格不入，甚至是背道而馳的；然而卻是中國社會近世以降，逐步取得霸權位置的一套牢固信念。

在古典時期的思考裡，孔子「有教無類」是破壞當時社會結構的革命性新主張。孔子的「教」，其基本內容是周代的貴族訓練。不管是禮樂射御書數或是詩書易禮樂春秋，這些教育內容，是在貴族的封閉圈圈裡，作爲一種絕對的菁英文化存在發展的。在孔子之前祇有少數出身「正確」的貴族，才有機會接受這樣的教育。

孔子卻要把這樣的教育普及教給所有不分出身貴賤的人。這個主張，當然是違背那個時代的貴族利益的，也是破壞那個時代以貴族爲核心的社會秩序的。

而且孔子把貴族訓練向非貴族開放，也自然造成這套教育內容在精神與目標上的大轉變。大家都能來學，那麼教出來的

就不可能還是那種血緣性、特權性的貴族。教育，在孔子的價值裡，要訓練培養的是文化性的貴族。教育不保證他們提高身分地位、增加收入財產，教育給他們的是一種道德上的自我認識與自我充足，在這點上，孔子的理念與古希臘遵循德爾斐（Delphi）神殿寶訓「認識自我！」的蘇格拉底，確實是精神相通的。

教育因而是「爲己之學」。如果其他目的凌駕了自我開發與自我提升，那樣的教育就都成了「爲人之學」。至少一直到《荀子》，「爲人之學」還是條不可原諒的錯誤之路。

## 理學悖離了「內而外」的禮教程序

宋朝以降的理學，在許多方面的確都繼承、發揚了古典儒學，然而在教育方面、在對人的外鑠性道德要求方面，理學卻和古典儒家走了非常不一樣的方向。古典儒學（即使是《荀子》）講求理解、認同「禮」的內涵，從而遵禮正身。可是理學的主流，失去了古典儒學對人知禮守禮的強烈信心，而且一代比一代更急於在越小的孩童身上驗收禮的成果，於是就悖離了「內而外」的禮教程序，轉而深信「外而內」的效果。

於是在近世中國，慢慢養成了以賞罰規範兒童行爲的教育核心內容，教育變成就是要「教規矩」。「教規矩」的方法，說穿了背後就是一套巴伐洛夫制約反應機制行為論。用威脅的、用利誘的，就能夠讓小孩在最短時間裡學會聽到什麼指令做什麼事、察知在什麼環境時空扮什麼角色、敏感於看見大人如何

臉色就說什麼。理學家們相信，經過這樣外鑠的過程，人先變成了禮的榜樣範本，他自然就能培養禮的精神。

另外一股功利的效果，加強了這種「教規矩」的教育偏見，那就是科舉制度的建立。科舉最大的特色，在於成為中國社會最主要、幾乎是唯一的社會上下流動管道。除了少數商人及工匠以外，其他所有的人都有資格也有機會，藉由科舉來提升自己家庭家族的地位。然而反過來看，幾乎每一個家庭家族，都得一代代投入了科舉的大轉輪裡，必須取得一定的成功，才能夠維持家世家業家聲之不墜。

古代時期「累世經學」、中古時期的「豪門大姓」，到了近代都消失了。沒有任何人能夠建立保證歷久不衰的家系，祇能前仆後繼不斷在科舉中力戰廝殺。

在這種狀況下，家裡能不能出現有潛力在科舉中一路過關的學子，關係再重大不過。換個角度看，小孩是不是「好小孩」、值不值得投注資源栽培，一個重要的標準顯然就在這個小孩是否很早就能專注學習、準備科舉。

## 逼迫小孩提早「棄動就靜」

「教規矩」的好處就是逼迫小孩提早「棄動就靜」。靜下來才有機會將精神精力專注在定科舉輸贏的書本上。這就是為什麼中國傳統教育理念裡，如此「重靜輕動」的內在功利、現實算計。每個大人每個家長都注意著家中哪個小孩最規矩、最安靜、最能釘坐在書桌前。最誇張的例子是像清朝的魏源，據說

他小時候安靜到偶爾才去一趟院子，而他一動，家裡的狗都群起而吠，因為太少見到他，根本不認得他是家中的成員！

我們其實應該認真思考，這樣的社會資源分配與人才篩選偏見，對中國社會產生什麼樣的影響。安安靜靜的小孩才會被選中刻意栽培，然後認認真真讀書考科舉，然後進入官僚組織裡做官，這樣的過程會讓中國的官僚體系具備什麼樣的個性？安靜的人取得特權進入官僚組織；好動的人遭到歧視放逐在邊陲行業，這樣的分配安排，又會形構出什麼樣的社會來呢？

雖然實際上有些非常功利的考量，然而表面上理學還是要和科舉保持一定距離，還是得發展出自身獨立於科舉之外的價值系統，於是主流理學就格外強調凸顯「教規矩」的目的是為了「訓俗」。「訓俗」用現代語言說，就是替社會造好公民。在這樣的思想概念下，教育一方面已經籠罩在科舉的陰影下了，另一方面更被剝除了作為個人自我發展一面的意義，於是弔詭地，至遲到十七世紀，中國教育所教的內容、教育的目標，都與受教者本身無關，完成了教育與受教者間最徹底的疏離異化。

## 教育與受教者間最徹底的疏離異代

徹底的疏離異化表現得最清楚的，就是教育與欲望之間的絕對對立。近世中國教育理念裡，幾乎容不下任何孩童的欲望。所有的欲望都被視為是罪惡的，是應該要被掃除馴服的對象。教育的設計，專門針對孩童可能展現出來的欲望，欲望浮

現就立刻引來教育訓誡中的打壓，教育成功與否，很容易就被用是否能對抗欲望、取消欲望來加以衡量。

近世中國的教育理念裡，幾乎是徹底律定：受教育過程，本來就應該是痛苦的，痛苦才是對的。孩童的痛苦甚至拒斥，反而被視為是教育有效的表徵。教育取消欲望，被取消了的欲望帶來痛苦，於是痛苦才代表欲望受到了防堵，才代表教育有效。

王陽明在〈訓蒙大意〉裡有一段說：「近世之訓蒙稚者，日惟督以句讀課做，責其檢束而不知導之以禮。求其聰明，而不知養之以善，鞭撻繩縛，若待拘囚。……彼視學舍如囹獄而不肯入，視師長如寇仇而不欲見，窺避掩覆以遂其嬉遊，設詐飾詭以肆其頑鄙，偷薄庸劣，日趨下流。」

這段話說出了「蒙稚者」可憐的情境，以及在欲望不得發洩情況下，不能及時學到規矩的學生可能「日趨下流」的變化。然而可惜的是，即使是像王陽明這樣的大儒，他的教育理念，希望能「教童子必使其趨向鼓舞，中心喜悅」的教法，在中國歷史上始終是邊陲的、非主流的聲音。

如此社會背景下，當然不會有快樂的兒童。而且他們的不快樂是結構性的，並不是因為哪裡出了問題、碰到了壞老師，所以才不快樂。不快樂是這套系統設定的基本兒童待遇，反而祇有在偶然奇遇下，兒童才有可能在受教過程中享受到一點快樂。

## 痛苦的成長經驗

別忘了，在這樣的教育結構性不快樂之上，還加上了其他躲都躲不掉的衝突與痛苦。近世中國的兒童必須面對家戶內部複雜且幾乎注定是不愉快的人際關係。夫妻關係、婆媳關係、妯娌關係，更別提納妾制度造成的勾心鬥角了。這種成長經驗，當然也是不愉快、也是陰暗的。

另一重陰暗，則是來自於死亡的威脅。歷史上的中國兒童，在成長過程中必定看過許多死亡，經歷許多一去不復返的感情斲傷。人的平均壽命不長，家戶內跨代同居以及嬰幼孩的高夭折率，都使得死亡成為成長中逃都逃不掉的恐怖經驗。一個小孩還未長大前，很可能要先遭逢父母親的死亡、同住的祖父母的死亡，以及同胞手足兄弟姊妹的死亡。這是他們經驗另外一種不快樂的重要來源。

層層疊疊的不快樂，積壓在近世中國家庭內部，壓得人幾乎喘不過氣來。而偏偏在此時期，家庭之外的世界也在發生變化。人口增加、都市成長，帶來比較開闊活潑的空間，相映照下，家庭內部的扭曲更形嚴重。

二十世紀初年的「五四運動」，為什麼選擇了家庭作為最主要的革命對象？其實正是累積了數百年家庭問題的一次總爆炸。為什麼特別強調浪漫主義式的自我追求與自我滿足？其實那也正是對幾百年來教育桎梏的欲望的一次總清算。

然而「五四運動」轟轟烈烈過去了，浪漫主義畢竟沒有留下來成為中國社會底層的基本價值。「打倒孔家店」、「打倒吃

人禮教」的口號喊完了，許多舊結構的舊觀念卻還是找到機會就慢慢爬回到它們原本占據的位置上，繼續做它們的山大王。

## 依然殘留近世舊教育的渣滓

不管我們喜不喜歡，不管我們承不承認，一個令人驚奇的現象是，台灣一直到今天還殘留著那麼多近世中國舊教育傳統的渣滓。兩個主軸，依然挺立在那裡，使得教育改革不斷變質。一個主軸是以教育、以考試為功利的社會階層流動手段的想法，教育是為了爭取更高社會地位，至少是維持既有社會頭銜的重要工具，在工具的思考下，教育必定要屈從一套評分、競爭系統，一定要有人好有人壞，不能大家都好，不能大家都各自在教育中獲得自我解放、自我開發。另一個主軸是教育為了家庭、為了社會甚至為了自己的收入，然而就不會是為了自我實現與實踐。教育是一種由外而內的訓導程序，而不是由內而外的挖掘旅途。這樣的觀念深植人心，大大限制了台灣教育可能的走向。

當傳統依然在社會潛意識裡，有著如此強大的操控力量，當兩大主軸無論如何不肯從教育道路中央移開，那我們本來就沒有機會也沒有資格談什麼教改的成敗得失。教改設計的任何制度，都在這種價值運作下，被悄悄地改頭換面成為另外的東西。於是那些保守舊價值的人，又可以群起指責變形後的教改的失敗，於是用他們更響亮更獨斷的聲音，要求取消教改，要求回到從前。

回頭看看歷史，我們更明白了台灣教育的前景有多麼悲哀、有多麼悲觀。

# 什麼是「大學」？

從九○年至今，我們祇能遺憾地看到不管是靜態的學問知識追求，或是動態的「反的爭取」，不管是西歐式的或俄國式的大學理念，在台灣都落空了。雖然這十年中台灣的大學以空前速率擴張成長，不．也許應該說正因為這十年中台灣的大學以空前速率擴張成長，所以大學什麼都可以是什麼都可以做，也就找不出方向塑造不出個性了。

一八五五年，俄國沙皇亞歷山大二世下令進行一項影響深遠的教育改革措施，那就是取消了俄國大學的入學身分限制。從這一年開始，眾多的中下層俄國青年取得了上大學的資格。在一、二十年內，俄國大學的基本性格經歷了從量變到質變的過程。

到一八八○年代，在俄國的大學裡，最優秀的大學生他們夢想自己要做的最高尚最了不起的職業是「革命家」。

「革命家」是什麼樣的人呢？依照尼契耶夫和巴杜寧寫的《革命教義問答》，革命家的定義是：

「一個遭受劫難的人。他既沒有個人的愛好，也沒有生活瑣

事，沒有情感、眷念、物產，甚至沒有姓氏……在他生存的根基中，他不僅在口頭上，而且在行動上也切斷了與社會秩序、全部受過教育的人和這個世界的全部法律、財產、常規以及道德的聯繫。他是這個世界的冷酷敵人……。」

「他輕視輿論。他蔑視和憎恨現存公共道德的全部動機和表現……他對自己嚴酷，他必定對其他人也同樣嚴酷。」

尼契耶夫和巴杜寧他們這派無政府主義者，當然是最激進最極端的。不過在他們激進、極端的定義中，我們可以找到當時大學中流行的「革命家」風潮幾個共通的元素。「革命家」的身分通常都不是以任何建設性的貢獻來規範的，而以敢於破壞什麼、能夠打倒什麼來彰顯。「革命家」表現出的最大智慧往往不在選擇什麼主義什麼價值，而在棄絕什麼主義什麼價值。「革命家」存在的意義，即使在校園裡，都不是知識的累積與傳承，而在熱情的發散與放送。

## 藉毀棄知識來抵達眞理的俄國文學

這個時代的俄國大學，形塑出一種完全迥異於西方式大學理念的機構。它不是神學的衛護基地，不是人文知識保存的象牙塔，不是對自然物理進行探索的實驗先鋒，也不是藝術原創力的保留區。這個時代的俄國大學，追求一種藉毀棄知識來抵達眞理的悖論風格。

這種風格其來有自。一部分來自於那些中下層學生們帶進大學校園的濃厚、素樸農民文化。在農民文化裡，對任何花

俏、華麗、複雜的東西都帶有本能的不信任。在手上有限可供支配的資源制約下，養成了他們視任何形式奢侈皆為罪惡的習慣。即使是文化上的精緻，亦是奢侈亦是罪惡。

相應地，他們傾向於相信最簡單的就是最好的。不必耗費太大資源繞太多彎的才是真正有用的。順著這樣的思考，而有了一種「反智」的力量撐在農民社會的底層，在他們眼中，看似最愚蠢的其實才是最聰明；最精密最靈巧的思考與機械，其實是最糟糕的敗壞人心的力量。

這套思想隨著農民階層大量進入大學，也就感染了俄國的知識分子。俄國知識分子自從彼得大帝銳意「全面西化」以來，就活在龐大的壓力下。面對西方，他們永遠學得不夠像；和人家的原型原版相比，他們再怎麼努力學都祇能是盜版的、仿冒的、二流的。

農民的反智思潮多少減輕了困擾著知識分子的嚴重自卑感。他們找到了可以回過頭來輕蔑西方文學、哲學乃至科學奇技淫巧的路徑，他們找到了可以不必繼續在知識中辛苦摸索的藉口。

## 親近下層、沒受過教育的人

我們可以在這段時期的主要小說裡，看到一個共同的主題。不管什麼樣出身的角色，如果他在小說裡是個正面的好人的話，他必然喜歡親近下層的、沒有受過教育的、貧窮甚至髒臭的人物。

　　例如說托爾斯泰《戰爭與和平》裡的主角之一別祖霍夫吧。他去參加貴族聚會時跟其他貴族全都格格不入無法相處，祇有和被戲稱爲「上帝選民」的僮僕們在一起時，他才怡然自得。拿破崙率軍攻打俄國，別祖霍夫決定到莫斯科去暗殺拿破崙，他就刻意選擇喬裝成一個農夫。更重要的，別祖霍夫最終的領悟，來自於他和一個流浪漢卡拉塔耶夫的接觸。卡拉塔耶夫沒有家、沒有錢、沒有地位、不洗衣服、不洗澡，然而卻又是個最純潔最真誠的人。他溫和而消極，卻教會了衝動的別祖霍夫看透人世，不再沉溺於吃喝嫖賭。

　　在杜斯妥也夫斯基的小說《少年》裡，中心角色是一個叫多爾戈盧基的男人。他也是沒有家的人，不過他是自己選擇有家不回，爲了把自己的太太讓給一位貴族。雖然他太太並沒有強烈意願要和那個貴族在一起，多爾戈盧基卻自願戴綠帽。

　　《少年》的這個故事原型，曾經被王禎和拿來寫成了知名的中篇小說〈嫁妝一牛車〉，不過在王禎和筆下那個男子「簡仔」失去了多爾戈盧基所具備的奇異崇聖地位。「簡仔」成了鄰里以及讀者的笑柄，可是在杜斯妥也夫斯基筆下，多爾戈盧基，正因爲他一無所有，連老婆都送人了，所以反而可以對別人講些充滿說教意味的故事。他的妻子、那位貴族以及他們的孩子們，都將多爾戈盧基視爲聖人。

　　別忘了杜斯妥也夫斯基還寫了《白痴》。這位「白痴」主角樓思金二十五歲之前真的是個白痴，二十五歲甦醒過來，成了一個沒有被社會生活污染的超齡稚童。他不懂得失望也不懂得惱怒。他什麼都不懂，甚至不懂得取悅別人。更要緊的，他雖

然醒過來了，卻拒絕學習一般人生活所必需的技能。換句話說，他自願停留在白痴的狀況裡，反而因此得到了更高的、不同形式的智慧。

這些都說明了當日俄國的氣氛。很有意思的是：如此態度被帶進大學裡造成的後果。大學本來是個知識累積、傳承的地方，如果說這些知識分子們相信真正的智慧、真正的教養要到根本沒機會接觸知識受教育的農民、流浪漢身上去找；如果他們真的相信知識沒有用必須被棄絕，那麼還要大學幹什麼？還去上大學幹什麼？

## 大學生的任務在打破現實結構

面對這樣的矛盾，俄國大學生與年輕知識分子發展出一套論證。真正的聰明藏在愚蠢裡，然而各式各樣的現實結構，一層層疊在農民奴僕的素實天真上，一層層掩蓋了他們的真知真智慧。所以年輕人與大學生的任務就是打破這一層層現實結構，打開這條通往農民文化的復古與復原之路。

於是大學不再是個知識中心，大學成了對抗、破壞現實秩序的能量聚集處，大學成了年輕人賴以碰面集結的攻擊發起線，大學所傳授的知識是為了讓大家看清楚這些知識的虛妄與無用。

這是一套完全不一樣的大學的理念。不過因為這套來自俄國的理念太激烈太極端，長期祇能潛藏在原有的西方大學理想下，形成一股發著高溫如岩漿般的伏流，等待機會冒出地表，

氾濫、燃燒。

這套大學作為對抗現實、打擊現實集結點的想法，曾經在「五四運動」時期，氾濫燃燒過全中國的大學。這套想法也曾在六○年代氾濫燃燒過日本的大學，掀起「全共鬥」、「安保鬥爭」的熱潮。六八年，這套想法氾濫燃燒美國、法國的大學，捲起了嬉皮大颱風。一九八○年代，這套想法氾濫燃燒南韓的校園，南韓大學生四年生涯都在朝獨裁者、鎮暴警察丟擲汽油彈，漢城的空氣隨時瀰漫著催淚瓦斯的味道。

這套想法在一九九○年差點氾濫燃燒起台灣的大學。那就是當年轟轟烈烈的「九○學運」。「九○學運」其實是終止於一九九○年的中正廟大抗爭，「九○學運」真正的熱鬧好戲遠在九○年之前就已經上演。

從八五、八六年開始，台大「自由之愛」、政大「野火」衝出一個局面，原本就沒什麼學術知識根柢，也與西方正統大學理念關連淡薄的台灣校園，迅速地轉型成俄國式的反體制能量場。那段時期，對現實各個面向都抱持反對、批判立場的「革命家」雛形開始在不同校園裡浮現。

九○年的大示威有了太明確、太狹窄的訴求，結果反而斷送了這股「革命家」力量進一步壯大的機會。於是俄國式的大學熱情在台灣曇花一現，又匆匆謝了。

從九○年至今，我們衹能遺憾地看到不管是靜態的學問知識追求，或是動態的「反的爭取」，不管是西歐式的或俄國式的大學理念，在台灣都落空了。雖然這十年中台灣的大學以空前速率擴張成長，不，也許應該說正因為這十年中台灣的大學以

空前速率擴張成長，所以大學什麼都可以是什麼都可以做，也就找不出方向塑造不出個性了。

我們現在有的是如一團雲霧般模糊而且多變的眾多大學。它們各自追求各種不同的目標，就是不追求西方式對知識的崇拜與信仰，也不追求俄國式的破壞性叛逆性活力。

這是我看到「大學博覽會」五花八門展示，最深刻又最無奈的感慨。

# 什麼是「知識分子」？

台灣並未表現出真正深層受到西方風氣西方傳統浸潤改造的跡
象。一個明顯的例證是：即使是對中國傳統最不認同、最具敵
意的一群知識分子要結社發揮力量，他們仍然不願也不敢單純
作為西方式的「不安穩效應」。他們一邊提出「監督」的想法，
另一方面卻又希望自己能夠安定民心、穩定政局。

　　這年頭已經很少有人會提起孔老夫子了，更絕少有人還會
覺得孔老夫子可能和台灣現實扯上任何一點點關係。
　　這其實倒是件好事。因為抽離，我們也許可以比較客觀公
平地理解、評價這位活在西元前六世紀的中國歷史人物。客觀
公平的呈現中，也許反而看出他的生平他的主張，對於現實的
鑑照作用。

## 孔子思想哲學裡的嚴重矛盾

　　一定要抽離到相當距離，我們才能明白，孔子的思想哲學
裡，蘊藏著一個嚴重的矛盾。活在春秋的亂世裡，一方面聽聞

晉楚爭戰帶來的殘酷破壞，一方面目睹魯國魯昭公的權力旁落，被季氏明目張膽地僭奪，孔子的生命基調是義憤的，而對治現實中的亂象，他所提出來的辦法，就是回復周初的封建秩序。

孔子對周初的文化，尤其對周公，極其尊敬、推崇。那是他能想像的最美好的世界。而且因為這個美好世界依託於一個歷史黃金時代上，所以它不是空想、不是烏托邦，而是確確實實存在過、可供追溯回歸的。孔子說他自己「述而不作」，因為他的理想是重建周初秩序，他用的教材也就是周初遺留下來的典籍，他祇解釋、增補這些既有的典籍，不需要另外去創造自己的學說。

嚴重的矛盾在：如果春秋時的中國真的可以讓時光倒流，孔子的夢想真的能夠實現的話，孔子這個人、這樣的角色卻是不應該存在的。在孔子不斷鼓吹、推銷的那套周初秩序裡，根本不能容許孔子這樣的人！

孔子最大的創舉，也是造成他和真正周初秩序格格不入的，在於用原本屬於貴族獨占壟斷的知識與技能，拿來教導不具貴族身分的人。他根本就不在乎誰是貴族誰不是。除了這種「有教無類」的革命性態度之外，他還創造出了在此之前，中國社會裡根本沒有的一種行業——老師。環繞著老師這個角色，還誕生了新的師生關係，孔子與他的眾多學生們組成了一個奇特的團體，發揮了一股奇特的力量，這股力量完全不在舊有封建規範中。換句話說，孔子和他的學生們，從舊的封建身分體制裡游離出來，以所持有的知識為其最重要的身分來源與謀生

工具，他們雖然口口聲聲要求回復理想的周代封建結構，然而事實上他們自己同時是周代封建結構最大的破壞來源。

## 中國知識分子傳統之起源

這是中國知識分子傳統的起源。這個傳統後來還自我強化成為「道統」，好幾次與皇帝所代表的絕對權力隱隱相抗。然而在歷史長流中，不管他們集結在什麼名稱的旗幟下，不管他們用怎樣的語言呈現他們的理想，從孔老夫子那裡遺傳下來的矛盾，一直如不散陰魂般包圍著中國知識分子。他們一直在夢想創造一套最安定最平靜的永恆秩序，在這套秩序裡，萬物各安其位各得其所，從此不必再變動了；他們卻沒有仔細思考：如果這樣的秩序真的出現了，第一個找不到位子、甚至是唯一找不到位子的，就是知識分子。他們追求的理想，是他們自己存在的最大敵人。

為什麼會這樣？因為知識分子存在的最大意義，就是不斷去思考現狀以外的可能性；他們和其他人最不一樣的地方，就在把眼光拔離開現實，想像現實以外、不切實際的完美情境。如果理想實現了，亦即是理想等同於現實，那還要知識分子幹什麼用？

在中國歷史上，我們一再看到掌握有絕對權力的「政統」，如何藉著混淆理想與現實的關係，來拉攏、甚至馴服知識分子。一種方式是訓誡知識分子，祇有在現實體制裡，才能實現理想。你想恢復三皇五帝的太平盛世，那怎麼能在書房裡光用

腦袋胡思亂想呢？你當然要依循既有的管道取得足夠的權力，然後使用權力來改變社會。另一種方式是像康熙皇帝那樣，自己努力學會儒生知識分子所使用的那套理想語言，而且有足夠天分可以把這套語言講得比一般知識分子還生動、還好聽。於是他搖身一變不衹是「政統」的領袖，而同時身兼「道統」的領袖，「聖君」出現，現實與理想都由「聖君」一併代言，知識分子還有什麼發言與活動空間？

## 西方知識分子的準確定位

中國知識分子一直沒有走出這組矛盾。西方知識分子的傳統雖然沒有那麼樣歷史悠久，然而他們沒有花太久的時間，就跳過這個矛盾，找到了更準確的自我定位。

這個定位，可以用米爾思（C. W. Mills）的話講得最清楚：

「衹有少數人依然有足夠能力抗拒、打擊刻板印象和真正活生生事物的逝去，而獨立的藝術家和知識分子正屬於這群人。近代傳播工具以見解和才智的刻板印象吞沒了我們，因此新鮮的感受現在包含了有能力持續地揭穿、粉碎那些刻板印象。」

薩依德（Edward Said）在《知識分子論》一書中引用這段話時，作了以下的解釋：

「知識分子屬於他們的時代，被資訊或媒體工業所具體呈現的群眾政治的代表簇擁同行；愈來愈有力的媒體流通著形象、官方敘述、權威說法（不衹是媒體，而且是要保持現狀的整個思潮，使事情維持於現實上可被接受、批准的範圍內），而知識

分子祇有藉著論辯這些形象、官方敘述、權威說法，藉著提供米爾思所謂的『揭穿』或『另類版本』，竭盡一己之力嘗試訴說眞話，才能加以抵抗。」

在書中別的地方，薩依德講得更戲劇性些，他認爲知識分子永遠是特權、權勢、榮耀的「圈外人」，「永遠處於不能完全適應的狀態，總是覺得彷彿處於當地人居住的親切、熟悉的世界之外……無休無止，東奔西走，一直未能定下來，而且也使其他人定不下來。無法回到某個更早、也許更穩定的安適自在的狀態。」知識分子「由於按照不同的正規生活，所以並沒有故事，有的祇是一種招致不安穩的效應；他掀天動地，震撼人們……」

明白地講，西方知識分子不負擔提供一個最終、永恆秩序的責任。他們吃了秤鉈鐵了心，就是要做社會中的不穩定因素。社會爲什麼要容忍知識分子、容忍他們用「圈外人」的身分不斷發表讓別人也安穩不下來的言論？因爲每個社會都靠著許多複雜、專斷的刻板印象在運作，這些刻板印象保證了大家各有各的領域、各有各必須遵守的規範。可是一來刻板印象不等於事實；二來刻板印象會淤滯社會的活力，所以我們需要有人不斷地提示事實，不斷打擊刻板印象。

西方知識分子可以純粹就是提醒、警告、就是無窮的批判與打擾。他們的位置永遠在平穩秩序的對面、永遠在刻板印象對面，所以也就不會有建構一個理想弔詭地取消了自己的奇異矛盾產生。

## 知識分子結社常找政治人物來致辭

在台灣，我們到底還受多少中國傳統影響，是一個引發連串爭議的大題目，也是一個很難得到比較確切答案的大問題。不過我們能夠比較明白的是，台灣並未表現出真正深層受到西方風氣西方傳統浸潤改造的跡象。

一個明顯的例證是：即使是對中國傳統最不認同、最具敵意的一群知識分子要結社發揮力量，他們仍然不願也不敢單純作為西方式的「不安穩效應」。他們一邊提出「監督」的想法，另一方面卻又希望自己能夠安定民心、穩定政局。

祇有從這種思考模式的析解，我們才看得出來為什麼知識分子結社，竟然邀請主政的政治人物致辭，還因此被政治人物搶盡了鋒頭，一般大眾渾然忘記了原本結社的意義與企圖。也正是在如此諷刺的後果裡，讓我們再次看到源起自孔子的那股難解的矛盾。

認為國家政局是由少數幾位政治人物的合縱連橫來掌控，這本來是媒體想當然耳去塑造的刻板印象。這本來是知識分子應該去論辯、去揭穿、去提出另類看法的敵人。然而不願祇扮演反對性的批判角色，想要插手正面的政治力量運作，卻使得我們的知識分子，反過來成了幫忙建構起這個刻板印象的主要舞台與宣傳焦點。

這裡面包含了多少矛盾與諷刺？

# 新一代的知識分子在哪裡？

我們缺乏可以來回穿梭在男性與女性之間、本省與外省之間、中國論述與本土論述之間、都會與農村之間、老年與少年之間，把意義從這邊帶到那邊，再帶回來的詮釋溝通者。這種溝通者必須內在某個意義社群，卻又能藉知識讓自己超脫該意義網絡的束縛，所以當然非是「知識分子」不可。

現在還有人在意「知識分子」嗎？現在還有人在談論「知識分子」嗎？

曾經有一段時期，知識分子真的在台灣形成一股強大的力量。雷震辦《自由中國》，集結的人不是那麼多，可是他們靠著自身擁有的知識、靠著不怕死的勇氣加雄辯的健筆，硬是形成一股與當時威權政治中心相抗衡的潮流，弄得蔣介石與國民黨坐立難安，也在台灣社會撒下了難得的民主自由種籽。

## 知識分子最深刻的無奈

不過《自由中國》的發展與下場，卻也揭示了知識分子最

深刻的無奈。知識分子可以傳播知識、改造意識，不過就連知識分子本身都相信：要真正帶來理想社會，光靠知識是不夠的，還是得想方設法取得實質的政治權力。

所以才會有一九六○年那場轟轟烈烈的組黨運動，而從威權體制的反應我們也就能明瞭，知識分子這樣罵那樣鬧，讓統治者很煩很頭痛，可是一旦知識分子要和地方的政治勢力結合，投入在選舉中，不管那地方勢力相較上多麼微弱，那就「是可忍孰不可忍」了。

一九六○年雷震推動組黨，推動和台灣本土政治勢力結盟，他越過了知識分子坐而言的那條界線，立刻就招惹來了無情的鎮壓，雜誌被查封，人也被關了。

曾經有一段時期，關於知識分子的討論，在台灣熱熱鬧鬧獨領風騷。那是七○年代末八○年代初，政治結構稍稍開放，國際局勢極為嚴峻，從「五四運動」六十周年的一九七九年開始，報端到處可見知識分子，幾位在美國教書以研究思想史、社會史為專業的教授，突然成為炙手可熱的明星。余英時、林毓生、許倬雲、張灝……一連串響亮的名字，他們研究的是歷史上的知識分子，他們談的關心的，是現實裡的知識分子。

經過二十年，我們回頭看這段「知識分子論」的黃金時代，也看出些重要的端倪來。第一是那個時代沒有專業政治競爭、沒有制度化的民主辦法，沒有不受控制的新聞媒體，換句話說，沒有任何「正常」的管道可以抒發對現實不滿的批評聲音，於是「知識分子」成了一切改革希望的代言人。

同樣那個時代，爆發了「鄉土文學論戰」，「鄉土文學論戰」

本質上是場政治與經濟路線的大論戰。可是為什麼掛的是「鄉土文學」的招牌？因為政治與經濟不被視為可以討論的事。提出政治、經濟上的不同意見，實在是太刺激太危險了，所以大家才會把意見拐彎抹角掛在關於「鄉土文學」的討論下。

「知識分子論」其實也是這種結構下的產物。不能直接用例如組反對黨的方式，來和現實權力對抗，於是就換個角度來建構另外一套不同於政治、不正面攻擊政治，然而必要時可以凌駕政治之上的權威。

那個時代另外的重要特色是社會還沒有進一步分化，權力價值體系相對頗為簡單。前面已經提到了媒體的力量還沒有坐大，並不是說沒有大的媒體，那個時代兩大報都號稱有超過百萬份的發行量，怎麼不大？三家電視台壟斷全部放送播出頻道，影響之集中之強大，是今天所難以想像的。不過那個時代媒體沒有一種霸主的自覺，它們一方面依賴附屬於政治關係的環節；另一方面又背負著沉重的文化事業包袱，因而獨立自主不擇手段追逐自身最大利益遂行最高權力的意志核心，還沒有確立。

那個時代也還沒有強大的經濟力量，尤其是伴隨財富而來的自信與自大。單純的財富不祇在面對政治威權時，有高度恐懼感與不安全感；就連面對文化教育價值時，都還殘留有自卑感。

所以那個時代唯一可以和政治有點平起平坐意味的，就是社會中那麼強調的教育價值了。而在教育價值體系裡，大學是最高的，大學教授是最高的，美國大學尤其受到尊敬，美國大

學的教授尤其講話有力。

## 知識分子的節節敗退

　　可是在這裡卻也就種下了後來知識分子節節敗退的根結。知識分子的代表典範本身，不在這個社會。他們因為不在這個社會，取得了一種較高身分地位，也取得了一種安全距離，可以比較誠實大膽地說當政者不見得愛聽的話。然而也因為他們保持的安全距離，使得當政者雖然不愛聽，卻也不至於感受到直接的威脅。

　　等到社會突然掀起巨變，一波波真正讓威權體制感到威脅的憤怒爆發出來，這種以「上國學者」領軍的知識分子集團，就很難維持其影響了。短短幾年的時間，還不足以讓這種知識分子式的批判意識生根落地進行本土化，而且他們使用的觀念架構，不管是西方自由主義的，或中國儒家傳統的，都不足以應付台灣內部的快速變化。於是代表性的知識分子脫節了、疏離了，整個知識分子論遂隨而垮台，被邊緣化了。

　　因為有這樣的經驗，最近幾年不祇是很少有人談論知識分子，而且幾乎形成一種共識，沒有知識分子、沒有知識分子的攪和，其實也沒什麼不好。知識分子的自以為是，很多時候還掩蓋了這個社會其他階層民眾真正的聲音。

　　不過真的是這樣嗎？有沒有知識分子其實也無關緊要嗎？也許稍稍回顧追溯一下，知識分子在西方的演變發展，可以幫助我們把這個問題看得更清楚。

「知識分子」（intellectuals）這個詞彙的出現，在西方都是很晚近的事。不過值得注意、有趣的是，早在有這個詞之前，知識分子這樣的角色就已經存在了。他們沒有自覺自稱知識分子，可是他們的所作所為，才使得這個字詞有了明確的意義指涉。

## 先有知識分子，才有「知識分子」之名

啟蒙時代的社會裡，出現了一大批特別的人。他們的自我認同，別人對他們的瞭解，可能是小說家、哲學家、詩人、藝術家、新聞記者或科學家。然而他們的共通性是都藉由對知識的運用、對知識的推崇、對非宗教甚至反宗教的真理追求，他們不祇自己和上一代斷裂開來，還促成了整個社會走上理性導向的新路途。

對這些人而言，他們不曾意識到抽象的知識，他們追求、運用的都是特定行業特定領域裡的知識。可是這些不同行業不同領域新知識加在一起，卻唱出了理性全面勝利的主調。光是看任何單一行業單一領域的變化，我們得不出理性與啟蒙的結論，可是把每個行業每個領域貫串起來，一個新時代就亮麗誕生了。

所以雖然他們自己不那麼認定，後世由他們共同推動的歷史變化，回推假想應該有一群都是受到理性洗禮，都用新知識介入世界的人們，因為他們集體努力，才構成了啟蒙時代。

十九世紀後期，這樣的人得到了「知識分子」這個集體稱

號。因爲知識分子和啓蒙時代如此密切的關係，所以當進步思想與科學主義這兩項襲自啓蒙時代最重要的遺產，在十九、二十世紀潮湧到世界各地時，知識分子也就被賦予了應該策動改革、帶領改革的任務。

不過有了知識分子意識後的知識分子，和他們在啓蒙時代的前輩間，顯然有一項巨大的差異。那就是他們愈來愈集中在幾個少數的行業裡，甚至各地陸續出現了知識分子這樣的行業，而大學就成了他們最主要棲息的處所。換句話說，啓蒙時代的那些人，他們先是小說家、哲學家、詩人……然後在某種歸納原則下才成爲知識分子。後來的知識分子，他們就是知識分子，再用知識分子的眼光與身分去介入世界其他紛紜事務。

二十世紀偉大的左派運動理論家葛蘭西（Antonio Gramsci）敏感地看到了這個問題。如果知識分子藏身在大學裡複製知識，他們怎麼可能接觸得到歷史的現實脈動，又怎麼可能充當社會改革改造的先鋒呢？

## 新知識分子典型的出現

葛蘭西提出來的解決概念是所謂的「有機知識分子」（organic intellectuals）。意思是知識分子不應該是個獨立的職業、身分，每一個階級、每一種行業應該有自己的知識分子。他們有明確植於某個階級某種行業某套生活經驗的根，那些根使他們成爲「有機」的。他們各自從不同土壤中成長，然後到枝葉的高度才纏捲在一起。

　　知識提供他們超越自己階級、行業、生活經驗的視野。知識提供他們對於歷史的理解與信念。祇有這樣，他們才能一邊攜手合作發揮改革功能，一邊與群眾緊緊相牽，不會脫節，更不會傲慢。

　　葛蘭西的想法，到了晚近，又有鮑曼（Z. Bauman）的進一步闡發。鮑曼這方面最重要的作品，首推一九八七年出版的《立法者與詮釋者》，這本書中，鮑曼做了一個強烈的、對比式的推論，基本上認爲：在現代社會裡，知識分子慣常扮演「立法者」的角色，他們覺得有義務也有權力，去訂立一套相應於整體世界秩序的人的規範。知識分子的訓練目標，他們念茲在茲的努力，都是朝向提供這樣一個「大解答」去的。

　　可是到了後現代社會，整體世界秩序存在的前提假定被打破了。剩下來的是一個個破碎、零落的「意義共同體」（community of meaning）。人還是必須活在意義的網絡裡，然而普遍眞理崩落了，剩下的是在一個個「意義共同體」內部運作的機制。

　　在這種狀況下，知識分子當然不可能再當「立法者」，他應該轉型成爲「詮釋者」或「翻譯者」。知識分子以其角色、以其知識能力，得以出入一個以上的「意義共同體」，所以能夠將不同的意義進行對譯詮釋。

　　知識分子當然有自己所從來的意義社群，然而他和其他人最大不同在於：他不自限於單一意義社群裡。他的能力、他的訓練使他能夠到達和某一或某幾個其他意義社群共通的空間。

## 從「立法者」到「詮譯者」

鮑曼的知識分子和葛蘭西的一樣，都不能徹底離開一個階級一個社群存在。不過鮑曼的知識分子比葛蘭西的更謙退一步，他們集結在一起已經不是為了要搞革命，而是為了交換意義情報，建立詮釋翻譯的管道。

女性有女性的意義和社群，不同族群也構成不同的意義社群。甚至不同年齡世代都構成不同的意義社群。照鮑曼的意思，後現代社會裡這種種社群都取得了獨立自主存在，不被排斥、不被吞噬、不被否認的權利，如此狀況下，任何一種出身的知識分子都沒有道理去替全社會「立法」。

他們的使命是把女性的意義詮釋給男性也能明瞭。讓不同族群、不同世代的人可以同情地理解別人在想什麼、為什麼這樣想。

從「立法者」的角色上看，我們的確不太需要知識分子了。可是如果說是「詮釋者」的話，那我們卻不得不承認，台灣目前可是缺得慌。我們的社會依然停留在實質上分裂成為許多意義社群，然而表面上卻不承認不尊重這樣現況的狀態裡。

我們缺乏可以來回穿梭在男性與女性之間、本省與外省之間、中國論述與本土論述之間、都會與農村之間、老年與少年之間，把意義從這邊帶到那邊，再帶回來的詮釋溝通者。這種溝通者必須內在某個意義社群，卻又能藉知識讓自己超脫該意義網絡的束縛，所以當然非是「知識分子」不可。

然而這種新一代的詮釋型知識分子在哪裡？或許讓我們更

露骨更清楚地問：可以穿梭溝通陳文茜與林重謨的語言、邏輯、價值、意義的人，有嗎？在哪裡？這樣的知識分子，我們引頸企盼，希望能早日在台灣出現。

# 台灣評論界「入戲的觀眾」在哪裡？

一個「入戲的觀眾」，就是除了最終的自我意見之外，必須盡可能詳細地在推論過程中模擬、複製你要評論的對象的現實處境。他的歷史遭遇、他面臨的社會困境、他有限的選項，你必須一一予以重現複製。在這樣的現實環境中，才去回答：「他該怎麼做？」

　　一九五五年，法國知識界爆發了一場重要的論戰。論戰的引爆點，是雷蒙・艾宏（Raymond Aron）出了一本書，叫作《知識分子的鴉片》。先是書名本身就帶著濃厚的挑釁意味，艾宏所稱的「鴉片」，是法國知識分子的左傾態度。艾宏認為當時法國知識界的主流意見，對法國的現實利益評斷，像是鴉片一樣，雖然感覺很來勁很過癮，然而實質上快樂是來自欺瞞幻覺，非但無益而且有害。

　　艾宏指摘的幻覺包括了知識界對馬克思主義與共產主義的迷戀，也包括了知識界對當時蘇聯的高度包容。因為蘇聯是個社會主義國家，因為蘇聯表面上宣稱信仰馬克思主義，左派知識分子就願意原諒在蘇聯所發生的一切不義，甚至為他們辯護

說：那是通往天堂樂園路上不得不付出的代價。

艾宏還毫不客氣地批評左派知識分子自以為是的空洞理念。他們鼓吹革命，但又不去正視革命必然帶來的破壞和暴力流血事件，憑空相信有一種不必過激、剛剛好的革命路線；他們當然不希望法國被蘇聯控制，但卻又更痛恨美國，因而自己幻想創造出一個可以獨立於美俄兩大集團之外，做全世界「革命民主聯盟」首領的地位。

## 艾宏與沙特的論戰

《知識分子的鴉片》不衹是批評當時氣焰甚高的左派立場，艾宏還在書中毫不閃爍毫不逃避地提出了他自己的明確主張。他認為：法國必須在外交上有所選擇。法國不可能選擇蘇聯，蘇聯的共產革命，對艾宏而言，是一個根本不存在的革命，從俄國封建時代留下來的前現代結構、粗暴血腥殘酷的政治鬥爭，根本不曾離開、消失。蘇聯不能選，法國就衹能選擇向美國靠攏。美國雖然唯利是圖、追求勢力擴張不遺餘力，但畢竟是自由民主國家，這點最基本的差別，絕對不能用任何方式任何論辯邏輯予以否認、抹殺。

艾宏這樣的主張，當然也是很挑釁很具爭議性的。不過對當時的法國人、甚至當時全歐洲的知識分子而言，《知識分子的鴉片》最爭議、最挑釁的，應該在：艾宏書中抨擊的不是別人，是當時在法國在歐洲最紅的哲學家沙特。

艾宏對上沙特，這當然是知識界的大事。這兩個人彼此一

點都不陌生。兩人是巴黎師範學院的同學，學校畢業考試時，艾宏考贏了沙特拿到第一名。在巴黎師範學院，學生學的考的，最主要是哲學。為了進一步研讀哲學，艾宏還特別去法國人認定的「哲學原鄉」——德國留學。艾宏最早的哲學專著《歷史哲學導論》，其中否定了人可以預見自己、控制自己歷史命運的可能，還被一些人視為是比沙特更早提出「存在主義」的論點。

　　不過艾宏很早就停止對哲學的效忠，轉而研究社會學。在第二次世界大戰期間，艾宏流亡到倫敦替戴高樂政府主編官方期刊《自由法國》（五〇代年雷震主編的《自由中國》，就是仿照這本雜誌前例創辦的），同時認真研究克勞塞維茲的《戰爭論》。艾宏還下過工夫讀經濟學，養成了一身雜學雜家的本事。

　　戰爭剛結束，艾宏回到法國曾經和老同學沙特一起辦過《現代》雜誌。不過那時他就因為和沙特政治意見不同，而退出了雜誌的運作。之後沙特和梅洛龐蒂等人對政治的興趣也沒有持續太久，《現代》就慢慢轉型成了一本文學雜誌（有趣的是，六〇年代在台灣也發生過深遠影響的《現代文學》雜誌，也是受到這本雜誌刺激、啟發而辦的）。

　　艾宏攻沙特，而且遣辭用字那麼惡毒凶狠，逼得沙特非反擊不可，這當然是大事、當然有熱鬧可看。祇是一九五五年時，包括兩位當事人在內，大概沒有誰會預期到這場論戰竟然一打打了八年之久。

　　這場論戰打得夠久，牽連夠廣，最後的結果是明確分出了法國知識界的左右派。站在艾宏這一邊為艾宏講話的，就成了

右派；而沙特那一邊，則是左派。

## 不斷擴大的論戰

　　這場論戰會打那麼久，一個原因是不斷有重量級知識分子在不同階段陸續加入，弄得欲罷不能。另一個原因則是論戰的焦點從艾宏所提出來的現實外交選擇，轉到了哲學論理上，在哲學的層次去討論人的主動性限制、知識分子的判斷力來源，以及現實與烏托邦之間的關係等等。

　　當論戰這樣轉向，其實就注定了最後的結果，艾宏不可能贏。不衹是艾宏的哲學思辨能力，碰上沙特、梅洛龐蒂，確實略遜一籌，更重要的，這樣的論辨方式注定衹能停留在知識分子的小圈圈裡，不可能對政治決策與大眾意見發生什麼影響，艾宏為了要爭一口氣證明自己也有本事玩別人的遊戲，結果是落入一個自我矛盾裡，自己參與製造了更多沒有現實感與現實力量的鴉片。

　　還有另外一個結果。艾宏被引誘進沙特擅長的領域裡，最後訂定勝負標準、評斷詮釋戰局的權力，當然也就落入了沙特他們這樣左派哲學思辨者的手裡了。不管艾宏表現如何，最終在歷史上留下的印象，不可能對他公平，更別說可能對他有利了。

　　我自己年輕時代接觸到這段法國思想歷程，一直都記得是沙特他們成功地證明了艾宏的幾大罪過。第一是艾宏的現實主義是一種虛假意識，因為其前提法國衹能選擇非美即俄，但

這種選項的限制本身，就是美國強權的產物。第二是艾宏的右派立場將蘇聯與馬克思主義混爲一談，其實蘇聯祇是馬克思主義的一種詮釋與衍伸，艾宏想要靠攻擊蘇聯來否定馬克思主義，必然是失敗的。

要多花好幾年的閱讀理解，以及自己對台灣現實的認識，才慢慢對艾宏的立場及這場論戰的其他成果，有了深刻些的認識。

## 現實主義的挑戰

例如認識到了其實如果沒有艾宏的這種現實主義式的挑戰，歐洲的「新馬克思主義」、「西方馬克思主義」運動，不會開展得如此波瀾壯闊。「新馬」、「西馬」在此之前就已湧現的關懷，是要在資本主義社會裡延續馬克思主義的批判能力，要讓馬克思、尤其是青年馬克思思想中的批判成分，在離開革命前提下依然能夠轉型對資本主義秩序進行糾正，發動攻擊。然而在艾宏的挑戰之後，「新馬」、「西馬」新增了一個任務，就是要在蘇聯模式之外，另外建立馬克思主義與社會之間的關係。在艾宏的挑戰之後，蘇聯不再能夠拿來作爲證明馬克思主義前進性與有效性的例子，左派知識分子被迫另闢蹊徑。另外，慢慢地才理解了這場看似落敗了的論戰，對艾宏也發生了相當大的作用。從這段經驗中，艾宏強化、細膩化了他對於自身「入戲觀眾」這個自選角色的思索與設計。

艾宏以「入戲的觀眾」自況，這是個很有名的比喻。不過

較少人知道、較少人注意到的，是艾宏用到這個比喻時，其實有兩階段兩個不同層次的思考。

## 兩個不同階段的「入戲的觀衆」

在第一階段，也就是和沙特他們纏鬥八年之前，他主要是從哲學的普遍層次來談這個比喻。他的重點在於：任何一個人如果要盡量客觀地觀察這個世界，他首先必須瞭解自己到底是從什麼位置來觀察並表現這個世界。

對艾宏而言，唯有做一個「入戲的觀衆」，你才能同時弄清楚演員到底在用什麼方法演什麼戲，而且還能明瞭演員所受到的限制。祇做一個演員，你沒辦法看到戲外的那個包圍著你正在演的戲的世界，也就是艾宏觀念裡的「歷史」。祇做一個觀衆，你不能真正明瞭演員角色不得不如此演的現實必然因素。所以必須努力做「入戲的觀衆」。

值得注意的是，艾宏的原文指的不是完全被戲所吸引，對戲的情境著迷的觀衆。他所謂的「介入」，是在看表演的同時，意會理解到構成這表演的外在條件、客觀現實。這種「介入的旁觀者」是最難的，因爲他一方面要像演員一樣投入、專注，一方面又要能抽離、左顧右盼。

經過了那八年的論戰之後，我們再看到艾宏提起「入戲的觀衆」時，意義有了一些轉變。最重要的是，他愈來愈傾向於把「入戲觀衆」的要求，從普遍抽象層次縮小爲對自己的期許與要求。「入戲的觀衆」愈來愈從一種由歷史哲學裡所得出的

態度，變成艾宏自我定位自我訓練的大綱大目。

如果用早期艾宏的概念，那麼像沙特他們這些純粹思辨能力非常強的知識分子，就是戲台上演戲的演員。他們自演自的，就不可能抬起頭來看看這樣一齣戲到底在什麼舞台上演，舞台以外的另一個空間，對沙特他們而言幾乎是不存在的。

可是如果用後期艾宏的概念，那麼沙特他們就會轉而成為那些祇站在戲台邊純粹看戲的觀眾了。他們看到戲台上演員們人影晃動，也不管人家真正在演什麼，也不問人家為何演、如何演，就自顧自發揮想像，自己說自己認為是對的故事，或者發表自己認為是對的評論意見了。

這樣的觀眾，跟戲跟演員是隔離、疏離、異化的。

艾宏後期最明顯發揮「入戲觀眾」特色的是在他對現實局勢，尤其是國際外交的評論上。在這方面，從「入戲觀眾」的基本原則，他導出了一個非常重要的道德規範。他認為要避免在言論中失去現實感，避免落入像沙特他們那樣的抽象化哲學化「鴉片化」本能，一個現實評論者的出發點，一定要是：「如果我是他我會怎麼做？」

## 發揮現實上的影響力

一個「入戲的觀眾」，就是除了最終的自我意見之外，必須盡可能詳細地在推論過程中模擬、複製你要評論的對象的現實處境。他的歷史遭遇、他面臨的社會困境、他有限的選項，你必須一一予以重現複製。在這樣的現實環境中，才去回答：

「他該怎麼做？」換句話說，先建構了「他能怎麼做？」的基本
框架，才回答：「他該怎麼做？」

不管最了不起的那些左派哲學家們如何評價艾宏，艾宏的
現實成就是不容置疑的。他先後幫《戰鬥報》、《費加洛報》及
《快報》寫社論寫專欄，前後近四十年之久，而大家公認的，他
的意見對什麼樣的人影響最深呢？法國文官體系中的高級官
員。

高級知識分子不怎麼喜歡艾宏。學生不覺得艾宏有任何迷
人的魅力，事實上，艾宏也不喜歡學生。一九六八年學生革命
時，沙特走上街頭接受學生歡呼，艾宏卻明白反對罷課與學生
的暴力革命。

可是高級文官們，他們成為艾宏最重要的讀者群。他們在
艾宏的文章裡獲得共鳴，因為艾宏的出發點和他們一致，能夠
一再得到他們想不到或他們不敢想的結論，所以他們信服艾
宏。

透過說服、改變這些高級文官，艾宏真正對法國政局、法
國的外交發揮過影響力。別忘了，艾宏在國際關係的領域上，
還曾經深深影響過一位他在哈佛大學進修時遇見的歷史系教
授。這位教授對艾宏寫的長篇大論文《國際和平與戰爭》讚譽
有加，佩服得不得了。這位教授就是後來成為美國國務卿的季
辛吉。

艾宏對這個世界的影響程度，至少可以和他的老同學沙特
等量齊觀。

台灣政治改革開放到現在，媒體上對於政局的評論批判，

不能說不多。可是大家普遍充滿一種無力感，覺得不管怎麼批怎麼評，似乎都無法發揮實質的作用。

　　面對這樣的情況，我突然想起了艾宏。我彷彿聽到艾宏在提醒我們：「那是因為你們忙著評人家的戲，卻不曾真正設想那齣戲真正在演什麼！」

　　從「入戲觀眾」的角度再看台灣的現狀，我必須承認，我們真的沒有一個像艾宏這樣的評論家，我們也太不重視艾宏所揭櫫的那種評論的道德了。如果不願花力氣花工夫去入戲，那又要如何讓戲中人聽得到我們的台詞呢？

　　重新整理艾宏的觀點與成就，我深深自省、切切檢討。

# 為什麼聯合國無法阻止戰爭？

華德翰時代最大最深的傷口，是塑造了「聯合國無用」根深柢固的印象。聯合國本該是無用的，而一再配合上被華德翰誤用、濫用的道德修辭，「聯合國無用」的原因就坐實成了是「道德力量的無用」。大家都接受都認為，聯合國不會有所建樹，因為聯合國祇有道德的力量。

一九八五年十月，英國一位資深評論家歐布萊恩（Conor Cruise O'Brien）在《泰晤士報》上，發表了一篇題目非常怪異的文章，叫作「當一無所有比一無所有好些」（When Nothing Is Better than Nothing）。這個標題從文法從語義上，都是不通的。零不可能大於另一個零，零就是零，一無所有就是一無所有，這是數學最基本的定理。

歐布萊恩選擇這樣一個題目，為了要凸顯他對於聯合國這個機構的觀察與思考。他在文章裡一開始就提到了很多人會問：「從聯合國成立以來，世界各地發生的戰爭一共製造了兩千萬人死亡，為什麼聯合國無法阻止這些戰爭呢？」

## 「失敗正是聯合國的主要事業」

這的確是許多人想起、談起聯合國時，會產生的義憤與疑問。不過歐布萊恩卻告訴我們，這樣的問題根本就問錯了。歐布萊恩用一種現實的語氣，肯定地宣告：「聯合國什麼都做不了，而且從來都不可能做什麼。」注意，歐布萊恩的語氣裡，絕對沒有一絲一毫諷刺的意味，他是極嚴肅極認真的。他認為聯合國存在最大的意義，其實就在：「屢試不爽必然失敗的本事，公開地失敗。」「失敗本身正是聯合國事業最主要的部分。」

這些話到底什麼意思？意思是聯合國從來不是一個真正能做事的地方，但並不表示聯合國不能發揮影響力，聯合國發揮影響力的獨特方式是提出議案，然後在公開的程序中眼睜睜地看著因為各國利益的糾葛，而讓原本可以改革現實、甚至可以防止戰爭、搶救難民的議案，遭到了否決挫敗。是的，議案絕對不可能通過，然而通不過的議案，至少還比沒有議案來得好。這些堆積如山的失敗議案，至少提醒了各國政府，世界還有理想、還有公平正義的概念存在。

這就是文章標題「一無所有比一無所有好些」的真義。照歐布萊恩的想法，聯合國本來就不是拿來成就任何事的，它的功用本來就是彰顯一些做不到的理想，讓理想至少有個機會在國際媒體、公眾注目下，輝煌地被擊垮，聯合國是這樣一個失敗的舞台。

歐布萊恩這篇文章之所以重要，一方面在於精確反映了當

時西方社會主流意見，對聯合國最低最低的期待。儘管聯合國憲章、人權共同宣言，明明白白陳述聯合國成立的目的在於要跨過國界維持和平、保障人權，然而在八○年代中期，沒有人真的相信聯合國可以起這麼積極的作用，甚至沒有人贊成聯合國應該認真追求憲章中白紙黑字的目標。

歐布萊恩文章出現前一年，英國駐聯合國大使安東尼爵士，表達了類似的看法。他承認從外人的眼光裡看，聯合國年復一年、日復一日地不斷的會議，有夠愚蠢有夠無聊。再多的會最後結果都是各國互相牽制，卡死在程序上。可是真正的外交人員，卻能夠從這種哪兒都去不了的停滯狀態中，看出聯合國真正的價值。再早兩年，《紐約時報》的社論裡也明白交代過對聯合國的期望：「如果每年的騷擾，最後能夠產生一個不錯的想法，封殺一打差勁糟糕的概念，那麼無聊就該算是可容忍可原諒的了。」

## 華德翰時代的遺產

歐布萊恩的文章除了反映了時代的共同意見，具有高度代表性之外，還有一個重要意義——歐布萊恩一直是聯合國堅決的支持者。他尤其欣賞、支持從一九七一年幹到一九八一年的聯合國祕書長華德翰（Kurt Waldheim）。

一九八六年一月，已從聯合國祕書長職務上退下來五年，正積極參選奧地利總統的華德翰出版了一本回憶錄《在暴風眼中》，歐布萊恩替這本書在《泰晤士報》副刊上寫了一篇書評，

文中歐布萊恩毫不保留地讚譽華德翰的人品與能力。他認為華德翰十年祕書長任內所作所為最符合聯合國的組織與精神，而華德翰幹一位稱職祕書長最大的長處，就在「他懂得尊重限制」。

華德翰「尊重限制」的習慣，表現在他從來不去挑戰任何一個會員國的自主決定。在華德翰的任內，聯合國幾乎沒有用組織的共同名義反對、譴責過任何一個會員國對內或對外的殘暴攻擊行為。在華德翰的任內，聯合國更不可能主動處理任何一件危害和平的事務。

華德翰標準的作法，是以祕書長身分，穿梭勸說。他視勸說為限制內可以發揮的極限，勸說如果無法奏效，他就放棄了。所以他不會得罪任何一個會員國，難怪一九七六年他爭取連任時，很順利取得了大部分會員國的支持。

一九八一年華德翰還想再幹第三任，本來看起來也頗有希望如願，沒想到臨時殺出了中國這個程咬金，硬是在安理會動用了否決權。不過就連中國都特別聲明：否決權不是針對華德翰個人的，而是不願看到有其他會員國利用華德翰長期任職所建立的關係，將聯合國祕書長一職運作入自己的權力布局中。

中國在意的，其實就是華德翰和蘇聯間的密切關係。華德翰和俄國關係密切到什麼程度呢？舉個例來說吧。一九七四年二月，聯合國在日內瓦的附屬商店中，最新出版的俄國異議作家索忍尼辛的《古拉格群島》竟然遭到倉皇撤架。與此同時，索忍尼辛在俄國被捕，接著被放逐出國，他的作為在西方引起騷動。

　　華德翰對蘇聯那麼體貼，蘇聯當然感受得到。中國自己也有異議作家的問題，當然不至於為這事去指摘華德翰，不過對兩者間勾勾搭搭、眉來眼去，卻自然心中有數。

　　一直到一九八六年寫那篇書評時，歐布萊恩都還對中國投下的否決票，為華德翰打抱不平。然而沒多久之後，這篇書評卻成了歐布萊恩評論、寫作生涯中，最尷尬的一個污點。

## 華德翰的二戰祕史

　　因為就在六個星期之後，一九八六年三月三日，奧國的一家雜誌社巨細靡遺地揭露了華德翰在二次世界大戰中，曾經參與納粹活動，甚至可能與屠殺猶太人的血腥暴行有關的事跡。這些歷史證據，與華德翰長期以來公開交代的生平經過，完全不同。依照華德翰自己的說法（後來證實都是編造的），他曾經參加過反納粹的青年組織，後來被徵調上戰場，一九四一年冬季在俄國邊境因腳傷退下火線，之後一年多的時間都在養傷養病。然而資料顯示，如果他真的參加過反納粹組織，不可能在德軍中當到軍官，而且雖然一九四一年十二月受傷確有其事，不過次年三月他就回到部隊報到了，而且在那兩年間，他遇見了他太太，兩人結婚了，他太太是個有好幾年黨齡的納粹青年黨員。

　　這項報導經《紐約時報》翻譯轉載，傳遍了全世界。面對媒體不止指控他過去參與納粹活動，更指控他長期公然說謊，華德翰能拿得出來的最強反駁，祇有：「如果真有這些事情，

我怎麼可能當上聯合國祕書長？而且還一當就當了兩任？那些會員國的外交情報單位難道在投票前沒對我進行過詳密調查嗎？他們怎麼可能沒查出這種事來！」

這樣的反駁，說老實話，不祇站不住腳，還更暴露出了聯合國祕書長這個職位的無奈之處。爲什麼華德翰的過去會被揭露出來？因爲他要參選奧國總統，儘管奧國總統祇是榮譽職，沒什麼實權，不過民主國家裡選舉總是一個人人格的大清查、總檢驗。至於說爲什麼以前選聯合國祕書長選了兩次也沒出事，我們祇能說，那正證明了大家對聯合國祕書長實在沒什麼太高的要求。

把這些事兜在一起看，我們發現了一個彼此互相加強的循環作用。聯合國的組織標榜是世界上最高的、甚至超越國家主權之上的政治運作機構，名稱上非常隆崇，可是它眞正做的、眞正能做的，卻和名義上的天差地別。聯合國實在做不了什麼事，結果就吸引了像華德翰這樣的人，選擇聯合國作爲政治生涯的發展途徑。而像華德翰這樣的人，又會進一步強化聯合國實在幹不了什麼事的印象。如此不斷循環，以至於才產生了像歐布萊恩那種「比一無所有好些的一無所有」的天才定位說法出來。

華德翰在聯合國祕書長任內時，最常說的話就是：「我一無所有，我眞的祇是道德的力量。」他當然不是一無所有。他有一個龐大的組織，有紐約和日內瓦兩地的辦公室，還有無論用什麼標準算，都相當龐大的預算經費。然而令人遺憾的是，他眞正缺乏的，竟是道德力量。

## 缺乏道德力量的聯合國

道德力量的發揮，有兩個主要的先決條件。第一是原則的堅持；第二是標準的一致。先要能用一致的標準評斷、衡量所有的行為；接著還要能堅持看到原則的貫徹執行，在持續不懈的努力中，才有希望獲得別人的認同與認可，也才有希望從認同認可昇華為尊敬尊重。而道德力量真正的內涵，是別人主動的尊敬尊重，因為尊敬尊重，所以願意讓渡他們的權力，臣服於單純道德原則的要求下。

這是聯合國創始人們心目中的道德力量，而也是在這方面，華德翰在位的十年，造成了最大的、甚至是無可彌補的傷害。華德翰不願堅守聯合國憲章的立場，隨時願意聽取會員國不同的立場不同的說詞；他也從來不堅持會員國集體行為的準繩，怎麼會有道德的力量？

華德翰時代最大最深的傷口，是塑造了「聯合國無用」根深柢固的印象。聯合國本該是無用的，而一再配合上被華德翰誤用、濫用的道德修辭，「聯合國無用」的原因就坐實成了是「道德力量的無用」。大家都接受都認為，聯合國不會有所建樹，因為聯合國祇有道德的力量。

華德翰的負面陰影，二十年來，依然籠罩著聯合國。很長一段時間，美國完全不信任聯合國，認定聯合國沒有獨立組織人格與獨立態度，受到蘇聯在內等勢力的輕易操控，美國政府甚至拒絕繳納會費。美國政府多年積欠的費用，後來竟然還是由媒體大亨透納（Ted Turner）個人掏腰包清償的。

二十年來，尤其在九〇年代，聯合國似乎有復興的跡象。透納對聯合國的理念，有著近乎狂熱的支持。他帶給聯合國的，除了大批金錢之外，還包括了有一段時期，用老闆身分干預要求他創辦的CNN大幅報導、轉播聯合國的活動。有報導、有關注，聯合國對會員國的制裁力量相對就大了許多。

然而幾個因素卡住了聯合國進一步的壯大。第一是不合理的程序，尤其是安理會及否決權的制度，少數幾個國家就能夠任意癱瘓聯合國。第二是無法整合其他國際組織，尤其是世界銀行與國際貨幣基金的資源與決策，也就沒辦法發揮更大的實質影響力。第三是聯合國內部單位林立，各有本位立場，其中再夾混入不同會員國的地盤問題，嚴重阻礙了聯合國成為一個有效率組織的機會。

最關鍵最嚴重的，還在於聯合國沒有辦法取得維持和平所需的充分信任與足夠武力。一旦爭端牽涉大國強國時，就不會有人相信聯合國真的比「一無所有」多得了多少。

二〇〇一年美英向阿富汗開戰，第一個被流彈傷到的就是聯合國。聯合國連續兩次受挫，被證明對世界性的恐怖主義活動完全無能為力在先，又被證明不被超強的霸主美國看在眼裡在後。這雙重的打擊，很可能又會重傷聯合國取得世人信任的程度，又把聯合國打回「比一無所有多一些的一無所有」的無奈地位。

必須要大家先相信聯合國有用，聯合國才有可能慢慢強壯有用起來。不過建造一個有用的聯合國的理想，經歷了半個多世紀，看來距離實現，還是遙遙無期。

# 為什麼要服從多數？

一個市場如果無法或不願尊重這種多數機制，不管操控市場的
少數人多麼菁英多麼聰明，都會製造出不穩定的危機市場，稍
一不小心就讓資源傾斜集中到不該去的地方，不祇是無效率浪
費，還可能帶來巨大的損失。

美國前一陣子有一個熱門轟動的益智問答節目「誰要做百
萬富翁？」，在節目當中，遇到不知道答案的題目時，參賽者可
以訴諸兩個不同管道尋求協助。一種方式是打電話去找一個你
認為最聰明的親戚朋友，請他（或她）告訴你答案。另一種方
式則是要求現場觀眾，那些不知來歷、各有目的而來到節目現
場的烏合之眾，用投票的方式來替你決定正確答案到底應該是
哪個。

後面這種方法聽起來滿蠢、滿冒險的。然而讓參賽者、觀
眾和主辦單位都很意外、很驚訝的是，統計顯示，用這種莫名
其妙的多數決求得的答案，有將近九成的正確率。相對地，參
賽者自己找的聰明傢伙，答對題目的比率祇有六成五左右，遠
遜於現場觀眾。

　　我們當然可以對這樣的結果，做事後的分析解釋。例如說這群人本來就對知識有興趣，掌握了比較豐富的各類知識，所以才會被益智問答節目所吸引，才會不厭其煩跑去看人家錄影。例如說這個節目會吸引能夠答得出答案的觀眾觀賞，不習慣不喜歡節目問題方向與方式的人，根本不會收看這個節目，更不可能勞師動眾跑到攝影棚裡去了；相形之下，我們在日常生活中認定有智慧有學問的人，他們的性情、思考模式，很可能和節目的路子南轅北轍，難怪他們突然接到求救電話，表現不盡理想。例如說在現場的觀眾比較能夠從知道正確答案的主持人、工作人員身上接收到細微的肢體或表情暗示，因此就算同樣用猜的，他們猜對的機率提高了許多……。

## 人多了就變聰明？

　　不過也有可能是人多了形成團體，真的會有某種神祕的智慧，會由豐富、複雜的互動經驗中浮現出來。

　　讓我們對照另外一項每個做老師的，在自己課堂上都可以試試看的實驗。拿一個裝滿小軟糖的大玻璃罐到教室去，放在講桌上讓每個學生都能夠遠遠看見，卻無法仔細計數，然後要求每個學生猜猜看罐子裡一共有多少顆軟糖。學生有的猜多有的猜少，而且多少可以相去十萬八千里，而且很有可能沒有任何一位學生猜的數字接近確切的答案。然而有意思的是、神祕古怪的是，你把每個學生的答案加起來求出平均數，得出的平均數和一顆顆數得的軟糖顆數，差距幾乎毫無例外會在三％以

內。

　　這就不能再說不是某種神祕的集體智慧了。如果還不信，再舉一個更科學、更精密的實驗做證據。美國洛杉磯國家實驗室的一個物理學家，叫強森（Norman Johnson）的，用超級電腦做了一個虛擬迷宮，這個迷宮可以經過好幾條不同的路都能找到出口，不過有些路比較近有些路比較遠。強森以一團一團爲單位，找人來走迷宮。例如說有一團的人，他們第一次走的時候，平均每個人花了三十四‧三步才找到出口；第二次再走時，每個人到達出口的平均距離降到了十二‧八步。不過強森的重點不在任何個人的學習、觀察、領悟的能力，他把每個人在每個轉角處所做的決定，是左轉右轉還是直走，進行詳細的統計，找出最多人選的那個走法，稱之爲「集體解決方式」。經過這樣統計計算，同樣那一群人所做的「集體解決方式」衹花了九步就到達出口了。

　　更多更有趣的是，強森發現，團體裡人數越多，他們的性別、年齡、職業背景等越不一樣，所形成的「集體解決方式」就越有效越聰明。團體人數如果超過二十個人，而且這二十個人都有不一樣的身分背景的話，那麼所得到的「集體解決方式」，就會是原本迷宮設計中最短、最快的徑路。

　　換句話說，二十個人以上去迷宮裡走兩趟，他們在每個轉彎去本能做出的多數選擇，比任何一個最聰明的人的決定都還要更聰明更準確，這眞是一項神奇、無法用細部邏輯加以解釋分析的集體力量展現。

## 「看不見的手」新解

這些訊息都在說明一件事，亞當・斯密所說的操控市場理性運作的那隻「看不見的手」，真的存在。祇不過「看不見的手」之所以能夠讓市場有效率，讓資源做最有利的分配，其原因其過程，恐怕不是像亞當・斯密跟我們說明的那樣。

亞當・斯密的心思已經是非常細膩了，不過他還是祇能用供需與價格之間的理性選擇來解釋。價錢高了就會吸引更多的供應者進來搶市場，因而形成壓低價格求售的趨勢，等價格過低無利可圖了，則會逆反過來有人陸續退出競爭行列，終使狀態恢復平衡。

用這種方式描述、理解「看不見的手」，當然有很多可以被挑毛病的地方。一個大問題是在這個架構裡，資訊的完全公開與立即流通被視為是不言而喻不求自得的前提，然而現實裡卻絕對不是這樣的，沒有一個市場是真正透明完全競爭的，如何處理不完全競爭的部分，於是成了經濟學裡的一個主要課題。

不祇不是每個人都如亞當・斯密想像的那麼聰明、獲有那麼豐富完整的資訊，而且是不是每個人都會依照資訊進行理性選擇，都成問題。亞當・斯密的理論原型必須依賴人類理性，卻無法容納、無法衡量非理性的更大變數。

從亞當・斯密寫《國富論》的十八世紀，到佛洛伊德出版《夢的解析》的一九〇〇年，最大的差異就在非理性的重要性被挖掘、強調了出來。如何看待、解釋非理性選擇在經濟上的作用，從此成了經濟學一個努力要逃避卻又逃避不掉的頭痛題

目。

前面所提到的那些實驗例證，替我們開了一扇新窗，隱約在指示我們：就算人類的個體認知不充分不完整，即使人類個體的思考與決策有許多非理性的部分，然而在每個個體無法用理性來認識說明的邏輯深處，藏著能夠找到最佳資源分配模式的集體智慧。

換句話說，「看不見」的意義再往後推了一步。不祗是亞當・斯密指點的，不能從個體主觀意志上看見，必須從集體互動牽制裡看出，而是就連理性推論層次上都看不到，必須在諸多理性與非理性算計全部加在一起之後，從龐大眾數裡才能看出的規律原則與效率。

## 市場不會愚蠢的理由

這是我們對市場的新認識新理解。越多人參與的市場，越不容易由少數人操控的市場，不管這些在市場裡的人多愚蠢或多瘋狂，整體相加之後的結果，這樣的市場是有秩序、不容易亂套崩盤的。

倒過來看，一個市場如果無法或不願尊重這種多數機制，不管操控市場的少數人多麼菁英多麼聰明，都會製造出不穩定的危機市場，稍一不小心就讓資源傾斜集中到不該去的地方，不祗是無效率浪費，還可能帶來巨大的損失。

最突出最醒目的例子，就是一九九八年「長期資金管理公司」捅出的樓子。這個公司的經營者包括了兩位諾貝爾經濟獎

得主，還號召了好幾位華爾街大師級的交易員來共襄盛舉。這麼嚇人的陣容，最後下場竟然是九八年一年中賠掉了四十五億美金，驚動聯邦準備理事會主席葛林斯潘出馬大力搶救，才沒有釀造更大的金融災禍。

最近出版的研究顯示，「長期資金管理公司」最大的麻煩出在，太聰明的人設計出太複雜的衍生性商品，這些商品不衹複雜、數額又大，結果就使得參與交易的對象變得非常少。少數市場就是不穩定市場。

從市場面看，這些研究再次訓誡我們：政府干預、拉抬股市，短期看來也許是聰明有效的作法，然而時間稍稍拉長一點，就一定帶來得不償失的代價。過去我們注意到也談論到了「破壞市場機制」的缺失，現在我們更警覺到：這種護盤的政策，會使得政府成為超級大戶，在結構上大幅減少有效的交易參與者數字，這是讓整體市場情勢更加不利於經濟資源有效分配的因素。

## 民主制度的基礎

這些研究也進一步燭照了民主制度的優缺點，以及這些優缺點之所以產生的道理。中國古語說：「民愚而神」，這句話經常被儒學大師徐復觀引用來鼓勵我們對民主的信任。每一個單一的匹夫匹婦的確都沒有什麼值得我們崇仰尊敬的智慧質素，然而他們各自私心考量、各自偏見匯集在一起，卻成了真正最神奇最正確的選擇。

　　這個觀察有兩點值得進一步闡述。一是民主依賴集體決定，這集體決定如果不被操弄的話，往往是神奇的正確的，不過卻不代表參與決定的個人有任何神奇而正確的部分。不能因為最終相加起來的集體結果是神奇的正確的，就讓我們承認應該聽從其中任何一個人的意見，奉為神奇而正確的。

　　第二是民主政治的可貴，在信託給這股集體神祕智慧來做最核心最關鍵的決策，沒有這份基本信念，就不會有民主制度。然而民主制度的基本信念基本原則上，壓著另外一套少數運作系統。在立法方面是代議制度，在行政方面則是專業行政官僚。民主的難處在於沒有辦法讓神祕集體智慧滲透貫穿到每一個層次每一個角落，必定還是要讓少數官僚與民意代表來操作政務的日常流程。

　　如果我們要少犯些錯，如果我們要擴大利用神祕的集體智慧，那麼唯一的選擇就是積極打造創制、複決這兩項直接民權，讓更多人能夠參與找出最佳的「集體解決方式」。

　　很可惜的，我們走了一趟昂貴的核四爭議，然而走完之後，在公投方面竟毫無進展。依舊是少數聰明人以相對愚蠢的方式，抗拒著多數無知愚蠢的人其實可能找出的神祕有效的解決之道。

# 我們瞭解法律嗎？

不能想當然耳以為法律自然就會找出事實、還原真相，法律必須獲得許多智慧資源的協助輔佐，才有辦法不斷改進，趨近事實與真相。與天真、盲目的信念預期相反的，法律永遠無法抵達事實與真相的彼岸，它祇能努力不懈地一直趨近。靠著不斷進步的技術，法律是一連串向事實與真相努力靠攏的過程。

　　璩美鳳偷拍案正式偵結那天，我在電台主持每日的新聞節目，前後和兩位資深、知名的新聞工作者訪談，講起這個案子，他們不約而同都說：「蔡仁堅被判刑一年，郭玉鈴判刑四年」。

　　其實這個案子才進行到起訴階段，檢方調查完證據，形成了他們單方面的看法，認為郭玉鈴、蔡仁堅涉案，所以代表國家公權力控告他們。至於他們到底應當負擔多重的法律責任，應該被處以什麼樣的懲罰，那是要由法官來決定的。在法官面前，檢方和被告是平等相對的，雙方努力攻防之後，才會有結果的。

　　檢方祇是具體求刑。求刑的嚴重程度祇是反映了檢方對被

告涉案情節的判斷，而不是法官的最後裁奪。

　　然而即使是資深的新聞記者，甚至是兼負有管理責任的媒體工作者，他們還是很自然地就把「求刑」和「判刑」混爲一談。

　　比璩案更早些，還有擄妓勒贖案，偵查終結，其中有一名涉案員警被檢方求處死刑。這個新聞上了報紙的頭版頭，引起了許多議論。很不幸地，我聽到的街談巷議，幾乎毫無例外，都誤認爲是有不肖員警被判處死刑。

　　其實仔細看一下起訴書，檢察官明白表示該員警在偵查過程中極度不合作的態度，是惹來求處極刑的主要原因。明瞭司法程序慣習的人，從中間可以清楚推斷，求處死刑是檢方對涉嫌人的公開報復威嚇，懲罰他的傲慢難纏，審判最後結果不太可能依照檢方要求判處死刑的。

　　因爲真的罪不至死。可是我們的閱聽大眾，卻先錯覺給了他一個死刑，也給了他死刑中所意涵的道德譴責，以及人道同情。

## 通俗法律概念依然是「有罪推定」

　　類似這樣的例子，幾乎每天都在發生。呈現的第一個問題是，我們這個社會的通俗法律概念，依然遵從著落伍過時的「有罪推定」。祇要和法律有關，就被認定有罪。

　　涉及法律、成爲被告，審判還沒開始之前，已經先假定你是有罪的了。要不然你怎麼會變成被告呢？更進一步說，大家

基本上認定法律的本質就是懲罰性的，要來懲罰壞人；這個邏輯倒過來，就成了涉及法律的當然就是壞人。

然而法律真正的意義與功能，是弄清楚權利與義務，弄清楚好與壞。法律的現代運作原則，是「無罪推定」，除非原告、檢方能夠說服法官證明你有罪，要不然你就是無罪的。

這種現象背後反映的還有累積已久的審檢一家怪體制。檢察官起訴的，常常就是法官接受的。法官很少很難真正持衡聽取對被告有利的證據、說辭，而是直接以檢察官的調查內容為依據來判案，難怪會給人家一種檢察官「求刑」等於法官「判刑」的錯覺。

另外還有一個問題，則是我們對法律進行程序的普遍陌生與無知。法律最重程序，法律的理想是追求實質正義，但在現實世界裡，法律真正能保障的，就是程序正義。法律程序的基本結構，審判是由原告與被告在法官之前爭訟而成立的，換句話說，被告被起訴，其實才是審判要件成立，審判開始，我們許多人竟然會誤以為那是審判的終局結果！

無知、錯覺，以及誤會，構成了台灣一般人與法律間的關係。可是堆疊在無知、錯覺，以及誤會之上的，卻是存在於我們日常語言與意識裡，對法律與司法程序的高度信任。

「司法可以追究出真相」、「司法必將還我清白」、「司法會弄個水落石出」……這樣的話，在我們生活周遭反覆被使用。然而相對地，卻很少人認真在問：「司法真的可以嗎？」或者：「司法怎樣才能找出真相與事實？」

從新聞媒體到普羅大眾，和法律之間有著那麼多的無知、

錯覺以及誤會，我們有理由懷疑，對於司法的信心其實是盲目的。這種語言修辭上對司法的盲目信任，與另外一種同等流行、卻極端相反的對司法的輕蔑與詆毀（「法律萬萬條，衹缺金條」），都使得這個體制內部嚴重缺乏對於法律進行認真思索與改革的動力。

## 研究如何有效執行法律

如何更有效地執行法律，來達到正義與秩序的目的，這是個實際且實證的題目。依照法律在現代社會生活裡的重大影響力來看，這個題目應該成爲最核心的研究重點之一，應該有龐大的公共資源與最優秀的人才智慧投入其中才對。然而在台灣，很殘酷的事實是：幾乎沒有人、沒什麼經費是專門花在這上面的。

太信任法律效力的人，不覺得需要做這種研究，法律自動就會通向真相與事實，司法所挖掘的、所判定的，就是真相與事實。完全不相信法律效力的人，不覺得這種研究有什麼用、有什麼意義。

如果拿歐美的例證來作參考，也許會給我們一些更深刻的啓發。在法律維持秩序方面，美國有一個持續研究發揮改革作用的例子。那就是如何處理家庭暴力。遇到家暴案件，尤其是日復一日層出不窮，那種並沒有釀成嚴重流血傷害的小暴力衝突，執行人員到底應該如何介入，才是對的、最好的辦法？

這種問題，如果出現在台灣，一定是交給基層警員自行發

揮。但是美國卻有許多全面性、長期性的調查研究，專門處理
這個問題。其中一項由明尼蘇達州警政局資助的研究，花了整
整十七個月，獲致了決定性的結論。那就是與其警察去扮調
人、勸架並仲裁糾紛，或者警察命令施暴者（通常都是男方）
離開房子八小時，最有效的方式其實是直接將施暴者予以逮
捕。

　　逮捕一則可以保證施暴者無法回到現場再度發洩憤怒（再
添上對女方報警的憤怒）；二則保證雙方可以冷靜相當長一段
時間（一直到在簡易法庭上完成釋放手續）；三則給予施暴者
足夠的嚴重感，讓他們知道動手打人要付出相當代價的，對於
防止再犯，有顯著的功效。

## 法律與正義間的關連

　　至於在法律伸張正義方面，也有些重要的例子。早在一九
○一年，德國柏林大學的一位刑法教授，就設計了一場課堂內
的突發性衝突事件，兩位先前安排好的學生上演全本鐵公雞，
衝突過後，要求在場的學生，在當場、一天後、幾天後、一周
後，寫下他們所見事情的證詞。從那時開始，反覆的類似實驗
不斷質疑法庭法律類似發現事實、建立真相的主要依據——事
件當事人與證人的記憶。

　　這項實驗出現於一九○一年，前一年佛洛伊德剛出版了
《夢的解析》，這兩件事情不祇是時間上湊巧相近而已。兩者都
是當時歐陸一種普遍思想風氣下的產物，那就是：對於人的意

識與記憶運作之複雜性的重新認識與重新評量。

那個時代的心理學家，尤其是佛洛伊德，最大的貢獻就是打破了過去以為記憶就是逝去經驗翻版紀錄的天真看法。記憶從來不是客觀的。記得多少、記得什麼，不祇會被當時的環境狀況所影響，而且還會被其他的力量介入改造。

例如後續的研究發現，現場目擊者的記憶重述，不但錯誤百出，而且還有一些奇特的傾向。以最簡單最常見的指認為例吧，專家們發現，最容易產生誤認的狀況，是在一堆照片或一排人當中，其實並沒有真正的犯人在裡面，這時候會有最高比例的人，依照他們不怎麼可靠的記憶，從中間選出了可能和真正犯人長得有點像的人，言之鑿鑿表示那就是正確答案。

換句話說，在這裡介入誤導的，就不祇是記憶的錯誤，還有一種錯誤的預期，以為犯人一定會在這堆照片或這些人當中，以為自己的任務是要找出這堆照片這些人裡面，最像凶手的人，渾然忘記了在法律的範疇裡，祇有「是」或「不是」，沒有「比較是」、「比較不是」。

從這樣的研究取得教訓，專家告訴我們：要幫助被害人或證人最精準地回溯記憶，最好的方法是讓他們一次祇看一張照片，祇看一個人。從形式上明白地向他宣示：你必須回答的是「是非題」──「這個人是或不是你看到的犯人？」不留任何空間使他誤以為自己在答「選擇題」──「這幾個人裡，哪個最像最有可能是你看到的犯人？」找到一種比較好、比較正確的方式，也就是提醒我們：習慣上的那種指認法，摻雜了多少連當事人都無從察知的不客觀價值力量運作，所得到的答案經過

了多麼嚴重的扭曲。

　　法律尋找事實、建立真相的每一個環節，可能都充滿了這種扭曲。這是百餘年來現代司法體系給我們的慘痛教訓。不過這並不意味著，我們就該放棄透過法律來尋找事實、建立真相。而是刺激我們，不能想當然耳以為法律自然就會找出事實、還原真相，法律必須獲得許多智慧資源的協助輔佐，才有辦法不斷改進，趨近事實與真相。與天真、盲目的信念預期相反的，法律永遠無法抵達事實與真相的彼岸，它祇能努力不懈地一直趨近。靠著不斷進步的技術，法律是一連串向事實與真相努力靠攏的過程。

　　我們不能再對法律那麼陌生與漠然了，否則法律要嘛就變成隨時可能吞噬任何人的惡魔怪獸；不然就傾頹成為與現實無關的某種舊時代殘餘廢墟。這兩種危機，都在威脅著我們的法律體系。

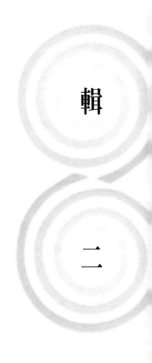

輯

二

# 私心的悲劇、王充的悲劇

當私心掩蓋了一切，一個人講話就必然開始矛盾混亂。而當我
們都祇想從別人身上取我之所需，沒有耐心也沒有力氣去真正
認識別人時，就最常會招致將和自己南轅北轍的人認作同志、
兄弟的悲劇。

中國東漢的時候，有一個叫王充的人。我們對他的生平知
道得其實不多。歷來對他最常見最普遍的描述，就是說他是
「寒門細族」。他做過幾個不大的官，然而即便是小官，他都沒
做出個什麼了不起的名堂來。

這樣一個人，我們今天卻還知道他的名字，最主要的原因
是他留下來一本著作，叫《論衡》。《論衡》光是作品形式本
身，就有足夠的歷史性意義。因爲在《論衡》之前，漢代並沒
有發達的私人著述傳統。大家還是寫書，可是寫出來的書，要
嘛就是依託當作某個古人遺著，要嘛就是依附在某本古人遺著
上當注疏注釋。沒有幾個人敢大剌剌地標榜，這就是我的意
見，這就是我爲了表達自己意見而寫的自己的著作。

王充當然是個大剌剌的人，他的《論衡》也是本大剌剌的

書。可是除了充滿自信充滿偏見是大家對《論衡》的共同印象之外，《論衡》到底是本什麼樣的書，王充真正想要表達的到底是什麼，那就很難找到標準答案了。

## 《論衡》是本什麼樣的書？

在蔡邕的眼中，《論衡》就是本好發議論、亂發怪論的書。這些怪論除了王充似乎沒有人這樣想過，而且也祇有王充能把它們講得那樣煞有介事。所以蔡邕就在家裡偷偷藏了一本《論衡》，每次和朋友聊天打屁時，他就搬出王充的怪論來，把大家都唬得一愣一愣的，自己成為舉座最出鋒頭的人。

不過《論衡》做「怪論百科全書」沒做多久，六朝清談興起，比《論衡》更奇百倍更怪千倍的言論都冒出來了。而且這些清談之論，還有《論衡》所不具有的特質，他們都用非常玄妙的哲學語言，和新傳入的佛教論述相遊戲相激盪，比王充的單打獨鬥熱鬧、有趣多了。

因此《論衡》沉寂了很長一段時候。在這段期間，即使偶爾有提到《論衡》的，負面意見占大多數。《黃氏日鈔》批評它：「隨事各主一說，彼此自相背馳」、《文海披沙》罵它：「前後之言，自相悖舛，此豈足為帳中祕哉？」順便把蔡邕也罵進去了。

一直到了清末民初，王充和他的《論衡》突然翻了身。使他翻身的第一個要角是清末古文大家章太炎，章太炎大大讚美王充，說他：「正虛妄、審向背，懷疑之論，分析百端，有所

發擿，不避上聖。漢得一人焉，足以振恥。」接在章太炎後面肯定王充的，還有民國頭號知識分子——胡適。

在胡適眼裡，王充是個大力打擊迷信、具備原始科學精神的先知。他反對當時上層士人們搞的災異圖讖，他也抨擊當時下層庶民盲信的風俗拘執。對胡適而言，王充既有獨立精神，又有對抗權威的勇氣，更有科學求知的方法，實在是再現代不過了。

## 為什麼章太炎、胡適對王充驚為天人？

王充的確有值得讓章太炎和胡適驚為天人的文章表現。對章太炎而言，王充敢在那個時代大聲指斥「災異」荒誕不經，不願讓人受困執於大自然的現象裡，當然是值得敬佩的。不祇這樣，王充作品裡還有〈問孔篇〉、〈刺孟篇〉，連最高權威的孔子、孟子都敢問敢刺了，獨立於天地間多有尊嚴。

胡適則看到王充對偶然力量的闡發。王充相信偶然，也就是相信自然而然，不受主宰控制的因素，這種態度再加上反「災異」、反「迷信」時所舉的許多實證例子，在在都說明了王充是中國科學的先驅者。

這種觀點，在中共左派史學裡不但被繼承了下來，還進一步予以發揚光大。這後面有個背景，那就是中共的意識形態裡，既要強調唯物主義，同時卻又燃燒著民族主義的自大。採取唯物主義立場，難免把中國古代傳統全打成是封建的、唯心的，沒什麼值得留戀的。破四舊破就破吧，可是破光了卻也難

免傷了民族感情。

最好的解決，當然就是在中國文化裡找到竟能符合唯物標準的古老前輩。而且最好是個飽受冷落飽受打擊的人物，這樣將他挖掘出來會覺得很有成就感，整個民族也可以得到唯物的、科學的虛榮滿足。

王充剛好符合這樣的條件要求。所以他很快就上升為中國最早的唯物主義者，祇有寫〈神滅論〉不承認靈魂存在的范縝，勉強還能跟他搶一搶這個美麗的民族頭銜。

王充贏范縝的地方，在他有厚厚的一本《論衡》。然而反過來看，也正因為王充留了厚厚的《論衡》，我們可以多知道一些他思想的各個面向面貌，不必像對待范縝一般，用一篇短文就論定了一個人一生。

不過越是多知道他思想的各個面向面貌，我們難免會懷疑起章太炎、胡適到中共史學這一系統的評價。

例如說王充固然反對災異，不承認颱風下雨地震打雷是源自於人事失調所致，可是他卻大力鼓吹符瑞的真實性。符瑞和災異其實是一體兩面，做好事天就降符瑞以資鼓勵；做壞事了天也就搞一搞災異懲戒恐嚇一下，怎麼可能不信災異卻信符瑞呢？

又例如說王充批駁天人感應說，譏諷說天和人又不同類，要如何感應呢？漢代的人受害於天人感應真是既深且苦，王充這點是很了不起。可是一翻身他卻又表示如果有龍出現，就一定會下雨，因為龍和雲和雨，本來就是同類，同類就可以相感應，屢試不爽。這算哪門子科學！

　　王充一方面強調偶然，但是他卻又非常非常相信命，更相信看命相。他覺得人的一生都是注定的，所以你是什麼樣的命，也就會在你臉上你身體上表現出來，這又算是哪門子的反迷信？

　　王充類似這種自我矛盾的地方，實在太多太多了。稍加整理，我們實在不得不回到傳統的評價系統裡，問問：這傢伙真有那麼了不起、真有那麼「超越前進」嗎？

## 滿身是矛盾的王充

　　兩個問題浮出來：為什麼王充會是個那麼矛盾的人？為什麼章太炎、胡適以降這一大堆聰明人，會看不見這些矛盾的地方？

　　先試著回答前一個問題吧。王充的錯亂思想，其實還是有個主軸的。他的主軸就是他的私心。而他私心的出發點就在他自己覺得懷才不遇、鬱卒得很；從懷才不遇的鬱卒裡生出急於想要在這個世上發達的種種算計。

　　他反對災異，因為災異是譴責當代當道的。他為了想聞達而有求於當代當道，所以不喜歡災異。他贊成祥瑞，祇是他討厭儒生老是說古代怎麼怎麼好，老是有符瑞降於帝王之庭，他急於要提醒大家，其實漢朝也很了不起，為什麼你們不多看看自己當朝當代的光明面、吉祥事呢？

　　所以《論衡》裡有大剌剌毫不掩飾的〈頌漢篇〉，歌頌大漢帝國。不過對王充而言最痛苦的是，他擁抱大漢帝國，大漢帝

國卻並沒有回報以對他的重用。他恨透了那些壟斷知識學問官位，言必稱孔孟的世家大族，逼得他這樣一個「寒門細族」沒有發達空間。

他做不成大官，所以他相信人是由命運安排的，再好再能幹的人，遇到了命也就莫奈何，不發達不是他自己的責任。他做不成大官，他就在文章裡自己規定，最了不起的賢人是什麼樣的人呢？不是這個也不是那個，答案是：像自己一樣留下文字著作的最了不起。

可是他還是想做官，所以他又設想皇帝的力量、皇朝的榮光智慧、國家的集體命運，可以超越個人命運，換句話說，可以在某個神祕的情境下，把命運不濟的王充超脫出來，成為有官有爵的貴人。

王充其實是個這樣充滿私心的人。那麼章太炎、胡適又為什麼會如是推崇他呢？因為他們雖然讀他的書，卻沒有從書裡認識他真正的人。他們沒有問，可能也沒興趣問，到底王充在意什麼、關心什麼，他到底真正想幹什麼？

章太炎、胡適祇是在書裡找他們要的東西，所以他們才會找來找去，找到了其實既叛逆也不科學的王充，當作是他們自己的心靈友伴。看到最近台灣政局的一些發展，我忍不住想起王充來。當私心掩蓋了一切，一個人講話就必然開始矛盾混亂。而當我們都祇想從別人身上取我之所需，沒有耐心也沒有力氣去真正認識別人時，就最常會招致將和自己南轅北轍的人認作同志、兄弟的悲劇。

希望你能明瞭我指的是哪些人、哪些讓我痛心不已的事。

# 新舊錯雜時代所需要的智慧

祇要我們認清了新舊雜混的現實，祇要我們放棄追求純粹的虛幻要求，我們就能建構自己的一套「進步史觀」，抨擊、揚棄舊的壞的，表揚、鼓勵新的好的。不祇對一個事件，甚至對一個政黨一個人，我們都能清醒理性地「三七開」、「四六開」，進行我們的價值評斷，不必絕望，不必懊惱，不必痛心疾首。

牛頓、波以耳和洛克，這三個都是歷史上響叮噹的名字。

牛頓是現代物理學的奠基者。他對於地心引力、作用力與反作用力，以及天體運行軌道等等的發現，開啓了人類對於宇宙認識的新頁。

掛在波以耳名下的，則有對於氣體與壓力首度明確找出規則定律的公式。從「波以耳定律」，也引出了不少物理與化學上的後續突破性研究。

至於洛克，則是英國現代哲學的大師。不管是在關於人類認知的知識論，或管理人間秩序的政治理論上，洛克都做出了不可磨滅的貢獻。甚至一般通俗的哲學史上都會提到：洛克的思想，是使得十七世紀以後，英美哲學自成一派，與歐陸哲學

分道揚鑣，最關鍵的因素。

這三個人，在他們自己的領域各有一片天空。因為他們在各自領域裡的成就太過耀眼了，往往讓人忽略了一件事實：這三個人在同一時間活在同樣一個英國社會裡，三個人不僅彼此認識，還曾經有過密切的互動。

讓我們來回顧一段，一般歷史不太可能花精神費力氣去記載的三人互動故事吧！

## 牛頓、波以耳和洛克的互動故事

故事開始於一六九一年開年，波以耳的死訊傳來，他一共活了六十四歲。他死前找了幾位好友替他處置遺產，其中洛克被他指定請託整理他的手稿及發表過的文件。

一六九二年，牛頓特地寫了一封信給洛克，信中東拉西扯講了一堆有的沒有的，最後一段才提到：波以耳生前曾經試驗過一種「紅土」和水銀的調配程序，牛頓小心翼翼地問洛克可不可以提供這部分的資料。

洛克於是給了牛頓一塊「紅土」的樣本，然而牛頓還不滿足。稍後他又給洛克寫了另外一封信，信裡要求洛克給他調製出這種「熱汞劑」的方法。不過一邊如此要求，牛頓一邊卻還要故意作態撇清，表示自己沒有興趣去重現波以耳這方面的實驗，他祇是對這個製程中的第一部分有需要而已。牛頓還特別說：「我無意探知他透露的內容，且希望閣下勿將細節轉告我（至少就配方中的第二與第三部分而言），因為我對此配方的興

趣僅限於其起始階段。」

牛頓說得那麼婉轉那麼爲難，還好聰明且對人性看得如此透徹的洛克，顯然完全瞭解牛頓要的到底是什麼。他直接乾脆地就把波以耳的程序指示給了牛頓。

對我們而言，比較有意思的是：牛頓幹嘛這樣彆彆扭扭地裝模作樣呢？反正最終的結果也就是要向洛克取得波以耳的調配程序，何必多費那麼多迂迴唇舌呢？

因爲牛頓心裡明白，他要的這個調製程式，牽涉製造的，是那個時代最敏感的東西。那就是在西方煉金術傳統中，大家花了幾千年工夫苦苦追索的夢幻物質──點金石。

煉金術的目的，就在於點石成金。煉金術成立的基本前提，是相信眞的能夠找到一種程序或一種物質，可以將其他物質，不管是石頭或賤價的金屬，改造成爲黃金。

## 煉金術吸引人的地方

不過煉金術的發達，另外還有一個同樣不可忽略的前提：那就是煉金術必定是祕密的。黃金之所以可貴，之所以有那麼高的價值，因爲黃金稀有。如果眞的存在煉金術，眞的可以把其他物質都變成黃金，那麼一窩蜂大量製造黃金，其結果是使黃金變得和石頭一樣沒價值了，那煉金煉半天就成了白搭。

那個時代還沒有正式正規的經濟學，對於通貨的運作機制也還沒有太深刻的研究，不過「如果黃金像石頭一樣多，那麼黃金就變得和石頭一樣沒價值」，這種基本道理，十七世紀的人

還是透徹明白的。

所以就算眞的發明了煉金術，也不能隨便讓人家知道，必定要保持最高度的神祕性。其實也就正是因爲有這樣的心理前提，才使得煉金術的吸引力，歷久不衰。

雖然在幾百年甚至幾千年的歷史中，從來也沒任何人以成功的點石爲金名垂青史，後來也沒有明確的紀錄記載誰用什麼方式成功了煉金的法術，可是一代又一代卻總有人前仆後繼地投身煉金術的追求裡。

他們不可能被說服煉金術不存在。沒有紀錄不表示不存在，對這些人而言，沒有紀錄毋寧是一種必然，誰發明了煉金術都不會大聲嚷嚷去引人側目的。在他們的想像裡，一定有那種神祕的煉金大師，修成了煉金法術，偷偷隱匿在最不受注意的地方，偷偷生產了一堆又一堆的黃金，發了大財。他們相信這才是實情，他們渴望自己也能加入這些偷偷摸摸煉金致富的行列。

波以耳試驗的「紅土」與水銀的調配，就是爲了製造「哲學水銀」，再由「哲學水銀」導向最終的點金術。不過和其他神祕關門煉金的術士們不同的，波以耳大張旗鼓地搞，而且假借科學研究的名義，把自己的心得寫成論文，標題是〈論水銀與黃金的漸熱效果〉，刊登在英國皇家學會的會刊上。

據研究這段波以耳「煉金」過程的史學家麗莎・賈汀的看法，她認爲波以耳眞正的用意是用那篇論文做廣告，以吸引此一領域中其他研究者出面協助，想辦法突破他從「哲學水銀」進展到眞正「點金石」間所遇到的瓶頸。

　　牛頓就是在這種狀況下接觸了波以耳煉金方面的研究。而他之所以會對洛克那樣吞吞吐吐，故意強調自己祇在意「第一階段」的程序，主要是因為他怕別人懷疑他已經或快要在波以耳的基礎上，獲得了煉金真正的奧妙祕密。

　　牛頓的小心翼翼，固然可能出自為避免被人誤解產生的困擾，不過從其他史料比對查驗，我們卻不得不懷疑，更有可能是因為牛頓真的相信自己快要能破解製造點金石的技術了，所以才刻意掩飾閃避。

## 迷戀煉金術的科學家

　　波以耳剛發表論文時，牛頓在與友人的信中以不信任的口氣說：「我不相信他成功實施了那個重要的程序。」可是沒多久之後，他卻對同一位友人告白：「我發現我先前對波以耳先生的實驗所作的臆測並不正確。」造成牛頓態度改變的原因，應該是波以耳將論文中祕而未宣的某種程序，向牛頓透露了，打動了牛頓。

　　在波以耳死後，牛頓對波以耳的研究成果耿耿於懷。他一定很想趕快把這套知識弄到手，可是又怕萬一打草驚蛇，讓別人察覺捏在洛克手中的波以耳煉金遺產如此有價值，於是捷足先登下手為強，那就得不償失了。所以才會留下了那批物理大師與哲學大師針對化學大師的遺物討論的拙劣書信文件。

　　雖然取得了波以耳的祕密文件，牛頓後來還是沒有變成一位破天荒的煉金師。歷史上從來不曾存在過真正的煉金師。不

過重點是：波以耳和牛頓都對煉金術如此熱中，這和他們的科學形象多麼不搭調啊！

　　煉金術不是一種極不科學的迷信嗎？煉金術的基本信念不是違反了科學可觀察的原則嗎？聰明到可以發現宇宙間的萬有引力，再藉由萬有引力來推算出天體星球運行的軌道，這樣的人，怎麼會相信煉金術呢？

　　科學史的解釋裡，不都告訴我們，在牛頓這輩研究者背後推動著他們的，是一種新興的「機械上帝」的概念嗎？他們還是深篤相信上帝的存在，祇不過他們信仰裡的上帝之所以偉大，在於祂製造了一個完美的世界。這個世界的完美，證明了上帝的存在。如果沒有上帝，要怎樣解釋宇宙的完美搭配運行呢？這個世界必須是完美的，因為上帝的智慧不可能留下任何缺點。這世界完美到一旦成形了，上帝都不可能干預改變。因為上帝如果要改變，就證明原本的設計不是完美的，而上帝不可能造出不完美的東西來。

　　在這種論證下，人對上帝的至上崇拜，就在於孜孜地尋找、挖掘上帝訂下的規則。瞭解這個世界是怎麼運轉的，就是揭露上帝的偉大，就是對上帝謙卑的服務。如果牛頓、波以耳真的相信這種「機械上帝」觀，照理說不應該接受煉金術的。煉金術的本質就在於改變自然物質秩序，打擾干預上帝所設計所創造的世界。

　　道理上的確如此，可是史料歷歷，波以耳和牛頓，真的屬於衷心相信煉金術的人，這才是歷史的實情。這實情，因為和後來的發展背道而馳，就被淹沒在灰塵中，遺忘沉淪。

## 新與舊的折衝

要如何解釋這樣的矛盾現象？我能想到的第一個解釋是：
波以耳、牛頓，甚至洛克，他們都活在新舊交雜的時代裡。他
們接受、甚至開發新時代的觀念，成為新事物的先驅，可是這
樣的身分與經歷，卻並不自然保證他們不受舊時代舊事物的拘
執。

沒有人是完全新的，不沾染一點舊的習性習氣的。也沒有
人真正在言行上是徹頭徹尾一致的，他們也許看到了新的道理
新的邏輯，但新的道理新的邏輯卻無法一夕之間就滲透到生活
的每一個角落裡改造這樣的人。

煉金術是他們的殘餘習慣，的確和新時代的科學，乃至新
時代的宗教信仰，都格格不入。然而格格不入的東西，新與
舊、前進與退步，諸多因素會共存在同一個人身上，這才是現
實。

牛頓不是新時代的超人，或者說他不祇是引領新時代的導
航者，他同時也是舊時代的陳腐多烘，也是跟隨舊時代尾巴的
小卒，這兩種身分交雜混淆。

現實是如此，可是歷史卻有一股強大的整理力量，對現實
進行篩汰，強迫分辨出新與舊，留下新的、除掉舊的。我們現
在所看到所學習到的歷史中的牛頓，老實說並不是真正牛頓的
原貌，而是被一種歷史精神改造過的牛頓形象。

這種歷史精神，是近代最突出的「進步精神」，強調新的凌
駕取代了舊的，標榜新的比舊的好、新的比舊的有價值。

經過「進步精神」的整理，牛頓和煉金術的那一段被開除了，補進來的是牛頓在蘋果樹下頓悟地心引力的神話，是牛頓作為純粹科學理性化身的造神運動。

這種「進步史觀」當然破壞了歷史原貌。不過值得注意的，「進步史觀」作為一種人類價值，卻還是有它龐大的力量。它逼我們在紛紜的事象中，去分辨新的與舊的，進步的與落後的。

不衹是牛頓、波以耳活在新舊交雜的時代，從某個角度看，每一代的人都是新舊交雜的，包括我們自己的時代。

我們這個時代的亂象，不也就出現在各種人身上都存在著新與舊、不應並存的奇怪結合嗎？前一刻看來像是民主鬥士的人，後一刻可以發表最威權的主張。前一刻信誓旦旦支持、護衛人權的人，後一刻卻參與了最荒謬的踐踏人權集體行動。前一刻頭腦清楚批判別人的人，後一刻卻陷在明顯的自我利益衛護裡強詞奪理。

這些雜混的狀況，讓大家目眩耳噪，我們於是再也弄不清楚，還有什麼價值什麼標準是值得信賴值得保持的了。

其實可以不必這樣。衹要我們認清了新舊雜混的現實，衹要我們放棄追求純粹的虛幻要求，我們就能建構自己的一套「進步史觀」，抨擊、揚棄舊的壞的，表揚、鼓勵新的好的。不衹對一個事件，甚至對一個政黨一個人，我們都能清醒理性地「三七開」、「四六開」，進行我們的價值評斷，不必絕望，不必懊惱，不必痛心疾首。

這是混亂時代保持理性的一帖涼劑。

# 悲劇英雄拿破崙

在歷史舞台上，拿破崙一個人扮演了所有的角色，既是正派又
是反派，既是光明又是黑暗，既是希望又是絕望，既是建立又
是毀壞，他一個人孤零零地站在舞台上，創造一切，又親手毀
掉自己所創造的一切。我們旁觀者看得目瞪口呆，最後祇能相
信，他的創造之所以驚人，正因為那是抗拒命運去創造出來
的；他的毀壞也同樣驚人，因為那正是命運對他的巧妙報復與
戲弄。

馬克思（Karl Marx）寫過一篇很有名的文章，標題叫《霧
月十八的路易・波那巴》，文章開頭有一段很有名的話：「黑格
爾說歷史上重要的事都重複發生兩次。不過黑格爾忘了告訴我
們：第一次是悲劇，第二次是鬧劇。」

這段話之所以重要，不祇是常常被引用來描述、形容一些
似曾相識的歷史情境，還有一個因素是，在那麼短短幾個字
裡，竟然如此精確掌握到了那麼豐富的思想意涵。

## 悲劇與鬧劇的辯證

　　馬克思沒有明講，但我們應該瞭解的，在黑格爾的歷史哲學架構下，歷史是有方向有目的的。歷史是世界精神（或超越的理性、理念）自我完成的歷程。而這歷史的本體完成的方式，是透過「正反合」的辯證。所以重要的事重複發生兩次是有道理的，一次在「正」的階段，一次在「反」的階段，兩者形成鏡像般的逆反關係。

　　所以馬克思幫黑格爾補充，說「第一次是悲劇，第二次是鬧劇」，是符合黑格爾哲學精神的。同樣的事情，在歷史不同的階段，會展現出不同的意義。不是事情本身的性質發生變化，而是歷史階段改變了，在「正」的階段對歷史起著進步作用的人與物，到了下一個「反」的階段，可能就搖身一變成了最大的倒退與阻礙。

　　不過值得注意的是，馬克思的話有一部分是修辭形式，而不是哲學思辨。那就是，「悲劇」與「鬧劇」的順序。黑格爾以及馬克思自己的歷史哲學裡，都沒有任何原理原則規定不能夠先是鬧劇再是悲劇，這中間沒有必然關係。

　　馬克思用這樣的修辭形式，是為了對比對照出路易·波那巴復辟稱帝的可笑與無聊。他要以最尖刻的口氣來嘲諷、貶抑路易·波那巴，他能想到的方式就是把這整件事定位為一場鬧劇，而抬出之前類似的歷史前例作為凸顯。

　　他選的「悲劇」，顯然是拿破崙·波那巴的歷程與故事。我們別忘了，馬克思受希臘古典文化的影響，他概念裡的「悲

劇」，是希臘式的悲劇，換句話說，悲劇不止是某件可憐可哀的不幸遭遇，悲劇不止是人的受難與折磨。

希臘悲劇追求的是對於人生世俗經驗的「洗滌」與「昇華」效果。悲劇憑什麼可以「洗滌」可以「昇華」？憑它深入人與命運之間永恆拔河的關係，人永遠不能、不願屈服於命運的操弄安排，人總在以自己有限的力量對抗命運，然而最終又畢竟遭到命運的反撲與作弄。這是希臘悲劇最清楚、最重要的主題。

明知其不可而爲之，最後面對終極、無法救贖的挫敗。希臘人相信，在這樣的過程裡，人才會眞正認識自己，也才有辦法找到生命的意義。這點是古典主義與基督信仰最大的分歧點。基督教相信人理解了自己的限制後，把自己交給神，得到了救贖，也到達了最後的意義終點。古典主義卻認爲，人祇有不相信有限，去衝撞無限而失敗後，他才能找到自己生命最遠的那一部分。而悲劇就是彰顯這發現過程的工具。

## 憑什麼拿破崙是悲劇？

回到馬克思的文章上來。《霧月十八的路易・波那巴》的用意在解釋路易・波那巴爲什麼是一場鬧劇，不過我卻關心：爲什麼馬克思會覺得拿破崙・波那巴是一齣崇高的、有意義的悲劇？

把拿破崙看作一個悲劇英雄的話，我們馬上可以找到恰切的條件。因爲他具備所有不應該、不適合在十八世紀成爲一個

領袖的條件，他的命運框架照理注定他應該游離在社會的底層，他應該接受別人的命令，他應該依照規範匍匐度日。

拿破崙生為科西嘉人，而科西嘉又是因戰敗而被法國新近併吞的領土。在父親的安排下，拿破崙背棄了科西嘉祖國，前往法國去受教育，可是少年拿破崙到法國時，他連一句法語都不會講。

十八世紀是個最徹底最輝煌的貴族文化時期。血統、身分決定了一切。貴族手中握有權力與資源，他們是分配者，也是享受者，也是唯一有機會扮演創造者與領導者的人。拿破崙在法國，什麼都不是，什麼都沒有，沒有任何的貴族血緣聯繫。

拿破崙被安排走上軍事的道路，然而他的身材又大大限制了他在軍事機構裡的發展空間。少年求學時期，拿破崙的生活其實是錯亂的，雖然在軍事學校裡，他卻花了大部分的時間在閱讀書籍、在追求人文興味。沒有人能想像他讀的那些書有一天會有助於他出人頭地，周遭的人祇覺得他在浪費時間，祇覺得他在凸顯自己與那個環境格格不入。

這樣的拿破崙憑什麼崛起？憑他過人的意志力、憑他超強的勇氣與毅力、憑他每天祇睡三小時的工作狂熱、憑他揮軍越過阿爾卑斯山奇襲敵軍的戰略膽識……，這些答案都對，但都不完全。我們千萬不能忽略了另外一組同等重要的力量，那就是法國大革命所開放出來的個人主義與共和主義的龐大空間。拿破崙也是憑藉著將自己塑造成一個共和主義最堅決的擁護者、捍衛者，才得以崛起的。

## 過去不曾存在過的英雄典型

拿破崙為什麼可以在短時間內所向披靡？因為他抓住機
會，將自己送上了新時代精神的舞台中心。拿破崙是歐洲過去
歷史裡不曾存在、甚至不能想像的一種英雄，不受身分、血
統、遺傳限制的個人英雄。

拿破崙用他的軍隊，逼迫全歐洲不能不注意到他。他軍事
上的成功，在一八一二年達到了最高峰。那一年，他將行使權
力的中心搬到達勒斯登去。在達勒斯登那場最有名的大宴會
中，全歐洲的皇室、政府代表，幾乎都到齊了，給了拿破崙作
為「歐洲皇帝」，統領自凱撒大帝以降最廣袤的歐洲領土的虛
榮。

不過拿破崙並不滿足，因為他在意的是大宴中缺席的兩個
要角。歐洲最東邊的俄羅斯，以及歐洲最西邊的大不列顛。大
不列顛超強的海軍，不是拿破崙一時間有能力去挑戰的，於是
拿破崙選擇了攻打俄國。

俄國之役，是拿破崙的大失策與大失敗。打不下莫斯科引
發了骨牌效應，終於導致拿破崙被迫與英奧聯軍簽了城下之
盟，宣布退位，到厄爾巴小島過退休生活。然而財務上的困
難，英國答應的資助遲遲未見兌現，終於迫使厄爾巴島上的拿
破崙鋌而走險，偷渡回法國。拿破崙一八一五年三月一日在法
國上岸，三月七日上午七點半，奧國首相梅特涅接獲電訊得知
拿破崙去向不明，在短短一個小時內，立刻進行全歐大動員，
準備將要到來的大戰。

　　歷史發展證明梅特涅的判斷完全正確。拿破崙復出立刻吸引了對法王路易十八不滿的軍人將領，爭先恐後投靠。一八一五年六月十八日，決戰滑鐵盧。

　　滑鐵盧之役從上午十一點二十五分，一直廝殺到晚間十點，雙方一共有將近十四萬名士兵投進總面積不到三平方英里的戰場上，其慘烈程度前所未見。戰役結束時，法方損失兩萬五千名士兵，威靈頓公爵領導的聯軍方面，也有一萬五千人陣亡、七千人重傷。為了救助這些受傷的聯軍士兵，英國外科醫生幾乎是傾巢而出趕往比利時，因為累積了太龐大的病例經驗，意外地大幅提升了英國手術的知識與能力。

　　滑鐵盧之役，拿破崙犯的最大錯誤，在低估了英國步兵防線的強韌程度。法軍反覆以步兵、騎兵、步兵加騎兵，一波波攻擊，竟然都沒能讓英國步兵後退或潰散，造成的結果就是在有限的空間裡，拿破崙陣營原本擁有的優勢數量無法同時投入，反而祇能一波波消耗掉。最後，拿破崙祇得從戰場上棄車敗走，騎馬奔逃，才免於被聯軍俘虜。

　　拿破崙遺留在戰場上的馬車，後來輾轉被一位英國商人以兩千五百英鎊的代價買下。這位頭腦精明的商人又花了一點錢整修馬車，然後做起公開售票展覽拿破崙御車的生意。這生意算得上一本萬利，展覽期間，一共有八十萬人買票入場，總收入高達三萬五千英鎊。

## 不曾真心信仰自由、平等、博愛

拿破崙失敗的種子，其實就種在他之所以崛起的原因裡。拿破崙從來不是個真正的共和主義的信仰者。他會支持共和主義，是出自他對當時歐洲、尤其是法國王室與貴族的鄙視。

不過藏在鄙視背後的，不是對自由、平等、博愛的衷心感動，而是一股想要取而代之的野心。拿破崙討厭貴族、討厭王室，因為討厭他們可以高高在上，凌駕在自己之上，但他並不真的覺得人就應該沒有高下分野，他相信的是：自己比他們更有資格高高在上。

他透過共和主義走上英雄道路，然而共和主義畢竟祇是他一時使用的工具。他透過戰爭擴大自己的勢力，然而戰爭能帶給他的榮耀，和戰爭替他製造的仇恨敵意，其實始終是等量同高的。

所以貝多芬寫了第三號交響樂曲，題名為《英雄》，要獻給拿破崙，然而拿破崙稱帝的消息傳來，傷透了貝多芬的心，他憤而撕毀題詞，絕口不再提拿破崙。

拿破崙軍隊所到之處，都是靠強徵物資、甚至劫掠民財，來維持生活所需。拿破崙從來不提供軍隊任何長期補給，他祇提供戰略、提供命令、提供贈勳晉爵的獎勵。他的戰略正確、他的命令清楚明白、他的獎勵毫不吝惜，這些特質使得他的軍隊成為常勝軍，然而相對地，被占領區的民眾痛苦不堪，不可能再相信他是個人英雄、平民救主了。

拿破崙因鄙視舊貴族、舊王室而興起為平民精神的代表，

然而一旦他被平民精神哄抬爲英雄，他就開始背叛共和主義、背叛平民精神，這就是拿破崙走向敗亡最主要的歷程。

與拿破崙同時期，曾目睹親歷拿破崙征戰統治的西班牙畫家哥雅，在拿破崙敗亡後，畫過一幅作品，將拿破崙化身爲希臘神話中最神勇又最具野心的薩圖恩（Saturn），而畫中的他正在大口大口吞噬自己的幼小子女。這個恐怖形象，最鮮明點活了拿破崙悲劇的意義。

在歷史舞台上，拿破崙一個人扮演了所有的角色，既是正派又是反派，既是光明又是黑暗，既是希望又是絕望，既是建立又是毀壞，他一個人孤零零地站在舞台上，創造一切，又親手毀掉自己所創造的一切。我們旁觀者看得目瞪口呆，最後祇能相信，他的創造之所以驚人，正因爲那是抗拒命運去創造出來的；他的毀壞也同樣驚人，因爲那正是命運對他的巧妙報復與戲弄。

這大概就是馬克思筆下、腦中「悲劇」的意義吧。用「悲劇」角度去看拿破崙，比其他任何角度可能都更具啓發性。

### 從拿破崙看李登輝

而同樣的悲劇角度，又何嘗不能拿來看待李登輝呢？他何嘗不是在命運不看好不許可的情況下，抗拒命運取得了權力、進行了改革。不過我們現在明白了，他從來沒有眞正相信過使他握有大權的國民黨意識形態與國民黨的組織，他也沒有眞正相信過把他的地位抬到那麼高的民主理念。

　　在他征服整個台灣的過程中，他也以殺氣騰騰的方式，樹立了非常非常多敵人，他也羞辱了所有與他爲敵的人。或許不用這種手法，他就無法贏得那麼龐大的權力；然而用這種手法，卻也就注定了他的權力形式，必將自我逆反、自我取消。

　　李登輝的現象，不應該是瑣碎的個人個性層次的問題，而是個歷史乃至歷史哲學的問題。他正像哥雅畫中的薩圖恩、像哥雅所意欲描繪的拿破崙一樣，在大口大口吞噬自己的子女，在毫不留情摧毀自己過去所建立的。李登輝與拿破崙一樣，都是自己的權力手段與目的衝突下的悲劇，面對如此悲劇，我感到怵然哀傷，沒有憤怒，更沒有幸災樂禍。

# 傻子當家的社會

我們這個社會，似乎也越來越像個傻子當道的社會。我們的生活裡充滿了愚蠢的言行，可是公共領域裡最難聽到的，就是直截了當對於愚蠢言行的拒斥。總有些人習慣、甚至是職業性地，就是替愚蠢言行附加意義，就是替愚蠢言行製造藉口。

在共產革命之前的俄國，文學作品及民間傳說裡，最有名最常見的一個角色，是有名無姓的「伊凡」。這個「伊凡」可能活在任何時代、任何地方，人們之所以那麼喜歡傳頌他的故事，因為他是個「傻子」。

「傻子伊凡」在俄國社會流行的程度，相當驚人。不衹是有關「傻子伊凡」的故事多到汗牛充棟，而且從不識字的農夫到受到西方強烈影響的知識分子，都喜歡講述、編造「傻子伊凡」的故事。甚至到了十九世紀末年，俄國已經高度西化了，像托爾斯泰這種等級的文學家都還會手癢，忍不住創作幾篇以「傻子伊凡」當標題當主角的小說。

## 蘇俄的「聖愚」崇拜

俄國人對傻子愚行的喜好，還不祇限於「傻子伊凡」。一個更重要更獨特的現象，是他們對「聖愚」（Holy Fools）的崇拜。現在立在莫斯科紅場上，經常被誤會爲是克里姆林宮一部分的聖瓦西里教堂，供奉祭拜的聖瓦西里就是個「聖愚」。根據傳記資料顯示，這位聖瓦西里是個看起來傻裡傻氣、瘋瘋顛顛的流浪漢。他每天在街上遊蕩，即使在嚴冬中都常常赤身露體。他走在街上的時候，有幾位少女嘲笑他，他一氣之下就把她們的眼睛弄瞎了，等氣消了之後，又讓她們恢復原有的視力。有一次，一個強盜爲了想搶奪聖瓦西里難得穿上的新皮衣，故意倒在路上裝死引誘他走過來，結果聖瓦西里乾脆讓他眞的立即死掉，再也沒能醒過來。

聖瓦西里比較值得稱道的功績，是在韃靼人攻擊莫斯科時，他曾經予以反擊，救了莫斯科。然而他是怎樣反擊、怎樣救了莫斯科的過程，記載中卻語焉不詳，沒有提供任何細節描述。另外一件聖瓦西里做過的好事是有一次他見到了皇帝，他竟大膽指斥皇帝在上教堂時犯了錯，「在應該想著上帝時，竟然想著自己的事。」皇帝聽了大爲震驚，非但不敢懲罰聖瓦西里的直言不遜，還表現出特別恭敬的態度。

我們所知關於瓦西里的事，大概就是這些，歷來俄國人知道的，也不會多到哪裡去。可是卻無害於他們將瓦西里尊奉爲聖者，還奉他的名蓋了一座有著美麗的洋蔥型屋頂的大教堂。

還有一位叫科列沙的「聖愚」。這個人從一八二二年被關進

精神病院，在病院裡一待就是四十三年，一直到一八六五年過世。這幾十年間，科列沙被關在病房裡，三餐都在床上吃，從來不用湯匙、叉子，也不用餐巾。有什麼就用手去抓來吃，弄得到處都髒兮兮黑糊糊的。儘管如此，每天仍有絡繹不絕的人來拜訪他，向他求取隻字片語。科列沙不太講話，有時寫上回答的紙條也衹有簡短幾個字，而且拼字難得拼對的。

現在還留下了一些當年科列沙的問答紙條。人家問他應不應該去聖彼得堡過冬，他回答：「隨便。」人家問：某某某死後有什麼等著他？科列沙回答：「聖靈等著他。」而且「聖靈」還拼錯。人家問他某某人會遇到什麼事，他回答：「和一八五四年一月五日一樣的事。」

這樣的問答內容竟也無礙於讓莫斯科人將科列沙視為具有某種神啓能力的特別人物，毫無保留地加以崇拜。他去世時，幾十萬人參加了他的葬禮；五天之內，光是莫斯科一地就替他辦了超過兩百場的追悼彌撒。更誇張的是，好多次有人嘗試要將他的屍體從墳墓裡偷走。

## 傻人最接近上帝

不管是瓦西里還是科列沙，他們似乎多少擁有一些超能力特異功能吧，然而莫斯科人不衹因為他們的超能力特異功能而尊崇他們、追隨他們，更要緊的是他們外在表現出的「愚」，正因為他們傻，所以值得膜拜。

當時的教會、知識分子提供了一種解釋、一種說法。他們

認為那麼傻、傻到這樣毫不掩飾毫不節制地步的人，才真正最能實踐上帝的意旨。真理藏在萬事萬物裡，必須有人去予以揭示掀開。然而一般洞悉真理的人，不論自己主觀態度如何謙卑，都必然會被視為英雄、被賦予比常人為高的地位，他沒有辦法不受歡迎、他沒有辦法不被崇拜。

換句話說，本來應該要來傳播與教導真理的人，自己成了真理的障礙。大家從他們口中獲得真理，很容易錯覺將他們與真理等同起來。於是原本應該追求、仰慕真理的，卻去追求、仰慕真理的代言人，混淆了真理、甚至掩蔽了真理。

「聖愚」最不一樣的地方，就是他們彰示真理，卻又表現得和真理格格不入。他們沒有一絲一毫討人喜歡的地方。除了前面提到瓦西里、科列沙又髒又臭的生活習慣之外，其他「聖愚」共通的行為包括了在教堂裡大呼小叫、在街上大吵大鬧、沒禮貌地用粗俗字眼罵人，的確，這樣的人很難讓人願意親近，更不用說會去崇拜了。

對教會裡支持「聖愚」的人來說，愚行是聖人用來保持他們與真理之間距離的工具。因為傻因為愚，所以他們不可能和真理等同起來，人們更能看清楚他們所表達的真理，他們為真正的謙卑而做出正常人一般人做不到的犧牲。因而「聖愚」的全稱是「為了基督的愚癡」。

## 俄國不曾真正基督教化

不過這種說法，留下了兩個很大的漏洞。一個漏洞當然

是：現實裡「聖愚」非但不謙卑、非但沒有隱藏在眞理後面，反而比其他聰明或貞潔的聖人，在俄國受到了更多的注意、更狂熱的崇拜。在愚行瘋顚的醒目比較下，人們似乎並不清楚這些「聖愚」到底彰揚了什麼樣的美德、傳播了什麼樣的眞理。「聖愚」的怪言怪行遠比眞理更突出、更讓人無法忘懷。

第二個大漏洞是：「聖愚」的現象在俄國歷史悠久，教會卻一直到十六世紀之後才慢慢收起完全敵對的態度，到十八、十九世紀才有接納「聖愚」的神學說辭。更多漫長的時刻中，教會對「聖愚」打壓不遺餘力。

綜合這些說法與疑問，新一輩的俄國歷史研究者，提出了新的解釋。他們認爲不管是「傻子伊凡」或「聖愚」，其實都是俄國舊文化中的殘留痕跡。東正教幾百年的影響不足以消除掉俄國文化根柢裡的模式，也就是說，俄國從來不曾眞正徹底基督教化。

有意思的是，那什麼樣的文化、什麼樣的社會，對「傻子」、「愚人」表現出這麼強烈的興趣，甚至是難以理解的肯定與信任呢？這批新派學者的研究結果，歸納出幾個結論：

第一，這是個相信「薩滿」（shaman）的社會。人們不覺得自己所見所聞的感官資料，就是世界的全部。他們相信在我們看不到聽不到的超越遠方，存在著一個神明的或更高智慧的領域。而「薩滿」就是有辦法來往這兩個領域溝通訊息的人。我們怎麼知道「薩滿」的存在及其作用呢？就看有誰言行脫離一般感官常軌，出現不是一般感官訊息所能解釋的特異現象。

第二，這是個功利算計的社會。他們對另一個超越領域的

假想，不是純粹邏輯的，也不是抽象眞理式的。他們不衹接受有那個超越領域，他們還要想辦法探挖操縱那個領域、利用那個領域的訣竅，來解決現實的問題，或換取現實的利益。所以他們不衹是到處尋找像是能夠在上下領域遊走的人，而且會找出辦法來運用這些人的異言異行。

第三，這是個無法標定精神健康界線的社會。所有言行異於常人的人，都有可能是「薩滿」的候選人；所有「傻子」都可能是能夠去到超越領域偷取最高智慧的人，那麼「正常／病態」、「愚蠢／智慧」的評量自然就成爲曖昧的事了。進而這樣的社會會發展出一種習慣：在最瘋狂的行爲裡看到必然的道理，替瘋狂自圓其說，在最愚蠢的言論裡找到自以爲是金玉良言的寶藏。於是這種習慣又倒過來加強了像「聖愚」這種人的影響力，正因爲他們愚蠢，所以他們不會犯一般人的錯，因爲他們愚蠢，所以他們說的每句話都有人替他們翻寫成超越領域傳來的眞理。愚蠢成爲智慧的必然形式。

## 台灣傻子當家的潛在威脅

台灣其實也有深遠的「薩滿」根柢。我們的乩童就是最典型的薩滿角色。乩童「起童」就是進入了另一個領域，由神明附身說話，再翻譯成我們這個世界的語言。台灣當然也是個極度功利的社會，我們連去廟裡拜拜的儀式，都帶有非常濃厚的商業交易色彩，不是廟外人與人之間的交易，是廟裡人與神的交易計較。

　　我們這個社會，當然也是個界線模糊的社會。我們這個社會，似乎也越來越像個傻子當道的社會。我們的生活裡充滿了愚蠢的言行，可是公共領域裡最難聽到的，就是直截了當對於愚蠢言行的拒斥。總有些人習慣、甚至是職業性地，就是替愚蠢言行附加意義，就是替愚蠢言行製造藉口。

　　尤其是政治界，尤其是到了選舉之際，這種「傻子當家」的情況最為嚴重。我們看到那麼多人公開講令人無法理解的蠢話，因為太蠢了，蠢到大家不敢相信這就是蠢話，祇能接受這後面應該有些高深學問和道理吧。

　　我以前常會對這樣的狀況感到不平與憤怒，自從多瞭解俄國一點之後，多瞭解「傻子當家」原來牽涉到這麼多這麼深遠的文化、社會條件之後，就不再忿忿不平了。祇不過多了幾分無奈與感慨。

# 最好的壞皇帝、最壞的好皇帝

好人不一定就是好政治家。一個不勝任不稱職的政治家,他直接間接製造出來的痛苦,許多他其實無意造成的痛苦,有時比惡意製造的傷害,還要嚴重。活在這種痛苦裡的人,是感受不到他好人那一面的,反過來他們會因為痛苦而恨他,因為恨他而把他刻畫、想像成是最大最糟糕的壞蛋惡棍。

曾經有這樣一對皇帝和皇后,他們和其他帝王夫婦都不一樣,因為他們不祇住在同一座皇宮裡,還每天住在同一個房間裡,睡在同一張床上。所有可信的歷史資料裡我們找不到皇帝有任何妃妾的紀錄,更不必說有什麼淫亂的證據。

皇后是個保守而不擺架子的人。雖然在皇宮裡有六位專門伺候她貼身事務的女僕,她卻從來不願讓別人幫她洗澡,她總是自己脫衣服、自己洗澡、自己穿衣服。祇有需要梳頭髮時,她會穿上浴袍,找來自己的大女兒幫忙,梳好頭髮才讓女僕進來替她扣扣子。當她的貼身女侍,是宮中出了名的閒差事。

皇后還留下了一個有名的故事。皇家出外度假時,皇后輕車簡從上街買東西,一個人先下了馬車,撐著傘走進一家店鋪

裡。她將雨傘收起時，傘尖在地板上滴了雨水，店員過來很不高興、很不客氣地指著門旁的架子說：「太太，那裡是放雨傘的地方。」皇后就很溫順地照吩咐把雨傘放好，一直到陪她逛街的朋友、侍僕進了店裡，店員才知道這位婦人竟然就是皇后，大吃一驚。

## 曾經有這樣的皇帝和皇后⋯⋯

　　皇后最要好的朋友，是個小她十二歲的平凡女子。這位女子雖然出身顯赫門第，父親曾任宮廷的祕書長，不過她自己卻離過婚，一個人過著簡樸的生活。皇后常常到這位朋友一點都不豪華的寓所喝茶、聚會，有時皇帝也會一起去。他們帶著櫻桃白蘭地、水果、糖果去喝茶。喝茶的時候，皇帝、皇后和好友三人必須圍著桌子坐，把兩腿抬得高高的，避免和冰冷的地板接觸。皇帝喝了一頓晚茶之後，回去必須立刻洗一個熱水澡，才能祛除寒意，然而即使是這樣，他依然樂此不疲。

　　皇室一家人，幾乎每天都要共進晚餐。這又是個和其他帝王家庭很不一樣的地方。吃完晚餐到就寢前，皇帝坐在客廳裡，高聲朗讀文學作品，給圍坐的皇后和公主們聽。他有時候唸托爾斯泰的作品，有時選屠格涅夫的小說，不過他最崇拜的作家是果戈里。如果家中其他成員對俄國文學有些膩了，他也會改選英文或法文的小說。值得一提的，這位皇帝不祇能讀俄文、英文和法文，他還能朗誦德文和丹麥文。

　　在皇帝的生活裡有一項規定，每月月初有一位對歐洲出版

市場非常熟悉的專人，選定各國書籍中最好的二十本，擺放在皇帝的書桌上。皇帝依自己的興趣排列二十本書的閱讀次序，不過基本上，他總會在月底前讀完這二十本書，再迎接下個月又堆到桌上的另外二十本書。

這樣的皇帝、這樣的皇室，應該是滿值得愛戴、滿值得肯定的吧。這個皇帝是俄國最後一任皇帝尼古拉二世，他在歷史上留下的惡名卻是「殘酷嗜殺的尼古拉」。而他的妻子亞歷珊黛皇后被說成是個荒淫昏亂，和狂僧拉斯普丁勾勾搭搭的壞女人。

## 結局最悲劇的俄國皇帝

在古今中外皇權史上，尼古拉與亞歷珊黛他們一家，絕對是遭遇最慘的。在一九一七年共產革命之後，他們被從皇位上趕下來，最終全家都遭到了屠殺後再又用強酸毀屍的悲慘命運。最大的女兒二十四歲，最小的太子阿賴克西斯還祇是個十三歲的小男孩。

正因為他們的結局太慘，所以一直有一個反映了大家對他們深感不忍的故事流傳著。傳說尼古拉和亞歷珊黛最小的女兒——安娜塔西亞公主逃過一劫，浪跡在某個角落。幾十年來，前前後後有數十個年紀與安娜塔西亞公主相仿的女性，出面表示自己就是那殘存的皇室後裔，幾乎每一次都引起騷動。這個故事也曾多次被改編為戲劇，用各種形式演出。沒幾年前，好萊塢還把安娜塔西亞傳奇畫為卡通，轟動一時。

安娜塔西亞明明死了，民眾卻不相信，一來因為她最無辜、最讓人心疼心酸，二來也是因為沙皇的羅曼諾夫王朝，最早就是起於一位也叫安娜塔西亞的女子，三百多年後竟然也結束在安娜塔西亞的身上，讓人難免有特殊的神祕聯想。一五四七年，羅曼諾夫家的安娜塔西亞嫁給了莫斯科維家族的伊凡四世，十年之後，安娜塔西亞去世，深愛妻子的伊凡為此性情大變，懷疑妻子是被毒殺、懷疑敵人同樣意圖殺害他，使伊凡四世成為歷史上最殘忍最可怕的「恐怖伊凡」，也釀造了莫斯科維公國的大亂。大亂之後，由帶有和安娜塔西亞一樣血統的伊凡甥孫麥凱爾‧羅曼諾夫出任俄國的皇帝，這就是羅曼諾夫王朝的由來。

羅曼諾夫王朝的最後一位沙皇尼古拉二世，最倒楣的一點還在：他明明是個保守溫和的人，在位期間沒有用過激烈、惡劣的統治手法，然而死後卻長期在歷史上留名，成了最壞最差的皇帝。

尼古拉是在一八九四年登上王位的，那年他祇有二十六歲。他的父親亞歷山大三世是個強壯而且意志堅定的統治者，任誰也料不到他會在四十九歲的壯年突然得急病去世。在父親的強人陰影籠罩下，尼古拉一直覺得自己還沒有做好接位的準備。這種沒有自信、沒有把握的焦慮，使得尼古拉二世在統治期間一直沒有採取過什麼太強硬的措施，也使得尼古拉二世一直戰戰兢兢在充實自己、修養自己。作為一個人，作為一個家父長，尼古拉二世不祇比當時各國皇帝都好，比他的祖先彼得也好得多了，他所推動的政策當中，最具深遠意義的是農民私

有土地制度。農民可以離開公社，取得自己的一整塊土地，不必再費力且無效率地耕種分散在各處零碎的公社土地。爲了讓這個政策順利進行，尼古拉二世還不顧皇室內部的反對，將屬於皇室的四百萬畝土地交給政府轉賣給農民。

這項土地改革的成功，讓流放在外的列寧都不得不悲觀地認爲「革命情勢不復存在於俄國了」，「我們可能被迫完全放棄一切農業方案。」

至少到一九一四年歐戰爆發前，尼古拉二世眞的受到俄國人民的普遍擁戴。俄國向德奧宣戰後，尼古拉二世由聖彼得堡返回莫斯科教堂祈禱勝利，數以萬計的民眾爭睹其風采，而且人人都相信戰爭一定會贏。

## 好人與好政治家的差別

這樣一位皇帝，爲什麼會落到那樣的下場呢？比對史料顯示的事實，和一般刻板印象裡的偏見，我們發現了幾項對任何時代任何社會，可能都會有參考鑑照作用的教訓。

教訓之一是，好人不一定就是好政治家。一個不勝任不稱職的政治家，他直接間接製造出來的痛苦，許多他其實無意造成的痛苦，有時比惡意製造的傷害，還要嚴重。活在這種痛苦裡的人，是感受不到他好人那一面的，反過來他們會因爲痛苦而恨他，因爲恨他而把他刻畫、想像成是最大最糟糕的壞蛋惡棍。

尼古拉的問題出在，他沒有能力解決當時撕裂俄國的貧

富、貴賤差異，以及由這種差異催生、惡化的深刻仇恨態度。尼古拉二世統治時期，暗殺猖狂流行到不可思議的地步，光看一九○六年那一年，因為新總理上任，頒發了新的法律，成立特別的臨時軍事法庭，若有暗殺者被捕，三天內速審速決直接送上絞刑台，新法實施後，一年不到時間絞死了六百名恐怖分子，可是在同一時期，遭到暗殺的官員、將軍、士兵、警察加起來超過一千六百人。

尼古拉二世沒有能力解決這個問題。他甚至沒有能力阻止他自己的總理在眼前被暗殺。一九一一年，在基輔歌劇院裡，一個穿著禮服的年輕人走到總理斯托里賓面前，抽出手槍對準他的胸部連射兩槍，當時皇帝就在樓上的包廂裡。

尼古拉還犯了一個嚴重的錯誤，那就是決定投入歐戰。奧地利大公在塞爾維亞被刺，老實說，真是不干俄國任何事。尼古拉的外交老臣特地趕回宮中，提醒他開戰對俄國沒有任何好處，俄國領土已經太廣太大了，而且就算在巴爾幹半島取得任何領土，祇會使俄國已經太複雜的種族關係更趨緊張，然而尼古拉還是決定向德奧宣戰。

## 民族主義的盲點

說穿了，他最大的考量，一是面子問題，二是斯拉夫民族主義，而這兩項考量又是聯繫在一起的。塞爾維亞屬斯拉夫民族，不能容許奧國用那麼霸道的方式欺壓塞爾維亞，逼塞爾維亞就範。

　　大而無當、工業化未完成的俄國，根本沒有能力打這場戰。就算人家打到門口了，可能都還得忍一忍、讓一讓來爭取更充分的備戰時間，怎麼還能出城找人家打仗呢？

　　戰爭的失敗，直接替共產革命鋪好了溫床。戰爭帶來更多更大的痛苦，這痛苦的帳就又算回到沙皇頭上，成了許多人認定他必定萬惡難赦的動因。

　　尼古拉和亞歷珊黛弄到身後惡名昭彰，還有一個原因是他們唯一的兒子從小就罹患了先天性血友症。祇要稍有碰撞，太子阿賴克西斯體內血管破裂就會流血不止，不僅是生命會有危險，更會帶來折磨人的劇痛。在當時的醫療水準限制下，皇室唯一能依靠的祇有具備先天催眠本事的妖僧拉斯普丁。拉斯普丁真能解除阿賴克西斯的痛苦，當然也就取得了皇室，尤其是皇后的信任與依賴。

　　不過拉斯普丁也真是個敢於作惡多端的人。皇帝與皇后不願別人知道太子的病，連帶地也就無法向社會說明為什麼要那樣重用拉斯普丁。更糟糕的是，拉斯普丁的角色無法明說，他的權力就無法給予制度性的規範，結果是使得拉斯普丁得以到處招搖撞騙，而拉斯普丁犯下的所有壞事，帳當然還是算到尼古拉和亞歷珊黛的頭上了。

　　換句話說，為了保有王室的重大祕密，代價是讓拉斯普丁有機可乘，並讓大眾對王室行事決策無法同情缺乏諒解，最後在累積的仇恨中，葬送了阿賴克西斯的性命，也葬送了整個羅曼諾夫王朝。

　　這樣的幾條教訓，有沒有現實意義？再正直再潔身自愛的

政治人物，如果無法解決政治上的問題，他會面臨人民強大的敵意，甚至恨意，這我們不是遇見了嗎？祇知講求抽象、意識性原則，卻不顧現實上的危險，最後恐怕難免會惹來災難，這樣的警告，對我們不夠切身嗎？

最後，為政不在隱藏，而在透明公開，透明公開才能帶來真正的支持信任，這點原則是任何時刻任何政治人物，都不該須臾遺忘的吧！

# 人情智慧與政治智慧衝突下的悲劇

二十世紀初人類知識進步最大的一個領域，就在將政治從原本的普遍人情原理原則中抽離出來，淬煉成為一套專業知識與技能。尼古拉二世和亞歷珊黛就是少了這層政治專業的認知，才使得他們犯下那麼巨大的錯誤。不過他們曾經犯過的錯誤，並沒有隨著他們的慘死，而在這個世界上消逝不見。不同時代、不同社會，人們還一直在為如何平衡人情智慧與政治智慧，這兩種如此不同卻又纏捲得如此緊密的東西，而傷透腦筋。

能夠對那讓我如此困惑、又如此著迷的皇帝與皇后，再多說一點嗎？我指的是俄國最後一任沙皇，在一九一七年二月革命中倉皇退位，在同年的十月革命後被布爾什維克黨人殘酷殺害的尼古拉二世，以及他的妻子亞歷珊黛皇后。

亞歷珊黛皇后死後，人們才發現了一只黑色手提箱，裡面一共收藏了六百三十封她寫給沙皇尼古拉二世的信。這些皇后親筆寫的信，其中兩百三十封涵蓋了從他們兩人認識開始，到一九一四年大戰爆發，長達三十年的時間。另外四百封卻密集地寫成於一九一四到一九一六年這兩、三年裡。

　　會有這種不平衡的狀況，最主要的理由是皇帝與皇后一生中，大部分時期都住在一起，所以沒有迫切需要寫信溝通的理由。大戰期間，沙皇先是經常巡視前線總司令部，繼而在戰爭膠著不利階段，他更毅然換掉了原來的總指揮尼古拉大公，御駕親征長駐在總司令部，那段日子裡，亞歷珊黛皇后就成了他在彼得格勒的政事代理人，於是兩人間每天通一封信就幾乎成了習慣。

## 皇帝與皇后的私人通信

　　亞歷珊黛當然不曾預期會有其他人讀到這些信，所以信中內容的真確性，無可置疑。然而這些信剛被發現時，俄國人還是無論如何沒辦法接受信中的內容，因為信中所呈現出的亞歷珊黛，在許多地方，和當時俄國人心目中的人民公敵、邪惡魔鬼的形象實在相去太遠了。

　　亞歷珊黛皇后是英國維多利亞女王的外孫女，出生在德國，後來卻嫁到了俄國。不過她一生中使用得最流利的還是英文，她和沙皇通信時都用英文，寫得洋洋灑灑，而且充滿了溢於言表的豐沛感情。

　　即使在相識三十年、結婚二十多年後，她信裡還會用：「親愛的人……」「我親愛的人……」「我可愛的寶貝……」開頭；結尾則是：「好好睡覺，我的寶貝……我渴望擁抱著你，把我的頭枕在你的肩膀上……我渴望你的親吻，你的臂膀，羞怯的你祇在黑暗中給我這些，做妻子的我就賴此活著。」

她情書裡曾明白地感嘆：「三十二年前，我幼稚的心靈曾經帶著深厚的愛向你投奔……我知道我不應講這些，就一對老夫老妻來說，講這些話未免可笑，但是我無法抑制自己。愛情隨著歲月而增加，沒有你在我眼前的時光，是難以忍受的。」

她的信常常叨叨絮絮，不過卻也不乏文采乍放的靈光。例如她形容皇宮的初春早晨是：「太陽躲在樹後，輕柔的薄霧籠罩著一切，天鵝在池塘中游泳，蒸氣從青草中升起，……樹葉變成黃色和紅色……廚房後面的粉紅色天空，和白雪覆蓋著的樹木，看起來有如神仙世界。」

亞歷珊黛的這樣一封信，激起了沙皇尼古拉二世更深更具詩意的回應。他回信中說：「聶伯河昨天解凍了，河上布滿了冰塊。那些冰塊很迅速而毫無聲響地向前移動，偶爾可以聽到兩個大冰塊沖撞在一起的響聲，這真是一個壯觀的景象。」「樺樹發綠了，栗樹閃耀發光，不久即將有花苞出現，一切東西都發出芬芳的氣息。我在窗口洗臉，看見兩隻小狗互相追逐。」

## 超乎尋常恩愛的夫婦

從來往信件裡，我們看到一對超乎尋常相愛的夫妻。不要說帝王家，一般平民百姓都很難找到像這兩個人關係那麼密切，那麼誠摯地熱心於和對方溝通。百年之後讀來，我們依然找不到兩人間有一點同床異夢、有一點保留猜忌、有一點冷漠不耐的跡象。皇后和皇帝，至少在信中的意見交換，幾乎完全是平等的，亞歷珊黛經常用明確的語氣告誡尼古拉小心這個、

不准那個，也經常不容拒絕地要求他如何如何改進自己。

　　亞歷珊黛甚至在信中表現了不差的哲學省思能力。有一封信裡，她說：「我非常想知道，在這次大戰過去之後，會是一種什麼情形。是不是所有的人們都會覺醒，並且獲得新生——理想是否會再度存在，人們是否會變得更為純潔而富有詩情，還是像過去一樣仍然都是乏味的物質主義者？這許許多多的事情都是我們渴望知道的。」

　　皇帝和皇后在通信中，還表現了對子女的深切關愛。皇后花很長很長篇幅描述幾個子女，尤其是兒子阿賴克西斯的日常活動，而顯然這些內容也真是沙皇最想讀到的。

　　書信所揭發的內在世界，不祇讓人無法否認這兩個人基本上值得稱許的情性人格，和其他資料比對後，也對惡名昭彰的「妖僧」拉斯普丁之所以獲得皇家，尤其是皇后的高度信任，提供了許多驚人的理由。

　　不管後世如何訾罵拉斯普丁，資料卻顯示，拉斯普丁的確在施予催眠救治部分疾病，尤其是皇太子阿賴克西斯的血友病，有過好幾次奇蹟般的成功紀錄。而且在預言未來的事情上，有些紀錄，準確得讓人起雞皮疙瘩。

　　例如說拉斯普丁曾經鄭重其事地預言：皇后總有一天會去到他位於西伯利亞窮鄉僻壤的家鄉小村落去。他的預言原本大家都不相信，僅僅視為是他對皇后的某種撒嬌討好姿態而已，畢竟皇后本來就不太出遠門，亞歷珊黛長期身體不好，要照顧小孩，又要擔負皇后職務活動，更沒有道理可能到遙遠的色科羅夫斯科小村莊去。

　　然而命運操弄，皇后最後眞的經過了拉斯普丁的家鄉，而
且是在拉斯普丁死後，尼古拉已經退位，被臨時政府逮捕遷移
到西伯利亞的托波爾斯科去軟禁的路程上經過的。托波爾斯科
這個地方，是臨時政府總理克倫斯基選的，沙皇一家根本沒有
置喙餘地，然而竟然這樣鬼使神差應驗了拉斯普丁的預言。

## 詭異的拉斯普丁

　　拉斯普丁更詭異的預言是他在一九一六年十二月留給沙皇
的遺書。遺書中他明白說自己在「元月一日以前即將離開人
世。」他並且說如果殺他的是普通刺客，沙皇及其子孫都可以
安穩地統治俄國，不必擔心；然而殺他的人如果是個貴族的
話，那麼「以後二十五年中，這個國家將沒有貴族。」更進一
步，如果殺他的是沙皇的親戚，那麼：「你的子女或親屬之中
沒有一個人能再活兩年以上，他們將被俄國人民殺死。」

　　十二月三十一日晚上，拉斯普丁遭到包括沙皇的親族戴米
崔大公在內的三名貴族誘殺，沉屍在尼瓦河中。不到兩年，一
九一八年七月十六日，沙皇一家在伊凱特靈堡全數遇害身亡。

　　換句話說，許多證據都提醒我們：不能單純用愚蠢或邪惡
來形容、來理解亞歷珊黛皇后對拉斯普丁的信任與依賴。這個
人眞的具備某種神祕、難以解釋的魔力，不完全是騙子是無
賴。

　　讀這些信這些資料，我們覺得尼古拉和亞歷珊黛非但不邪
惡不陌生，還比大部分歷史人物距離我們更近、讓我們感受更

親切。他們所作所為，都可以理解。他們最不像一般印象中荒淫昏亂、吃人啖血或偏執瘋狂的亡國之君。

然而他們可以理解、近情近理的作法，畢竟還是使得羅曼諾夫王朝傾敗了，而且也讓自己背負了至今依然洗刷不乾淨的種種最不堪的污衊。那些覺得今天媒體對元首、政治領袖不恭敬、不公平的人，實在應該去看看當年俄國報紙、到處流傳的政治小冊子，是怎麼詆毀、責罵尼古拉一家的。那些指控，絕大部分，都與後來陸續披露的史料不符。然而一直到今天，人們還是寧可相信那些傳言，不信史料。

怎麼會那麼慘？值得我們仔細分析的是：皇帝皇后從人的角度合情合理的決定，在政治上卻不見得是個能夠站得住腳的作法。例如說，為了不影響國民對沙皇繼任者的信心，為了不傷害國民未來對新沙皇的效忠程度，所以長期隱瞞皇太子的嚴重病情，這種決定合情合理，然而卻讓他們後來付出了慘痛的政治代價。

## 人情與政治判斷的分野

同樣出於疼愛兒子的父母心，亞歷珊黛和尼古拉多次以「必須將專制權力完整留給阿賴克西斯」為由，拒絕對國會讓步。在信中，皇后明白地這樣訓誡皇帝：「我們必須把一個強大的國家留給寶寶（她稱阿賴克西斯為寶寶），為了他的緣故，我們都不能怯懦，否則，他的統治將更為困難，因為他必須改正我們的錯誤，而且加緊曾經被你放鬆的控制。……我們必須

把一個比較輕鬆的負擔遺留給他……不要讓許多東西從你的手指縫中輕輕溜掉……要態度堅定……。」

這樣的立場，在人情上是可以理解的，然而在俄國當時的政治局勢下，與國會對立來伸張絕對專制王權，是把國家一切失敗往自己身上攬的自殺式行為，終於導致排山倒海而來的民怨無法藉由國會為管道來宣洩，沖倒了整個帝制結構。

皇后犯下更大的錯誤，就是讓拉斯普丁大力介入在戰時那幾年的內閣人事任命案中。沙皇遠在前線督軍，後方的統治祇能依賴皇后來運作，而對皇后而言，她認識的最有智慧最值得信賴的，當然就是拉斯普丁了。

拉斯普丁在替皇太子催眠止血上、在預見某些事件上，可能很有辦法，然而他的智慧是一種靈光亂竄、無法恆常穩定的智慧。他能預見自己會被殺，然而他卻無法判斷來誘殺他的人所持的說法是一派胡言，這是他能力限制的終極例證。皇后誤以為拉斯普丁的能力是普遍性的，將選擇大臣的權力輕率地交託給他，結果是使得所有有能力有自信、不願意或不屑巴結拉斯普丁的大臣，都疏遠了危急狀況中的羅曼諾夫皇室與俄國。這種狀況下，國家焉得不亂？社會焉得不慌？

慌亂中，俄帝遜位了，蘇維埃政府成立了。蘇維埃政府有鑑於羅曼諾夫王朝的最終失敗，做了一百八十度的大調整。政治不能靠帝王，因為帝王是生來作為統治者，而不是受訓練為統治者的。他們注定是業餘的政治人，如果有表現很專業的，祇是例外、偶然。

政治需要一種專業，高於常識高於人情的知識與技能。蘇

維埃政府、列寧的「先鋒黨」的概念，就是要把政治高度專業化，杜絕像尼古拉二世這樣一家都是好人，卻成了最糟統治者的悲劇重演。

二十世紀初人類知識進步最大的一個領域，就在將政治從原本的普遍人情原理原則中抽離出來，淬煉成為一套專業知識與技能。尼古拉二世和亞歷珊黛就是少了這層政治專業的認知，才使得他們犯下那麼巨大的錯誤。

不過他們曾經犯過的錯誤，並沒有隨著他們的慘死，而在這個世界上消逝不見。不同時代、不同社會，人們還一直在為如何平衡人情智慧與政治智慧，這兩種如此不同卻又纏捲得如此緊密的東西，而傷透腦筋。

# 電影中看不到的珍珠港

珍珠港的效應，長遠來看，是幫美國海軍清除了過時的大批戰艦，讓出空間來讓新一代的航空母艦可以在海軍中迅速崛起。戰艦毀了，必須趕緊造新船、訓練新船員，也就逼迫原本過時卻依然占據中心位置的戰略思想退位，新的、更有效的戰略可以取而代之。

　　二○○一年十二月七日，是「珍珠港事變」六十周年紀念。兩件事使得「珍珠港」掀起的歷史記憶，提早在美國、乃至在世界上發酵。一件是二○○一年暑假檔，好萊塢搶先上演了浪漫多情的電影，一方面耗費巨資重現當年珍珠港遭到日軍偷襲大轟炸時的戲劇性大場面，另一方面想複製《鐵達尼號》的模式，把一段生死愛情故事鑲嵌到大時代大動亂的背景裡，進一步煽動觀眾情緒。

　　另外一件事，則是發生在九月十一日的紐約慘遭恐怖攻擊的經驗。面對如此突來大變化，完全無法預期無從準備的災難，人的本能是往歷史裡尋找前例，希望藉著抓住歷史的某個比擬參考點，來在慌亂浮世大浪大濤中替自己定著座標。

於是幾乎在世界貿易中心兩棟大樓及五角大廈相繼遭受攻擊的第一時間，就有人將這次事件比擬為「第二次珍珠港事變」，如同六十年前一般，美國遭到了慘烈的偷襲，一個邪惡的敵人不宣而戰。

這兩個事件，使我們提早關心珍珠港，不過這樣兩個現實事件，卻也有可能使我們誤會珍珠港事變的真正歷史意義，或至少忽略了某些六十年前確實存在過的事實。

## 六十年前確實存在過的事實

一九四一年十二月七日，美國時間星期天早晨，日本發動的奇襲，的確在某些方面和二○○一年九月十一日，不知名的恐怖分子對紐約與華盛頓的攻擊，有相似之處。

例如兩項行動，都真的讓美國人完全措手不及；兩項行動都在非常短的時間內，讓美國遭受了極大極可怕的損失。

今天去夏威夷觀光的人，都還能在珍珠港裡看到戰艦亞利桑那號的殘骸。亞利桑那號勉強還浮在水面上的主桅，到今天依然飄揚著美國國旗。亞利桑那號成了唯一一艘已經沉沒已經除役，卻還被允許張掛國旗的艦艇。

亞利桑那號油艙裡的儲油，六十年後還沒有完全漏光。亞利桑那號殘骸邊有一塊大理石板，上面刻著所有當天在船上隨船沉沒陣亡，及隨後因傷過世的官兵名字。如果你仔細數的話，大理石板上應該有一千一百七十七個名字。

一九四一年十二月七日那天，日本飛機一共一百八十三

架，在早晨七點五十五分開始進行攻擊，僅僅十五分鐘後，亞利桑那號船上的彈藥庫發生大爆炸，再過九分鐘，全船就沉沒了。攻擊開始時，亞利桑那號上一共有一千五百一十四位官兵。

在前面提到的那塊大理石板下方，另外刻了六個名字。這六個人並不是奇襲下的直接犧牲者，他們當天在船上，可是獲救了。然而多年以後，等他們因其他不同理由去世後，他們的遺囑要求將他們的骨灰，送回到亞利桑那號戰艦沉在海中的殘骸裡。他們要和過去的海軍弟兄們作伴。在海底，至少埋了九百個亞利桑那艦的官兵，他們的屍體從來沒有打撈上來。

這是美國在珍珠港事變上付出的慘痛代價。除了三艘航空母艦，一艘在聖地牙哥、兩艘在運送戰機前往威克島及中途島的路上之外，幾乎整個太平洋艦隊都毀於珍珠港內。其中包括了當時美國海軍的第一線戰艦，除亞利桑那號外，還有加利福尼亞號、田納西號、西維吉尼亞號、賓夕法尼亞號以及馬里蘭號。在那短短不到一小時的攻擊裡，美國海軍的傷亡高達兩千四百人。

這的確都和六十年後的「九一一」一樣，讓美國人瞠目結舌，回不過神來。這也的確和六十年後的「九一一」一樣，重創了美國人的信心。

然而我們不應忽略，珍珠港事變和「九一一」，畢竟還是存在著某些顯著的差異。一個差異在，珍珠港事變對美國的負面影響，其實沒有想像中、沒有一些歷史紀錄中留下的印象那麼重那麼致命。

## 海軍與空軍的消長

讓我們話說從頭。遠在日本人眞正動手偷襲將近十年前，一場假想的珍珠港攻擊就已經發生過了。那是一九三二年二月，美國的陸海軍聯合大型演習中，從航空母艦勒星頓號上起飛的戰鬥機，擬定了一項奇襲計畫。巧合的是，這項演習中訂定的奇襲時間，剛好也是星期天清晨，而且依照演習的推演裁判，判定勒星頓號這邊奇襲完全成功，對方的戰艦與設施，都遭到全面摧毀。

換句話說，其實美國軍方自己早在一九三二年就應該看得出來，把太平洋艦隊這些戰艦齊聚在珍珠港，會暴露出怎樣的弱點。演習的最大意義在於指點出，一旦敵人出動優勢的空中火力，守在珍珠港內的太平洋艦隊實在是很脆弱的。

那麼早在一九三二年，自己已經預想的事，怎麼會到一九四一年，還呆呆地保留錯誤作法，讓敵人有機可乘呢？

原因一，一九三〇年代空中火力的發展還相當原始，海軍不會眞的把來自空中的威脅，認眞當一回事。畢竟整個十九世紀帝國主義的武力發展主幹，就是強大的海軍，海軍成爲龍頭老大，他們當然不會那麼容易承認空軍小老弟的威力。演習歸演習，眞正的戰爭，在海軍的心目中，還是要由海軍來打的。

原因二，還是海軍的老大心理。在海軍內部，尤其代表十九世紀帝國時代主流的思想，是以戰艦爲骨幹的規畫。戰艦越造越大，艦上配備的大砲越來越猛，希望光靠艦砲的轟炸，就能壓倒對方的艦隊，甚至還能壓得對方海岸的地面部隊抬不起

頭來。

戰艦成了海軍中的貴族，也就成了海軍中的既得利益衛護者，這些滿腦子戰艦至上的海軍高級將領們，不會輕易放棄他們的堅持。第一次世界大戰中，潛艇發揮過很大的破壞作用，然而在這些將領心目中，潛艇還是旁門左道，新發展的可以載運飛機的航空母艦，也是旁門左道。

在世界海軍史上，有一場關鍵、劃時代的戰役爆發於一九四〇年。英國海軍從航空母艦起飛的戰機，摧毀了義大利海軍停泊在塔蘭多（Taranto）港的艦隊。此一戰，在戰法上可以說是珍珠港的前身，更重要的是，它證明了空中火力已經進步到可以在實戰中凌駕海上艦隊的程度了。

照理說美國海軍應該會看到這樣的發展而有所警惕警戒才對。事實上，美國海軍在各地都有針對這方面的戰術戰鬥調整動作，唯一的例外就是太平洋艦隊。因為太平洋艦隊面對的潛在敵人，是美國海軍最看不起的日本人。

太平洋艦隊正式的敵情評估報告裡，竟然引用了勝家縫紉機公司日本分公司經理不准自己員工搭乘日本商用民航機的例子，確信日本空軍的水準也一定不足以威脅到美國海軍！

## 低估小看了日本人與日本空軍

這樣低估小看日本人與日本空軍，結果就是使美國海軍內部最保守的勢力，在珍珠港一役中，受到最大的挫敗。主力戰艦都毀了，主張戰艦至上的將領都錯了，於是在珍珠港事變之

後，美國海軍幾乎是一夜之間，在戰略安排上出現了大轉彎，航空母艦一躍而起，取代了配載十四吋艦砲的戰艦，成為美國海軍的新主力新骨幹。

換句話說，珍珠港的效應，長遠來看，是幫美國海軍清除了過時的大批戰艦，讓出空間來讓新一代的航空母艦可以在海軍中迅速崛起。戰艦毀了，必須趕緊造新船、訓練新船員，也就逼迫原本過時卻依然占據中心位置的戰略思想退位，新的、更有效的戰略可以取而代之。

從這點看，日本對珍珠港的奇襲，非但沒有給予美國海軍致命的傷害，還幫美國解決了海軍戰力遲遲無法提升的瓶頸問題，這點是如果我們一直專注用「九一一」來看珍珠港，一定會忽略掉的。

諷刺的是，日本在珍珠港炸掉了包括亞利桑那號在內的美國老舊戰艦，促成了美國海軍脫胎換骨的轉型，然而他們自己反而沒有從對戰艦的執迷中醒悟過來。一直到戰爭最末期，日本依然耗費了有限且珍貴的資源，建造兩艘最後都沒能在戰爭中派上用場的超大型戰艦，結果加速了自己軍力與國力的衰頹。

美國會在珍珠港遭受這麼大的損失，說穿了背後搞鬼的主要因素，就是海軍對日本人的歧視與輕視。而他們歧視輕視的，不祇是日本人。

如果光是從好萊塢的電影裡去認識珍珠港事變，我們可能會把這些不幸戰死在奇襲砲火下的美國軍人，都看作是英雄，都看做是典型的美國人。歷史的事實卻不是這樣。

## 美國海軍被迫改革

　　歷史的事實是，美國海軍是最保守、最封閉的單位之一。
南北戰爭之後，有越來越多黑人進入軍事單位服務，然而他們
能在陸軍出人頭地，卻一再在海軍門前吃到閉門羹。一直到戰
後的六〇年代，海軍將領還會公開嘲笑陸軍重用那麼多黑人，
是件「非常可笑的事」。

　　我們別忘了，夏威夷不是個純粹白人居住的地區，夏威夷
人口的大多數，屬於當地土著、中國與日本人後裔，以及這三
者間通婚產生的後代子孫。

　　抱持白人驕傲偏見的海軍，在這個美國最偏遠的國土上，
當然和夏威夷居民相處得非常不好。三〇年代，夏威夷曾經有
一樁轟動全美的案子，一度還勞動著名的丹諾律師出馬，遠赴
夏威夷打官司，其中牽涉的，就是種族歧視與種族糾紛。

　　這件官司的核心，是一位海軍軍官的妻子自稱遭到幾個男
人綁架輪暴，剛好在當天晚上，有五名男子因車禍事件遭到警
察留置，而這五名男子，其中兩位是夏威夷原住民、兩位日
裔、一位華裔，剛好都不是白人。雖然缺乏任何直接證據，檢
方認定這五個人就是強暴犯。審判的結果，陪審團中，五位白
人堅持有罪、七位非白人堅持無罪，沒辦法達到一致判決。在
等待再審期間，那位軍官以及他的岳母，竟然夥同其他海軍水
手，對其中一名被告動用私刑，不小心一槍把人打死了。

　　丹諾大老遠到夏威夷來為軍官和他的岳母辯護。這位被尊
奉為正義之神的大律師，這次顯然站到正義的對面去了，而且

也站到了敗訴的那一邊。然而丹諾雖然敗訴，軍官和他的岳母雖被判有罪，應該服十年勞動刑期，他們卻立刻得到了州長的特權減刑，將刑期一下子縮成象徵性的一小時勞動！

我們可以想見這樣一椿案子，對當地居民造成的心理騷動效果。珍珠港事件爆發時，夏威夷就籠罩在這種緊張氣氛底下，長期的種族衝突與長期的不滿怨怒。

我們必須說，在這點上，日本人的攻擊又幫了美國一個大忙。美國海軍的巨大人員傷亡，博取了夏威夷居民的深摯同情，原諒了他們歷來的傲慢與粗暴。而一個恐怖、殺戮的共同敵人突然展現恐怖、殺戮的破壞力，又發揮了讓居民與海軍放下彼此的仇恨、不滿，共同攜手對外禦侮的作用。

這些都是歷史的事實，這些都是歷史的弔詭教訓。

# 美國女孩書桌上的日本骷顱

沖繩島一役絕對是二次大戰中最血腥最慘烈的戰爭。美軍一共
動用了一千四百五十七艘艦艇，五萬六千多名海陸空士兵，其
中有五萬人搶灘上岸。日軍方面，一共部署了七萬七千名防禦
部隊，而且做好了最嚴密的工事與準備。沖繩戰役從一九四五
年四月一日開打，一共打了八十三天，結束時剛好是當年的復
活節星期天。八十三天中，日本空軍損失了七萬人，還要再加
上十萬左右的平民隨著喪失生命；美軍部分也有一萬兩千人，
再也回不了故土了。


一九四四年，美國《生活》雜誌，出現過這樣一張照片。
拍照的攝影師是克雷恩（Ralph Crane），拍照的地點是亞歷桑那
鳳凰城的一個普通民宅裡，鏡頭裡衹有一位主角，一個年輕的
女孩，穿著端莊保守，手裡拿著一枝筆，彷彿正準備要寫什
麼，眼睛凝望著桌上的某樣東西，在她的視線裡流露出不自禁
的歡娛喜悅。

這張照片一切看起來都很自然、都很平庸，除了她盯著看
的那樣東西。事實上，整張照片最驚人、最具有視覺意義，讓

照片有資格登上當時全美、甚至全世界地位最高的攝影報導雜誌的，就是那個東西。

那是個形狀完整的人頭骷顱。雜誌圖說上解釋：那是她遠在外洋航海的男朋友送給她的禮物，在幾內亞島上發現的日本人頭顱。

## 恐怖詭異的畫面

半個多世紀後，我們想像那張照片，難免覺得恐怖。不衹是真實的人頭顱骨跑到年輕女孩的書桌上成了紀念品，這種錯置產生的驚悚效果而已；更可怕的是女孩臉上洋溢的近乎幸福感的微笑，完全違反了常識裡的預期。

因為那是個常識褪色、無用的時代，戰爭的時代。也因為在那場戰爭裡，美國與日本的仇恨，被膨脹到常識包納不住的程度了。

雖然遠在亞歷桑那州鳳凰城的女孩不會問，我們卻應該很清楚：沒有人會沒事在幾內亞島上碰巧「發現」一顆日本人的頭骨。要做成那樣一顆潔白乾淨的頭顱，還得頗費上一番工夫。必須要用沸水將沾黏在骨頭上的皮肉煮軟，仔細地剝掉。還得用刷子、牙籤等工具清理一番。當然，最難的畢竟還是第一步：先得有人把人家的頭給砍下來才行。

二次大戰中，美國在歐洲與亞洲兩面作戰，後來在兩邊都贏得了勝利，奠定了美國戰後超級霸權的地位。不過在歐洲與在亞洲的戰爭，其實形態與意義，卻非常不同。

　　美國媒體、美國政界、美國一般大眾，都比較注意歐洲戰局的發展。歐洲是美國人的根源之處，有著相同的文化，再加上幾個盟國與美國的關係密切且直接，所以心理上、感情上與策略上，歐洲戰場都是優先重點。

　　相對地，亞洲戰場對付日本的戰爭，就成了「黑暗之戰」。這「黑暗」可以有好幾層意思。戰爭在美國人的注意力邊緣打著，戰場上真正發生什麼事，不會浮顯、干擾美國人的價值與良心標準，在這個意義上，是黑暗的。美國與日本開戰之前，先有了慘痛的「珍珠港事件」，美國人普遍對日本人的偷襲既憤且怒，他們帶著極深極強的仇恨敵意去面對日本人，從這個意義上看，也是黑暗的。

　　在面對日本敵人時，美國大兵有著非常特殊的舉動。例如說在歐洲的美國兵，不會激動地高喊：「勿忘珍珠港！」不會對同為白人的德軍趕盡殺絕。又例如說，從來沒聽說過美國軍人在歐洲戰場上有殘虐、肢解敵人屍體的舉措。

　　然而在黑暗的亞洲戰事中，美國人和日本人普遍在對方的死屍上發洩仇恨。砍頭、砍下生殖器塞進死人嘴裡，在死人身上、口中灑尿這種例子多得不得了，更不必提砍下耳朵、鼻子的了。

## 美日戰爭的黑暗特質

　　這顯然就是鳳凰城女孩桌上那件紀念品的來源了。不過除此之外，我們不要忘了，那場戰爭另外兩個「黑暗」的特質。

　　一是戰爭多半在小島上進行。這些小島，對防守的日本人來說，是退無可退。他們通常提早駐防，進行複雜嚴密的防禦工事，工事結構本身，注定守軍必須準備「玉碎」。對進攻的美軍而言，他們不僅要面對頑強的敵人，還要應付陌生而荒涼的地景產生的龐大壓力。那是個純純粹粹、找不到一點熟悉景觀的地方。不像在歐洲打仗的士兵可以在戰場不遠處看到鄉野、看到城鎮、看到文明。歐洲的美國兵還有比較多的心理休息空間，可以避免在殺戮與危險中發狂發瘋，打日本的美軍卻沒有這種餘裕。這一點上，黑暗是無邊無涯的。

　　太平洋中的飛行員，經歷最強烈的恐懼。他們從航空母艦上起飛，看到的就是一大片一大片的海洋，無止無盡。不見得找得到上級命令要找的攻擊目標，就算找到了，完成了任務，不一定飛得回母艦上。就算飛回母艦所在的位置，母艦不一定還在，不一定還能提供安全降落的設備。而且不管迫降或跳傘，在茫茫大海中幾乎都注定是死路一條。

　　戰爭末期，海上艦隊在中途島一役受到重創的日本軍隊，在無法用海軍阻卻美國艦艇的情況下，祇好祭出了「神風特攻隊」。「神風特攻隊」自殺行為背後，不祇是「視死如歸」，更強烈的是完全無可解不願解、至死方休、甚至至死不休的仇恨。最激烈的沖繩島戰役中，「神風特攻隊」一共擊沉了美軍三十六艘各型船艦，另外毀傷了三百六十八艘船艦，其中包括美國海軍第五艦隊的旗艦——印地安那波里斯號。直接由「神風特攻隊」攻擊造成的死亡人數高達五千人，比珍珠港事變中的喪生者多了一倍以上。

沖繩島一役絕對是二次大戰中最血腥最慘烈的戰爭。美軍一共動用了一千四百五十七艘艦艇，五萬六千多名海陸空士兵，其中有五萬人搶灘上岸。日軍方面，一共部署了七萬七千名防禦部隊，而且做好了最嚴密的工事與準備。美軍後來發現的一處工事，其中包括了六座輕型迫擊砲、八十三支輕機槍、四十一支重型機槍、七門無後座力砲、六支野戰槍、兩門迫擊砲，以及充分的彈藥與食物。

沖繩戰役從一九四五年四月一日開打，一共打了八十三天，結束時剛好是當年的復活節星期天。八十三天中，日本皇軍損失了七萬人，還要再加上十萬左右的平民隨著喪失生命；美軍部分也有一萬兩千人，再也回不了故土了。

我們不知道這麼龐大的死亡人數中，有多少被砍頭或斷手斷腳。光是死亡數字本身，就夠黑暗夠恐怖的了。

## 原子彈被迫倉促上場

戰史上記錄：美國的「跳蛙戰略」，選定日本本州為最後目標，本州之前是九州，至於九州之前應該攻擊哪個島，則有兩種不同意見──沖繩和台灣。最後麥克阿瑟選擇了沖繩，放過了台灣。不然要承擔黑暗恐怖命運的，就會變成台灣。

沖繩島打下來，美國繼續籌畫進攻九州，和最後的本州戰役。照預定，十一月一日要以十三師的兵力登陸九州；一九四六年三月，十六師兵力進攻本州。瞭解沖繩島慘烈狀況的人，都對這兩次行動感到憂心忡忡。「玉碎」的信念下，日本人會

用什麼樣的決心來保衛國土，會造成多大的美軍傷亡，真是連想都不敢想。在沖繩島的陰影下，美國才會在原子彈試爆成功後二十天，就趕忙用上這項威力驚人的新武器，而且連續在長崎、廣島投下了兩顆原子彈。一九四五年八月十五日，日本天皇宣布投降，戰爭結束了。

可是美國與日本之間，彼此的仇恨卻沒有那麼容易消失。這又是歐洲和日本非常不一樣的經驗。德國人雖然戰敗，卻從來沒有那麼恨過美國，更沒有經歷過日本人那種激烈、曖昧的自卑與怨懟。日本人曾經崇拜麥克阿瑟，那是自卑的極端。但他們卻無論如何不為發動戰爭道歉，那又是怨懟的極端。

即使是五十多年後，進入新的世紀，在布希和小泉會面談話中，自卑與怨懟其實都還在發揮著作用。美日關係，至少在可預見的將來，注定依舊是充滿矛盾衝突，不可能像美國與歐洲的關係那般自然與直接。這是歷史的宿命。

# 人權的終極基礎

別小看抽象的人權與空祇有一紙文字的「人權宣言」。經過五十年後，「人權宣言」成了著名猶太浩劫作家維瑟爾（Eie Wiesel）說的「世界性俗世宗教」。聯合國祕書長安南則說：「人權宣言」是「我們拿來衡量人類進步的標尺」。

第二次世界大戰結束之後，在紐約成立了一個國際性的「人權委員會」。這個委員會的召集人是當時聲望甚高的美國總統羅斯福遺孀艾琳娜（Eleanor Roosevelt），祕書長是德國的施密特（B. J. Schmidt），另外還有來自中國、印度、法國、俄國及南斯拉夫的代表參加。

這個「人權委員會」到一九四七年演變爲「人權宣言起草委員會」，開始致力於完成一篇普遍性規定人權的全球文件。

## 不可思議的「人權宣言」

回頭想想，這眞不是件容易的事。再仔細看看後來眞正出現的「人權宣言」，我們幾乎要訝異：大膽而直截地宣稱「每個

人生來就具有同等的尊嚴與權利、大家都自由而平等，並且都具備理性與良知，所以應該以手足友愛精神彼此對待」的這樣一份文件，怎麼有可能在當時被接受、被通過爲大部分國家都同意的信條呢？

我們可以想像，現實上也眞的出現過激烈的爭議：憑什麼相信人生而自由、平等，其根據究竟爲何？在「起草委員會」中，巴西代表就好幾度反覆提案要求一定要在這個宣言前面，援引上帝的權威，是上帝保證保障了我們人人自由平等，就算有人不信上帝，再怎麼讓步也得在文件上加個「超越性威權」（transcendental authority）吧。

我們也可以想像，光是西方哲學內部，對於「理性」、「良知」是不是人之所以爲人、與生俱來的成分，就有無數個學派可以爲不同細節永不歇止地辯論下去。我們還能想像：所謂每個人都具有的「尊嚴與權利」，究竟包含什麼樣的實質內容，怎麼可能眞的有共識呢？

然而幾個特殊的歷史因素，使得這看似不可能的文件誕生了。第一個因素是西方帝國主義霸權雖已是強弩之末，但到底是百足之蟲死而未僵。第二次世界大戰替帝國形式敲了喪鐘，不過距離非西方國家、文化眞正興起和舊帝國平起平坐，還有很長一段時間。

所以這時候還沒有「亞洲價值」的聲音，也沒有人抗議說人權是西方的東西，硬要強加在別人別的地方頭上。人權眞的是西方的東西，而且是西方啓蒙時代的特殊產物，不過帝國主義還夠強，夠把這種特殊產物包裝成普遍眞理。

　　第二個同等重要的因素，是德國納粹製造的浩劫，尤其是對猶太人的殘酷屠殺，讓人驚心動魄。別忘了，所有參與起草人權宣言的委員，幾乎都不止見證過一場世界大戰，就連第一次世界大戰對他們來說，都記憶猶新。號稱進步、理性的人類，怎麼會在短短時期內連續犯下兩次可怕的錯誤，讓戰爭的毀滅力量如此肆意橫流呢？

## 「人權宣言」的對象與目標

　　因為有這些經驗與鮮活記憶做背景，「人權宣言」其實有著非常明確的對象與目標。對象就是像納粹那樣以種族仇恨為宣傳的政治暴力，目標就是要杜絕猶太人被屠殺六百萬的事再次發生。「人權宣言」不是抽象、哲學性的文件，它很具體、很確實，大家都知道這確實具體的部分，因而可以平息許多爭議。「人權宣言」是要提供一個緊急的相對共同信念，堵住納粹式概念復活再興的機會。

　　還有第三個因素，就是支配戰後世界的冷戰結構在當時還沒有惡化，大家還能坐下來不帶敵意、不用對抗的心態地溝通，還能找出一條通往「普世價值」的共識道路。

　　這段難得的時間，非常短暫。「人權宣言」簽定沒多久，美國大選艾森豪獲勝上台，新任國務卿杜勒斯立刻要求艾琳娜·羅斯福退出聯合國人權委員會。此舉象徵著戰後初期參與人權議題上的進步勢力將被保守勢力取代。

　　在起草「人權宣言」過程中，艾琳娜是美國民主黨大老、

更是「新政」（New Deal）的最佳代言人；加拿大代表是與該國社會黨關係密切的一位法學教授；智利代表與巴西代表的思想也都深受拉丁美洲社會主義影響；法國代表是戴高樂流亡政府在倫敦時期的委任律師；中國派去的則是「第三勢力」的優秀知識分子張君勱。這樣的陣容，實屬難得一見。

艾琳娜離開人權委員會的同時，美國共和黨參議員公開表示：聯合國人權文件「與美國法律、美國傳統格格不入」。蘇聯試爆氫彈，美蘇關係更形緊張。莫斯科下令屠殺捷克親自由派官員，中國政權易手落入共產黨手裡。

在這種狀況下，不衹是原本「人權宣言」賴以起草簽訂的基礎消失了，進而也使得落實「人權宣言」有效執行的後續方案，從此沒了下文。

對這樣的歷史變化，有人看到「人權宣言」衹完成了抽象、說理的一面，欠缺了確實可執行的保護人權辦法，因而嘲諷「人權宣言」徒具空文，幾十年來其實發揮不了什麼作用。

## 「人權宣言」的隱性影響力

不過我寧可看它在近乎不可能的環境下，奇蹟般地存在了，這存在本身以一種更細微的方式，發揮著遠比想像來得大的影響力。

讓我們回到那個沒有任何更高保障的開宗明義第一段宣言。正因為對於人的自由平等、人的尊嚴與權利，不提供任何超越性的、宗教性的權威保證，我們衹能接受、衹能假設人權

的終極根源，乃是來自不言自明的想像與感同身受（empathy）
能力。

我們之所以尊重別人的人權，因為我們明白、我們能夠想
像，如果自己的基本權利被侵犯被剝奪時，有多麼痛苦。痛苦
是我們和普遍人權之間的唯一聯繫，卻也是最有力最有效的聯
繫。人權如果不受到普遍性、一致性的尊重與保障，我們可以
理解、我們能夠想像，哪一天哪些不同條件下，會換成我們是
失去人權的受害者，我們為要避免這種想像得到的痛苦，而支
持、追求普遍人權概念。

「人權宣言」存在的半個多世紀來，它最大的作用就是讓人
家知道，面對其他侵犯人權的藉口，不管是政治的、宗教的，
還是社會性的，有一套現成的說詞、既有的群眾背書，可以拿
來予以對抗。這種對抗不一定有立即實質效果，然而卻是使得
在權威文化中，反對勢力得以連貫傳承不可或缺的支柱。

「人權宣言」的存在，已大大鼓勵了在不同社會、不同文化
裡，對於想像與感同身受能力的培養開發，這種能力是攔阻人
類集體愚行與集體殘暴的最後一道防線。

一九九八年的諾貝爾經濟獎得主森（Amartya Sen）最有名
的貢獻，是將道德視野帶入經濟研究中。在森的研究裡發現，
越是不透明越是不說實話的社會，鬧饑荒的機率越高。政治上
的不公開，甚至因為意識形態需要而造假，會使得那個社會失
去防止饑荒擴大必要的危機感。這種危機感正就來自看到別人
挨餓的不忍之心。

沒有人真正可以具體看到別人挨餓，而完全不受影響。最

可怕的不是歉收、甚至不是戰亂，而是像中國「大躍進」時期那樣舉國瘋狂的集體欺瞞。控制、欺瞞讓人錯亂，讓應該形成的同理心同情心無從形成，讓同理心同情心會帶動的危機機制遲遲不能啟動，結果就是大家在困惑、害怕與猶豫中坐視饑荒襲來。

## 別小看「人權宣言」

別小看抽象的人權與空衹有一紙文字的「人權宣言」。經過五十年後，「人權宣言」成了著名猶太浩劫作家維瑟爾（Eie Wiesel）說的「世界性俗世宗教」。聯合國祕書長安南則說：「人權宣言」是「我們拿來衡量人類進步的標尺」。

不管中共如何抗拒，這把標尺也已經、必然進入中國，衡量中國的進步。北京申奧成功，一方面固然有賴各國，尤其美國，不提人權議題，然而弔詭地是，得到奧運主辦權的中國，反而會受到人權與「人權宣言」更緊密的約束。

站在共產主義的立場，中國共產黨是徹底的無神論者，然而「人權宣言」裡本來就沒有上帝。人類的同理心同情心，對於自己與別人的痛苦的感受能力，以及希望能夠避免遭逢痛苦的用心，在「文化大革命」橫掃過後的中國，其實是很有條件可以被激發的。

從這點上看，我對中國人權的發展並不悲觀。我更不同意魏京生等人主張的申奧會使中國人權倒退的說法。申奧成功帶來龐大的商機，可以讓中國進一步朝富裕發展；申奧成功帶來

與西方進一步的接觸，西方式人權概念的進入，還能讓中國不管人口再怎麼眾多，藉著同情心與同理心的開發，遠離過去半世紀可怕、殘酷的饑荒經驗，這真是再划算不過的生意了。

# 雷根一生中最精采的一場戲

最戲劇性的事，發生在離美國幾萬公里外的地方。蘇聯的科學家仔細研究了「星戰計畫」，對當時的蘇聯領袖戈巴契夫提出了詳細的研究報告。在報告中，他們以驚慌的語氣，對雷根的誇夸大言，幾乎照單全收。蘇聯科學家們斷言：「星戰計畫」可能在二十世紀結束前，使得蘇聯擁有的飛彈投擲技術，全都過時無效。

前兩回寫了關於美日過去歷史恩怨的回顧，尤其是談到了被壓抑的太平洋戰爭經驗，以及美國決定對日本動用核子武器的考量。兩位熱心的讀者，透過不同的管道，傳給我同一篇在網路上流傳的文章——質疑美國在廣島、長崎投下原子彈的真實性。

這篇作者署名「龍生」的文章很長。文中仔細論到了幾方面的疑點，再以肯定揭發內幕的語氣，宣告：「美國從來沒有在日本本土投放過原子彈，在廣島和長崎投放原子彈的事件是一場騙局，那祇是美軍進行的一場非同尋常的資訊戰和心理戰，一次非常成功的『詐騙戰爭』。」

## 原子彈是「大騙局」？

照作者「龍生」的說法，事實上在長崎投下的，祇是B-29所載運的一般凝固汽油彈，轟炸真正造成的死亡人數祇有不到三百人。可是美國總統杜魯門卻煞有介事地召開記者會，宣布「長崎消失了」，而且還公布了核彈爆發的影片。但事實上影片裡拍攝記錄的，是人類史上第一次原子彈爆炸——在新墨西哥州試爆成功時的影像。

全世界、包括日本國民都被騙了，日本因而被嚇得趕緊投降。不過事後日本政府知道了真相，但是他們卻寧可和美國一起保守這個祕密，因為這樣一來，日本就可以繼續凸顯其「唯一曾經被原子彈襲擊國家」的身分，以「受害者」的姿態出現在國際舞台上，來避免別人對於他們戰爭責任的追究。

看這篇文章，我完全沒有被說服，祇覺得荒謬與無奈。廣島與長崎所遭受到的破壞，有太多太多的紀錄與證據，參與在美軍原子彈攻擊計畫裡也有太多太多的人，這些人與這些證據，多到不可能被任何單一陰謀所操控、捏造。這是基本常識。如果真要如「龍生」說的那樣，搞大陰謀大騙局，美國方面得動用多少人，短短幾天內多少人會接觸到這個陰謀騙局的真相，怎麼可能他們統統都保持沉默，在戰爭結束後半世紀中都沒有揭露這段祕辛？更荒謬更可笑的是，日本民眾日本政府有可能捏造得出廣島原子彈紀念公園方圓數里內焦荒的廢墟嗎？

讓我無奈的是，有人可以相信、進而去散播這種陰謀論，

用意顯然在進一步指控日本，可是用這種歪曲歷史、否定歷史的方式來指控日本，又怎麼能怪人家否定「南京大屠殺」的存在呢？說原子彈是假的邏輯，每一分所謂「懷疑」，每一步虛偽的「推論」，幾乎都和日本右派質疑、否定「南京大屠殺」的扭曲推論，如出一轍，都是對於人類基本記憶與基本智力的最大侮辱。

歷史上不是沒有存在過虛假的、恫嚇式的戰爭新科技。虛假的、恫嚇式的戰爭新科技，也不是沒有發揮過作用，然而原子彈卻不在此列。原子彈確確實實被發明了，原子彈確確實實被投下去了，美國確確實實以報復性的轟炸行為屠殺了許多日本平民，廣島、長崎之外，東京在內的其他大城也都遭到燒夷彈的反覆襲擊，這裡面沒有可供懷疑的空間。

## 雷根的「星戰計畫」

最近歷史紀錄中，最有趣最值得探討的武器科技，當屬八〇年代美國總統雷根提出的「星戰計畫」。「星戰計畫」原名是Strategic Defense Initiative，基本構想是在美國上空布置一個防禦系統，具備預警能力，提早探測出敵人飛彈的彈道，然後用更快更準的飛彈或鐳射予以攔截，在空中就將敵方飛彈予以摧毀。

「星戰計畫」具有兩個重要特色，第一，計畫構想符合常識想像。常識告訴我們，美俄雙方當時的巡弋飛彈雖然射程很遠，可以從各自勢力範圍內的基地，或由海軍潛艇自海底發

射，直襲對方的政治、軍事、工業核心區域；不過射程遠的結果，也就意味著飛彈從發射到擊中目標，有頗長的一段飛行時間。

常識告訴我們：鐳射能夠傳遞巨大的能量，而且在空間中以直線進行，不會渙散。

常識告訴我們：越來越強大的電腦運算力量，可以讓飛彈的飛行越來越準確。在依照常識想像充分發揮拍出來的科幻電影裡，飛彈對擊、鐳射亂飛的景象，在外太空黑暗靜寂的底色上熱鬧搬演，深入人心。所以從常識角度出發，沒有道理不把這種技術用在飛彈防衛上。這也是為什麼整個計畫後來會被媒體冠以「星戰」字眼的主要原因。

「星戰計畫」的另一個特色是它如此聰明、巧妙地解決了冷戰核武恐怖的僵局。

「星戰計畫」提出之前，冷戰期間大家最熟悉的是「互相毀滅」的策略。美蘇雙方製造、儲藏的核子彈頭不斷增加，已經增加到毀滅地球好幾次的程度了。那為什麼還要繼續競爭製造核武呢？因為當時戰爭的最高戰略原則是「第一擊後的恐怖報復力量」。雙方都追求第一擊就要能完全摧毀對方、完全癱瘓對方報復武力的絕對優勢；然而同時雙方也都要努力確保，自己擁有敵人無論如何不能在第一擊中就完全消滅的報復還擊力量。

如果掌握了第一擊的絕對優勢，當然也就掌握了發動戰爭的主動權，也就能夠屈服對方予取予求。終冷戰之世，美國和蘇聯都沒有辦法取得這樣的絕對優勢，於是競爭就落到了防禦

性的層次，要多造多儲核子彈頭，而且還要盡可能分散彈頭和
長程發射器，讓敵人清楚己方的強大報復力量，如此才能防堵
任何一方輕舉妄動。

可是當核子彈頭威力大到衹要引爆其中一小部分，就足以
真正毀滅國家、甚至毀滅地球時，恐怖平衡就越來越恐怖。沒
有人有把握完全不出任何意外，不會有無法控制的因素，莫名
其妙就啓動了衹有地獄可堪比擬的核武大戰。

## 跳脫了恐怖毀滅邏輯

「星戰計畫」跳脫了這個邏輯，首先是拒絕接受核子飛彈無
法阻卻的前提。「星戰計畫」直接針對來襲的飛彈，目標在飛
彈造成任何財產、人員損失之前，就在天空中將之解決掉。這
樣一來，毀滅報復的概念，就不再是戰略指導原則了，病態瘋
狂的核武競賽就有了解套出路的希望。

作爲一種概念上的創舉，「星戰計畫」實在是項傑作，再
加上被封爲「偉大溝通者」的雷根總統大力宣傳，「星戰」一
時披靡，寫下了冷戰的新頁，事實上也揭開了冷戰結束的序
幕。

不過作爲國防防禦計畫、國防核心建軍方案，「星戰」有
個致命的缺點──常識想像上有道理的東西，在科學上不見得
同樣有效有意義。「星戰」是個在技術上、規模上，以及財政
投資上都完全不可行的方案。技術上，不衹是美國，全世界的
科學研究水準距離要造出「星戰」體系，還很遙遠。「星戰」

系統要真能運作，必須在太空架設鐳射武器、反射裝置等等，但現實上，人類連維持簡單的太空站都還手忙腳亂。「星戰」真正要能在美國上空防護得滴水不漏，其規模遠超過全世界工業總產值，美國再富有，也支應不起這樣的開銷。然而「星戰」如果有漏洞，那麼顯然雙方在報復恐嚇方面的準備就不可能停止。

即使在白宮裡，除了雷根總統自己，沒有人真正相信「星戰計畫」。國務卿舒茲、國防部長溫伯格、國家安全顧問麥克法蘭，全都對「星戰」投了反對票。可是常識豐富、專業知識卻嚴重不足的雷根總統，在「星戰」上義無反顧，決定相信常識、棄絕專業。近八十歲的老人，固執起來還真是固執。

在雷根總統的堅持下，「星戰計畫」上路了。上路之初，沒有什麼實際的事好做，精神、資源於是都花在刻畫、宣傳「星戰計畫」的光明前景上。

別忘了，那也是「星際大戰」、「第三類接觸」等科幻電影在美國大賣特賣，史匹柏和喬治‧盧卡斯聲名大噪的時代。「星戰」的假想圖栩栩如生地在媒體上反覆出現，弄得美國大眾議論紛紛。雖然幾乎所有的科學家都對「星戰」抱持從審慎質疑到嗤之以鼻的態度，一般大眾還是感染到其中的高度未來性。

## 蘇聯對星戰計畫的反應

就在這時候，最戲劇性的事，發生在離美國幾萬公里外的

地方。蘇聯的科學家仔細研究了「星戰計畫」，對當時的蘇聯領袖戈巴契夫提出了詳細的研究報告。在報告中，他們以驚慌的語氣，對雷根的夸夸大言，幾乎照單全收。蘇聯科學家們斷言：「星戰計畫」可能在二十世紀結束前，使得蘇聯擁有的飛彈投擲技術，全都過時無效。

後世史學努力想解釋，蘇聯科學家為什麼如此輕易就被美國宣傳欺騙了？他們找到幾個可能的原因。第一是在戈巴契夫的政改下，蘇聯科學家終於有機會接觸到美國社會的實情實貌。他們所見到的，和原本想像的，有那麼大的差距！他們看到美國的富裕，社會上普遍應用的科學技術，當然也看到了好萊塢騙死人不償命的壯麗幻影，他們當然傾向於高估美國的科學水準。

第二是戈巴契夫已經表明與西方和解的基本態度，在俄共一元領導及祕密整肅的傳統影響下，人人都要看風頭、揣摩上意，無可避免地誇大了與過去蘇聯意識形態最不相容的部分，藉以向戈巴契夫輸誠表態：「我們不受過去拘執，是真正和你在一起改革的好同志。」

第三個可能的原因是基於對蘇聯自身宣傳運作的理解：蘇聯科學家誤解了美國科學家對「星戰」的負面評估。在他們的思考模式裡，哪有科學家這樣公開澆領導人冷水的？美國科學家越不說好話，蘇聯科學家就越懷疑這中間藏著個大陰謀，想要騙蘇聯掉以輕心的大陰謀。

最戲劇性的一幕，出現在一九八六年十月。雷根和戈巴契夫在冰島的首都雷克亞維克進行限武高峰會談，會談進行得不

算順利。然而在一般媒體無法採訪的祕密會議上，戈巴契夫突然提出了一個前所未有、美方萬萬想不到、當然也就無從沙盤推演起的徹底限武計畫。祇要美國願意承諾停止「星戰計畫」的部署，蘇聯願意和美國同步在十年內，將所有既存的核子武器全部銷毀。

美方簡直不知該如何回應。戈巴契夫方面的論點清晰而簡單：既然「星戰計畫」十年內可以讓蘇聯核武打不到美國，那麼蘇聯繼續留著這些核子彈頭也就沒啥意義。然而如果等「星戰」完成，變成美方有辦法攻擊蘇聯，蘇聯卻無法還擊，這樣也無助於和平，還不如趁早先解決掉核子彈頭的問題。這樣美國等於是祇犧牲一個空洞、還沒有內容的「星戰計畫」，就換到了蘇聯和平的實質保證。

## 冷戰差點提前結束

這個提議，美方知悉內情的幕僚都傾向於應該接受，他們知道蘇聯顯然被雷根優異的演技給騙過了。「星戰計畫」不必再多花錢，而且反正也很難成功，這樣的交換，以虛換實，的確划算。

祇是千算萬算，沒算到雷根的強烈反對。因為他不是在演戲，他的的確確相信「星戰計畫」，相信「星戰計畫」完成後，可以讓美國凌駕蘇聯，單獨成為超強。

為什麼要放棄超強的機會，維持和蘇聯在都沒有核武的情況下，平起平坐？

雷克亞維克會議最後沒有得到那麼戲劇性的結果，要不然冷戰會提早三年結束。不過這樣一場談判，雙方已經都開始在舊的恐嚇、報復思維之外，尋找別的出路，這點依然必須歸功於「星戰計畫」的刺激。

至於「星戰計畫」本身，後來就凋零了。蘇聯方面，因為被流放的科學家沙卡洛夫回到莫斯科，對戈巴契夫說了真誠的實話，戈巴契夫恍然大悟，再也不相信「星戰」的神奇妙用；在美國，「星戰」更是每下愈況，雷根卸任後就乏人問津了。

於是，「星戰」曾經是那麼具有威脅效力的政治武器的一面，也就湮滅不彰了。

而那位當過好萊塢明星的總統，他演過最成功的一齣戲，正因為他不知其為戲而震懾了對手蘇聯的精采表演，也被不公平地忽視了。

# 恐怖主義的根本矛盾

恐怖主義如果要真正製造恐怖，那麼暴力必須非常激烈，暴力也必須非常普遍。然而在激烈且普遍的暴力陰影籠罩下，恐怖主義所要訴求的正義，也就被遺忘了。

如果不是有一位才華洋溢卻又思想激進的黑人導演史派克·李（Spike Lee），如果不是好萊塢眼見美國黑人的消費能力快速增長，為了爭取他們的鈔票而刻意栽培、甚至容忍史派克·李，今天就算是在美國，談起孖五○、六○年代轟轟烈烈的黑人民權運動，恐怕沒有多少人會記得提起馬爾孔·X（Malcolm X）。

這種狀況當然不公平。馬爾孔·X當年是「伊斯蘭國家」（Nation of Islam）組織最能煽動人心的發言人，對讓美國黑人形成明確族群認同、擺脫歷史性的奴隸命運，勇於向白人宣戰爭取平權，他的貢獻、他的影響力，在那個時代絕對不亞於馬丁·路德·金恩（Martin Luther King Jr.）博士。當年他在媒體上引起的注意、流傳在社會上的傳奇（例如他和拳王阿里之間的友誼），也絕對不會輸給金恩博士。

## 被遺忘的馬爾孔·X

可是才短短三、四十年，不過是一代的時間，馬爾孔·X的名聲竟然就逐漸被遺忘。尤其是和金恩博士形成如此強烈的對比，金恩博士被美國體制正式接納爲烈士，有了一個以他爲名的全國性節日，馬爾孔·X卻要靠史派克·李這樣一個游走於主流與非主流邊緣的導演，才將他再度推上社會意識的舞台上。史派克·李在一九九三年拍了一部關於馬爾孔·X的史詩電影，暫時拯救了馬爾孔·X在美國人心裡的位置不至於進一步侵蝕流失。不過這個位置能夠維持多久，卻誰也沒有把握。

金恩博士和馬爾孔·X，這兩個人其實有許多相同之處。除了在同一個時代裡活躍，都是黑人民權運動的急先鋒，都帶領黑人走過許多關鍵的抗爭時刻之外，他們兩人都有非常特別、非常響亮的名字。金恩博士出身虔誠的基督教家庭，所以他的名字襲自基督教宗教史上最有名的改革者——十六世紀時攻訐梵蒂岡教廷因而觸動波濤巨闊的新教運動的馬丁·路德。

以基督教爲信仰主體的社會，不可能沒聽過馬丁·路德這個名字。

馬爾孔·X的名字卻是自己取的。他爲了凸顯白人對黑人的徹底奴役，黑人們甚至失去了自己的祖宗系譜，必須卑微地領取白人給他們的姓爲姓，或者更卑微地偷白人的姓爲姓，所以他把自己的姓改取爲X，那個在代數演算上最常被用來代表「未知數」的字母。對馬爾孔·X而言，他的來歷，不，所有黑人的來歷，都是未知數，都有待他那一代的黑人努力去尋求解答

的。

這樣的名字，和馬丁‧路德一樣響亮好記。

這兩位黑人民權運動的風雲人物，還有一個不幸的共同點。他們都死於血腥暗殺。金恩博士死在芝加哥的汽車旅館裡，馬爾孔‧X則死在紐約哈林區的聚會大廳。他們都在眾目睽睽下遭到突如其來的槍擊而當場斃命。換句話說，他們的死，同等戲劇性、同等讓人震駭。

## 兩人名聲落差的原因

有那麼多相似點，反過來問：到底什麼因素決定他們兩人三十年後名聲上龐大的落差？最重要的答案顯然在：金恩博士提倡「非暴力」，馬爾孔‧X卻主張以暴力手段對付白人、恐嚇白人，讓白人付出代價。

金恩博士當年在華盛頓的民權大遊行上所做的演說，演說辭成了美國社會的共同精神遺產。三十載以下，萬哩之外，這篇演說辭最近還在台灣出成小冊子，配上唐諾精采的導讀，針對高中、大學有心想要好好學英文的讀者。

馬爾孔‧X也曾經有許多震撼社會人心的著名演說。例如他去訪問哈佛大學時，最是英氣勃發的顛峰期，直接面對菁英學生、教授，淋漓盡致的轟動表演。可是這些內容卻絕對沒有人認為適合蒐集來給青少年做成長教材。

這就是最大的差別。暴力與和平、恐怖威脅與忍讓委屈。金恩獲得了道德正當性，所以讓人記得；馬爾孔‧X卻給自己一

份歷史上的尷尬，永遠陰魂不散地纏繞著他。

歷史始終都是個不公平的裁判者，因爲歷史往往衹能記錄表面、記錄最後的結果，歷史對深層、複雜的眞相，經常是無能爲力的。我們如果願意比一般歷史表面結論走得更深一點，我們會發現至少兩個充滿諷刺意味的眞實現象。一個現象是，如果沒有馬爾孔‧X老是信誓旦旦地恐嚇威脅，金恩博士不可能在爭取民權上獲得那麼顯著的成就。

馬爾孔‧X顯然代表了最激烈、最可怕的黑人復仇精神。以牙還牙、以眼還眼，以白人虐待殺戮黑人的方式，換由黑人加諸白人身上。這種血腥殘酷的圖像如此恐怖，相對就使得白人們覺得金恩博士的路線，具有高度的吸引力。本來他們認爲白人凌駕黑人之上，就是天經地義，他們不願打破這種秩序，對黑人做出任何讓步。然而突然間，在他們面前同時升起兩個選擇——要馬爾孔‧X，還是要金恩博士？他們當然覺得金恩博士可愛得多了，在馬爾孔‧X的邪惡暴力對照下，他們不再覺得對金恩博士讓步是件那麼困難、那麼不合理的事。

另外一個很諷刺的現象在，檢視所有的資料，民權運動中眞正出現暴力流血事件的，其實不是出在馬爾孔‧X領導的活動裡，金恩博士才是走在暴力邊緣的人。

## 金恩博士是眞正走在暴力邊緣的人

馬爾孔‧X最大的暴力，是他的語言。他不曾眞正去策動什麼暗殺、爆破的恐怖行爲。他的手沒有沾染什麼血腥，雖然他

自己最後犧牲在終極的恐怖暴力下。金恩博士卻必須靠暴力流血來推進運動。金恩領導的民權運動，每一次的躍進，幾乎都伴隨著激烈衝突事件，流的是黑人的血。金恩的非暴力能夠成功，其實是要靠誘引、甚至刺激強權的白人，尤其是南方強硬派的州長、警察動用武力。祇有面對強權暴力時，才有機會去展現「非暴力」的態度，才能藉暴力與非暴力的徹底對反，建立起民權運動的道德權力，喚起白人們的良心。

　　這是金恩博士從印度聖雄甘地那裡學來的抗爭策略。甘地所提倡的「非暴力」哲學，本來就是建立在幾個原則前提上的。前提之一是「非暴力」所要對抗的權力形式，必然是暴力的。在以「非暴力」忍受暴力侵襲的那一瞬間，暴力自然剝奪了本身的合理性，倒過來證成了「非暴力」這一方的道德優越位置。甘地解釋，在所有的衝突中，我們習慣兩種模式：一種是雙方同時使用暴力，以暴力來決定勝負，那麼我們不會對任何一方有偏袒；一種是強者使用暴力，弱者乖乖屈服不敢反抗，這種狀況下，我們頂多祇會對弱者發出被動的同情，卻不會主動去探索尋求、更不會去認同肯定弱者的立場。祇有一種不同的、大家不習慣的狀況下，會激發出難以估量的道德性支持力量。那就是被暴力加身時，弱勢一方不還以暴力，但卻也不退讓、不屈服。他們自願貢獻鮮血與生命，但暴力者一定得踩過他們的屍體與他們的生命，才能行使權力。

　　甘地最有名的行動就是號召大家前進海灘。前進海灘這整個運動，其實就是挑釁。他選擇了英國殖民者必得護衛的敏感地帶，讓成千上萬印度人去挑戰英國人的權威，甘地逼迫英國

人選擇：你要在眾目睽睽下屠殺成千上萬手無寸鐵並且絕對不抵抗的印度人來保護殖民權力，還是要把權力讓渡出來。英國人不能既要權力又不殺人，甘地和他暴力邊緣的非暴力哲學，不讓英國人喘氣，一波波的人往海灘去，你要保住海灘就得使印度人流血。

　　這種策略要能奏效，另一個前提是必須有公開讓暴力上演的管道。在以非暴力承受暴力的同時，甘地在邀請其他人來懲責、甚至羞辱使用暴力的人。暴力與非暴力的衝突，不衹是這兩方自己的事。如果衹是兩邊的事，那暴力可以無限制地吞噬非暴力。非暴力所做的痛苦犧牲，是爲了爭取第三者的支持，以第三者的力量來制衡、甚至制裁暴力者。有時候，這第三者的力量就在暴力者自己內心，剝掉了利益私心後的不忍良心。

## 對恐怖主義的反省與反動

　　甘地設計、金恩博士傳承的這套手法，其根源，就是對於恐怖主義行動的反省與反動。從十九世紀末，俄國出現以暗殺、破壞爲手段，追求烏托邦自由境界的無政府虛無主義者以來，很長一段時間，恐怖主義被視爲是弱勢者反擊強權，唯一的辦法。

　　從俄國無政府主義者開啓其端的這套想法，深浸在集權主義漫天蓋地的窒息統治風格中。無政府主義者認爲：集權主義如是強大，又如是腐敗邪惡，所以任何的破壞行動都是對的都是好的，而且在敵人擁有那麼多毀滅性工具可資使用的狀況

下，反抗者能夠得到的僅有優勢衹剩：敵明我暗、防不勝防。

俄國革命中出現許多暗殺、破壞的恐怖行動。恐怖行動在二十世紀初期普遍蔓延到世界各地，成爲各國革命志士推翻帝制皇權的主要手段。中國革命分子炸瑞澂、炸五大臣，更恨不得炸死掌權的慈禧太后。塞爾維亞人則暗殺了奧國大公斐迪南，結果引爆了第一次世界大戰。

一次大戰後，尙未從壕溝戰的血腥荒謬中回神過來前，歐洲的恐怖主義大幅退潮。然而恐怖主義卻隨著推動以色列建國運動的錫安教徒們，感染到了中東地區。以色列建國的這些前輩先烈們，許多人都是恐怖主義的忠實信奉者、實行者。以色列建國後最出名最強勢的總理比金，年輕時就在英國倫敦執行過轟動一時的爆炸暗殺計畫。

以色列訴諸恐怖暴力，阿拉伯人當然也就效法報復，這是今天整個中東不解之結最重要的源頭。

自己最後也還是死於恐怖暗殺的甘地，卻對從無政府主義傳下來的邏輯，進行了翻天覆地的大改造。甘地提倡「非暴力」，因爲他在恐怖主義裡看到絕對無法調和的矛盾。

## 暴力無法獲致正義

暴力太顯眼了，暴力太恐怖了，甘地提醒我們，暴力也許會讓你所選擇的對象害怕，但暴力也會讓其他人害怕。還有更重要的，在面對暴力時，暴力的顯眼會掩蓋所有其他的理由，暴力使其他理由相較下統統都成了背景。而且在恐懼中，人性

促使我們祇會、祇能用一種方式來反應，那就是否定暴力，同時也否定使用暴力的人。

矛盾就在，恐怖主義如果要真正製造恐怖，那麼暴力必須非常激烈，暴力也必須非常普遍。然而在激烈且普遍的暴力陰影籠罩下，恐怖主義所要訴求的正義，也就被遺忘了。

暴力改變了強弱關係，暴力也改變了道德立場。恐怖主義原本是弱者的不得已武器，然而在暴力破壞產生的瞬間，受暴者自然取得了受害者的身分，也就立刻得到了道德的同情。這才是為什麼甘地一方面要製造暴力衝突場面，一方面又堅持在暴力衝突中，弱者一方要甘願挨打，流血喪命都在所不惜，因為這樣通過暴力中介後呈現的，才符合正義的衡量。施暴者是強者，受暴者是弱者，弱者取得了道德上徹底、絲毫沒有曖昧模稜的勝利，這勝利是弱者唯一可以逼強者屈服的武器。甘地反對恐怖主義暴力手段，因為那樣混亂了原本的強弱關係、欺負人和被欺負的人之間的關係。

甘地顯然是對的，可惜的是，甘地對於暴力的洞見，卻沒能真正影響太多人。馬爾孔‧X祇是用口頭恐嚇宣揚暴力，就被剝奪了民權運動當中的貢獻，這不是說明得很清楚了嗎？當然更清楚的是：世貿中心及五角大廈被摧毀後，世人的反應。誰還去理會美國在中東在阿拉伯半島做了些什麼？誰還能面對數千名的無辜受難者，說美國才是強者施暴者呢？

恐怖暴力帶來自身的逆反，把世界益發帶到和他們想要的完全相反的方向去。甘地講得那麼清楚明白，可是除了金恩博士，別人都沒有真正聽進去。

# 向卡斯楚學習！

卡斯楚在古巴統治四十年，真的不是靠暴力威嚇，也不是靠嚴
格監視控制，而是靠小心翼翼維持與人民之間緊密的關係，他
表現在外的個人威權，背後是靠實實在在的醫療、教育與社會
福利支撐起來的，他不會搞我們熟悉的那種個人崇拜，因為那
會是他的政治自殺。

有些人、有些事、有些東西很難讓人聯想在一起，可是正
因為它們的異質性，一旦放在一起時，會讓我們對這個世界有
更廣闊或更深刻的認識。

在美國外交政策上，有一位最著名的大保守派，叫柯姆斯
（Jesse Helms）。他長期以來據坐在聯邦參議院外交委員會主席的
寶座上，一直到二〇〇二年大選之後，他才從外交委員會主席
的位子上退下來，讓給了拜登參。

## 何姆斯與U2

何姆斯隸屬於共和黨，而且是個死硬的大保守派。他在外

交事務上的保守反對立場，又加上他對外交政策的龐大影響力，使得他成了美國新帝國主義的邪惡代表，也使得他成了美國、甚至全世界左派進步分子的眼中釘、肉中刺。

美國最著名的左翼激進周刊《國家雜誌》（The Nation），幾年前曾經刊登過一張廣告，用意在鼓勵讀者訂雜誌送朋友做耶誕禮物。然而廣告正中央卻是一張短簡，上面寫著：「我辭職」，底下簽名是Jesse Helms，廣告大標題：「這是你能送給朋友的最佳禮物。」然後才有小標說：「如果沒辦法送這樣的禮物，也許你可以送朋友一年的《國家雜誌》。」

這個廣告如此傳神顯現了何姆斯的分量與位置。跟能夠把何姆斯從國會趕走相比，《國家雜誌》願意反諷地屈居於次要地位。恨何姆斯入骨卻又對他無可奈何之情，溢於言表。

這樣一個老古板、大保守派，任誰都想不到，他最喜歡聽的音樂竟然是搖滾樂，他最欣賞最崇拜的歌手竟然是愛爾蘭的搖滾樂團U2。

何姆斯在任的最後一年，U2的主唱Bono為了鼓吹富國打消窮國外債，硬著頭皮去拜訪何姆斯。Bono選擇擔任窮國外債問題的代言人為他舞台表演之外的良心奉獻事業，他找過世界銀行、找過國際貨幣基金、找過白宮、找過國務院，當然也得找美國國會、找何姆斯。

據Bono方面傳出的消息，聽完Bono說明在撒哈拉沙漠以南的非洲地區，一半的兒童營養不良，五個兒童中就有一個活不到五歲，何姆斯竟然為之潸然落淚，而且立即同意了將支持柯林頓提出的預算，以四億三千五百萬美元專用來打消窮國外

債。

雖然何姆斯的助理祇願意承認何姆斯議員「深受感動」，不過何姆斯會和U2、Bono連結在一起，已經是個天大的消息；何姆斯會因為受Bono的影響而改變外交上的保守態度，更是石破天驚的大新聞。

這麼兩個不應該放在一起的人在一起了，說明了許許多多的事。

說明了何姆斯老了，他年輕時曾經受過搖滾狂飆年代影響的經驗，開始回頭在他練得圓熟的政治門面上敲開一個大洞。他無法再維持做一個堅決無情冷靜的保守派。果然，沒多久之後，何姆斯就離開了參院外交委員會主席的職位。

這一碰撞也說明了美國真的富裕到了一個程度，對再嚴苛的保守派來說，三億美金都不再是必定要爭到底的重要疆土了。而且說明了：再狠心再現實的保守主義原則，也有其極限。你不可能你沒辦法在自己的國家連續經濟高度成長繁榮了十年之後，政府預算從大量赤字轉成了過剩，卻對別人的小孩在飢餓邊緣掙扎，裝作視若無睹、繼續無動於衷。你就是不可能、沒辦法。

這些外在大幅改變的條件，軟化了美國的保守鷹派。Bono和搖滾樂則敲開了一道小裂縫，讓情緒傾瀉、讓立場翻轉。

## 流行文化的強大滲透力

當然，Bono和何姆斯的碰撞也說明了流行文化有多麼可

怕、多麼強大的力量。它們幾乎無所不在、它們幾乎攻無不克。

包括全世界最後一個共產主義的堡壘，卡斯楚統治下的古巴，都躲不掉流行文化工業的大舉入侵。中國大陸是早就淪陷了，甚至還積極加入參與在製造流行名牌、推廣流行名牌的行列。然而讓人最驚訝的是，被美國禁運抵制了幾十年的古巴，現在在首都哈瓦那竟然有了以約翰・藍儂命名的公園。藍儂公園再過去不遠，則有另外一個公園叫黛安娜王妃公園。

整個哈瓦那有很多以人命名的公園、街道，也有很多銅像、紀念碑，不過連藍儂公園都有了的情況下，我們難以想像的事實是：到目前為止，沒有任何一個公園一條街道是以卡斯楚命名的；走遍哈瓦那，你也看不到任何一座卡斯楚的銅像。

卡斯楚當然是個集一切權力於一身的獨裁者。他從一九五九年掌權到現在，七十五歲了依然是古巴唯一的強人。雖然很早就有各種傳言猜測他的身體狀況有多麼不好，雖然他最近還在一次公開場合裡暈倒，不過古巴到目前還找不到任何可能接下領導棒子的人，更別說有什麼人可能擠走卡斯楚。

卡斯楚當然也搞個人崇拜。他最擅長的本事是長篇演說，以他的標準，一個小時的演講是極短篇，三個小時是正常長度。一九九七年時，邁阿密電視台報導說卡斯楚過世的消息惹火了他，他索性在哈瓦那公開接受電視台即時專訪，一訪訪了七個小時，中間完全沒有廣告沒有休息，卡斯楚甚至沒有去上過一次廁所！

卡斯楚的長篇演說是一種真理的姿態。藉著超乎常人集中

注意力認真聽講合理範圍的演說，卡斯楚一方面展示了他自己超人的體力、他對事物無所不知的全面掌握；另一方面也展示了別人對他的絕對服從，聽他演講本身是一種紀律訓練，也是一種馴服的表達。

不過除了這項之外，卡斯楚對於個人和群眾間的關係，有和其他獨裁者非常不一樣的地方。沒有銅像沒有卡斯楚街沒有費德爾廣場（古巴人都親熱地喊他的名字Fidel，而不加任何敬辭，這點又是大不同之處）祇是其中一項。卡斯楚的家人幾乎從來不曝光，甚至沒有人知道他一共有幾個小孩。他居住的地方再隱祕不過，連古巴人都不曉得在哪裡，也就更談不上有人會去朝聖膜拜。

我們可以想像，這其中一定有安全上的顧慮。畢竟依照卡斯楚自己的計算，歷來大大小小一共有六百次針對他的暗殺計畫，他竟然還能活著，真是個奇蹟。不過我們也不能抹殺了，還有別的因素塑造了卡斯楚這種特異的風格。

## 群眾透過卡斯楚在演講

例如說我們不應該抹殺了，卡斯楚一直將他早年同志格瓦拉對他的評價，謹記在心。格瓦拉形容卡斯楚最大的本事、最大的長處，就在「能夠源源不絕地傳遞古巴人民的意志」，他能夠「與人民共鳴」。格瓦拉很早就觀察到，卡斯楚在做長篇演說時，講到一定程度，他會進入一種完全不同的境界，不是他在對著群眾發表演說，而是群眾藉著他把在他們心裡想的吶喊出

來。他們需要卡斯楚，是因為透過卡斯楚，他們才知道原來那麼多人都跟自己有一樣的想法。

卡斯楚很明白、也很在意他是藉著這樣的素質，才能夠領導革命，才能成為古巴的政治領袖。所以他不輕易讓自己和這種人民意志、人民脈動太過脫節。

卡斯楚的出身背景其實有滿多故事可供流傳的。他的爸爸是個有錢的地主，所以能供他去上昂貴的私立中學，又到哈瓦那大學念法律。不過據說他在哈瓦那大學念得最起勁的是法國文學。他媽媽比他爸爸年輕三十二歲，是標準的老少配。一九五八年，卡斯楚已經參加了革命，他回到家裡當眾宣布將土地無條件無償發放給租佃土地的農民，他媽媽氣得拿起來福槍要跟他拚命。

不過我們對這些故事的瞭解卻是片片斷斷的，卡斯楚沒有製造、出版過官方傳記，他的老家，儘管被視為是古巴土地改革的重要史蹟，卻在卡斯楚的命令下不得對外開放，他不要人家去朝聖。就連搜集編纂卡斯楚家族歷史，他都不願意多幫點忙。

這是卡斯楚，一個不願意凸顯太多自我、個人的獨裁者。這看似不能在一起、不應該在一起的特質，又為我們提供了許多智慧與洞見。

首先是提醒了我們，不要用太想當然耳的方式來評斷卡斯楚和古巴。古巴是窮，然而古巴人卻比二十世紀中大部分國家大部分時期都享受了更高的經濟人權。他們有雖然微薄卻公平普遍的社會福利，他們也有健全完整的教育制度，他們還有其

他文明開發國家裡找不到的醫療照顧系統。這些成就都是真的，因為卡斯楚不是個我們可以想當然耳的獨裁者。

其次也告訴了我們，卡斯楚絕對不是想像中那麼死硬不能妥協的領導人。在所謂的「特別時期」，也就是古巴經濟最困窘的九○年代中，卡斯楚畢竟讓步採納了美元為合法流通貨幣、開放了外資合營企業，藉此來保有他最在意的革命成果——醫療、教育與社會福利。

卡斯楚做出的最大讓步，是允許出亡的古巴人自由回到古巴，把他們在外面賺到的美元帶回古巴去。卡斯楚是個最不能忍受被背叛的人。他對這些棄他而去的古巴流亡者，表現了多麼強烈的鄙視與憤怒，然而他竟然可以對他們展現好意，因為他清楚，如果讓古巴經濟再惡化下去，失掉了醫療、教育與社會福利，那才真的是最殘酷的背叛，對他自己一生革命努力的背叛。

## 不靠暴力也不靠監視的極權統治

卡斯楚在古巴統治四十年，真的不是靠暴力威嚇，也不是靠嚴格監視控制，而是靠小心翼翼維持與人民之間緊密的關係，他表現在外的個人威權，背後是靠實實在在的醫療、教育與社會福利支撐起來的，他不會搞我們熟悉的那種個人崇拜，因為那會是他的政治自殺。

卡斯楚還是個獨裁者，他的權力沒有民主根據。然而這樣一個獨裁者，他在維持與人民的關係上的努力，可有許多值得

我們這種新興民主國家政治人物多加學習的地方吧！

連何姆斯都可以被U2與Bono感動，我們換了個正面角度看看卡斯楚、學學卡斯楚，也沒有什麼不可以吧！

# 英國和台灣
# 都找不到執政黨以外的選項

無從向外找到選項時，媒體再多負面的報導，都不可能動搖支
持者的決定。甚至還有可能，倒過來產生另外一種不信任媒體
的心理機制。這些選民別無選擇，祇能選擇執政黨，在這樣的
困局裡，他們看到媒體不斷攻擊他們唯一有的選擇，造成他們的
矛盾與痛苦，於是他們很可能受激而怨恨媒體、拒斥媒體。

二○○一年五月八日，英國首相布萊爾正式揭開國會大選
的序幕。他先到白金漢宮拜見了女王伊麗莎白二世，表明了解
散現有國會的決定，然後下一步，他要向大眾公開宣布這個訊
息。

這本來祇是個固定儀式。其實英國民眾早已經透過媒體知
道了將要到來的這場選舉的所有相關消息。但基於尊重傳統、
尊重皇室的立場，這套程序還是不能省略。

## 布萊爾的「創舉」

不過那天布萊爾卻做了件違反傳統的事。他沒有依循慣例回到唐寧街十號的首相官邸，行禮如儀宣布舊國會解散。他特別選了一所倫敦南部的教會學校舉行公開儀式，並在記者會上發表了長篇演說。

選上那所學校，因為在布萊爾的工黨執政四年間，那所學校獲得了充分的財政補助，能夠鹹魚翻身，提供高品質的教育。不過雖然面對許多學生，布萊爾在意注意的，卻顯然不是他們。他不衹在演說中大量使用學生根本不可能聽得懂的艱難字句，而且絕大部分時間眼睛看著新聞媒體架設的攝影機，渾然忘卻了學生的存在。當然，反過來看，學生們也對布萊爾的演說興趣缺缺，打瞌睡的打瞌睡，交頭接耳的交頭接耳。

這樣一場做作的典禮，引來了英國媒體幾乎一致的撻伐之聲。幾乎所有媒體都提到了：像這樣明顯為了追求媒體效果而去安排的儀式，不衹破壞了英國的傳統，而且清楚地看出受到美國競選風格的影響。媒體也不乏點出：這次工黨的競選班底裡，至少有兩位核心幹部，是曾經參與過柯林頓陣營運作、越洋遠道而來的傭兵。

選舉一開跑，工黨連續在媒體上鬧出嚴重的負面新聞。副首相普雷斯科特（John Prescott）在初選時被選民丟雞蛋，普雷斯科特竟然就在眾目睽睽之下出手還擊，向人家飽以老拳。內政部長則在警察協會演說時遭到全場噓聲攻擊。另外一位工黨重要幹部又在接受電視訪問時被問到不喜歡的問題，當場憤然

拂袖而去，留下非常難看又難堪的鏡頭。

更尷尬的是布萊爾自己。他在訪問一家醫院時，遇到了一名罹患癌症的女子，當面歷歷指責工黨主政下不當的國家醫療服務，給她增添了多少病痛之外的折磨。可以想見媒體不會放過這些新聞。慘的是，工黨還拿不出什麼實質的政策牛肉，來移轉媒體注意焦點。特別為這次選舉起草的「宣言」雖然洋洋灑灑寫了兩萬八千字，幾乎是保守黨宣言的三倍長度，然而一發表，卻引來了媒體更多的嘲諷與訕笑。

因為裡面實在沒講什麼值得報導的內容。十條重點目標中盡是些路人皆知的老生常談，例如追求經濟穩定、提高全民平均所得、提供更好的醫療服務等等。那麼沒啥新意的政見主張憑什麼可以寫那麼長？因為裡面包含了許多詳細到令人忍俊不住的說明。例如在增進醫療服務品質的項目下，有一個段落承諾要在二○○五年之前，讓癌症的診斷與治療的時間距離，縮短到一個月以內。

難怪媒體會要問：這樣的承諾究竟對誰會有吸引力呢？癌症對病人來說，是何等嚴重的大事，每個人的心情必定是希望越快進行治療越好。這樣一項政策，一方面凸顯反映了現行醫療體制荒謬的無效率狀況，已經診斷出癌症了卻沒辦法即時取得治療照顧；另一方面不又透露了「一個月以內」這個時間設定的殘酷冷血嗎？而且，竟然還要等到二○○五年才能夠實現！

這真的是官僚邏輯下自以為是的福利政策。拿出這樣的東西來占滿空洞的篇幅，對「宣言」的號召力，顯然祇有負面的

傷害，沒什麼正面的幫助。

## 錯誤百出的工黨選戰

工黨的競選活動，就這樣一路跌跌撞撞。出了一大堆錯誤，而且每次犯錯都被新聞媒體抓個正著，大批特批。如果光是從媒體的態度、語氣來評斷，我們真是必須說，工黨看來搖搖欲墜、岌岌可危。

但是，六月七日大選投票，布萊爾帶領的工黨再度獲得壓倒性的勝利。工黨不衹是取得了未來五年的執政權力，而且連續兩次重創保守黨，除非有奇蹟或強人出現，否則保守黨即使到五年之後，都不太可能有復興的契機，恐怕很難和工黨抗衡。

這樣的選舉經過，回頭看看想想，是不是和台灣二○○一年底的國會選舉有著某種類似呼應？我們的執政黨也是連連犯錯，在媒體上也是招惹來了頻繁的指摘攻擊，在幾乎沒有任何好消息支撐的情況下，選舉最後卻是以執政黨的大勝收場。

為什麼會這樣？這樣的不尋常過程與結果的對比對照，說明了什麼？

在英國和在台灣一樣，首先說明的是反對黨不堪一擊。執政黨犯了這麼多這麼大的錯誤，還能贏得勝利，因為民眾思前想後，還是找不到執政黨以外的別的選擇。

巧合的是，領導英國保守黨的海格（William Hague）竟然和在台灣領導國民黨的連戰，有些相似的地方。雖然他們兩人

年齡相去甚遠，連戰已經過了花甲之年，海格則是正值四十歲出頭的青壯之年。

不過在英國，海格給人家的感覺，是個職業政治人物，一輩子都在政治裡打滾。他十六歲時就參加保守黨代表大會，發表了一場全國矚目的演講。然而早出頭的代價是大家都對他太熟悉了，他雖然年輕，卻無法給人家新鮮感。

海格最大的問題，在無法替保守黨找到新的定位。他能夠吸引的選民，幾乎都是最傳統的保守黨支持者，換句話說，他們已經習慣於支持保守黨，不是爲了理念、政策而選擇保守黨的。

這批海格能動員的支持者，一個共同特色是年紀很大，選舉造勢場一眼看過去都是老先生老太太，年輕人完全絕跡。另外還有一個特色，他們有著一樣的中上層階級出身，幾乎清一色都是白人。

保守黨的封閉一致性，成了他們最困擾的麻煩。這群人的基本價值就成了保守黨的基本訴求。他們討厭外國人來「污染」英國，所以要訂定法律刁難外來移民。移民者即使通過所有入境審查程序，還需要在拘留中心待一段時間才可以。他們也討厭氣焰日益高漲的歐盟，所以在和歐盟的關係上，保守黨就絕對不肯加入歐元體系，要捍衛英鎊。他們也要求減稅，而且要求嚴厲打擊犯罪。

這些主張，不能說一定不對。然而這些主張卻太明確，明確到沒有轉圜的餘地。如此明確的立場，明確到被別人質疑時卻找不出空間來辯白。尤其敏感的是，英國在健康醫療及教育

上的投資明顯不足，許多人日常生活中已經深受其苦，這些人對減稅主張自然有所疑慮，可是保守黨對他們的疑慮，既無同情也無回應。

## 海格與佘契爾夫人的關係

海格另外一個大包袱，是他和前首相佘契爾夫人之間的關係。英國漫畫家最常畫的海格，就是把他畫成一個坐在由佘契爾夫人推的娃娃車裡的小孩。佘契爾夫人可能在幕後操控海格影響政局，這還算小事，在選舉中更關鍵的是：和佘契爾扯得那麼緊，海格就沒有空間可以去清算舊保守黨的遺產，沒有機會和舊路線劃清界線，進而尋找、塑造出新的保守黨形象來。

海格本身顯然也沒有這樣的企圖。當他祇想抓住保守黨的老尾巴時，工黨祇憑一項條件，就足以殺得他落荒而逃。那就是工黨還能吸引理念、政策認同型的選民，工黨的支持者具有高度的多元性格。

布萊爾和柯林頓，是「第三條路」最重要的推手。「第三條路」和「新中間路線」一樣，都是高明的宣傳工具。不管是「第三條路」或「新中間路線」，它們共同的效果都是：一方面模糊、曖昧，隨時可以調整擺進各式各樣的東西；另一方面在形式上卻仍堅持這是條「路線」，假裝在這些雜七雜八的東西背後，還是有一套哲學、有一套定見。

如此就能吸引各種不同想法的人，去想像、解釋「第三條路」或「新中間路線」為符合自己信念的價值系統。他們因認

同想像中的那套哲學、那套看法，而選擇支持布萊爾或柯林頓。

這是他們的魅力所在。有理念型、多元化的選民，才能保障選民結構不至於僵化，才能維持足夠的「動員活力」。

回頭看台灣的情況。民進黨其實是贏在國民黨與親民黨的相對封閉固守上。兩個反對黨都沒有真正開發出理念典範，也沒有吸納理念資源的能力。國民黨根本找不到自己的政策立場了，親民黨則是太過於依賴宋楚瑜的個人崇拜力量，而既然是「崇拜」，中間自然也刺激不出太多的理念來了。

民進黨就多有理念嗎？民進黨的理念到底是什麼？我們可能講不清楚說不明白民進黨的理念是什麼，然而別忘了，民進黨成長的歷史背景，使許多人先入為主「相信」它是個理念主導的政黨；也使許多人先入為主「相信」自己是基於理念的原因才支持民進黨的。

在這樣的背景前提下，理念的模糊反而成了資產而非負債。除了在族群一項上的僵化外，不管是性別或階級或世代的變數上，民進黨都擁有高度的跨界吸引能力。

## 結構板塊比媒體有力

這說明了選舉中的結構板塊，還是比媒體更有力。在英國和在台灣，許多人面臨的難題是：找不到執政黨以外的其他選項。其他選項和執政黨不管在風格上或立場上或形象上，都差距太遠，造成了執政黨選票無從流失的詭異局面。

　　無從向外找到選項時，媒體再多負面的報導，都不可能動搖支持者的決定。甚至還有可能，倒過來產生另外一種不信任媒體的心理機制。這些選民別無選擇，祇能選擇執政黨，在這樣的困局裡，他們看到媒體不斷攻擊他們唯有的選擇，造成他們的矛盾與痛苦，於是他們很可能受激而怨恨媒體、拒斥媒體。

　　從英國的情況，類推台灣，我們會發現二○○一年選舉的一個副作用，是媒體在這兩個社會進一步被污名化。其實不管在英國或台灣，媒體對執政黨的監督批評，都在基本規範紀律內，也多半言之有物、言之成理。然而政治板塊的因素，尤其是反對黨的不爭氣與轉型不成，造成上述執政黨選票無從移轉流失的怪異現象，被卡死在執政黨陣營中的選民，看到聽到那麼多對執政黨的攻訐，油生一股厭惡與反彈。雖然隱藏在心底的思考可能是：「我別無選擇，祇能選這個了，你為什麼要一直找出這個東西的毛病，逼我承認自己是個傻子蠢蛋呢？」可是表層顯意識的運作，卻一定變形成為：「這是我唯一的選擇，既然是我的選擇一定是好的。你們說他壞，就證明了你們別有用心，另有陰謀。」

　　這種心理，很不幸又被選舉結果給強化了。執政黨大勝，對支持者而言正是證明了「民心和媒體走向悖離」、「人民唾棄媒體」。於是媒體原本對執政黨所提出的那些批評和忠告，全都被貶為惡劣陰謀，動機可能是為了炒作收視率，更可能是自身的「統派」利益。

　　英國的知識人已經提出了警告，我們台灣似乎也該聽聽。選後媒體地位勢必受挫，尤其是媒體對執政黨的監督，將經歷

被去合理性及污名化的痛苦過程。執政黨將取得比選票比例更高的行動自由度，因爲這時它可以無視於媒體的反應與媒體的批評了。

選後政治與媒體勢力的消長，是不是朝警告的方向發展呢？大家平心思考一下，就能自己得出答案了。

# 彼得‧杜拉克的洞見

民間企業越是優秀的人才，他對於成效與效率間的思考模式，往往就越不適用於政府機構，他不習慣先考慮、決定該做什麼、要做什麼；他更不習慣在沒有成本與利潤依據下，從業務服務考量去決定該做什麼、要做什麼。

　　台灣處在典型的「後威權時代」，表現出許多明確的「後威權狀況」。「後威權」顧名思義，當然是走過威權之後的產物。「後威權」因為被太高太霸道的威權給欺負得太慘了，所以化為對任何形式威權的反對。舊威權崩潰了，任何和舊威權扯得上關係的，都不衹要被鬥垮，而且要鬥臭。甚至倒過來，鬥倒沒鬥倒，相對不是那麼重要，有些舊威權結構裡的人依然繼續穩坐在權力位子上；可是他們的過去，卻必定要被別人或被自己所徹底否定，也就是說，總得鬥臭才行。

　　另外也因為威權時代威權的絕對性，擁有絕對威權的人「官大學問大」，擠壓得其他部門不可能出現自己的專業權威。「後威權時代」於是也就很難建立什麼樣的新權威，誰也不服誰、誰也不信誰。

## 權威之必要

廣義地從人類文明智慧累積上看；狹義地從社會工程學（social engineering）的角度看，完全沒有權威，其實也必然形成社會資源的混亂與浪費。沒有權威，就表示所有的事，大家都得自己去想、自己去試、自己去獲得教訓，可是好不容易取得的知識、智慧與教訓，又祇能供自己使用。

這樣的社會，發洩了威權時代的鬱積不滿，可能有了好一點的集體心理保健；可是這樣的社會，卻也必然出現一些跌跌撞撞、反反覆覆得莫名其妙的錯誤。

「後威權社會」裡，最不值錢的就是「大師」。舊威權解鈕，四下什麼阿貓阿狗都冒出來充當「大師」，到處有大師，也就到處有人揭穿「大師」、嗤笑「大師」，結果彷彿所有的「大師」都是廉價宣傳品打造的，所有的「大師」都是某種程度的騙子。

不過真的應該提醒一下，如果一直陷在這種「後威權時代」，不斷在快速地捧紅「新大師」、砸毀「舊大師」的話，我們祇會讓自己愈變愈傲慢，從傲慢中生出愚蠢來，卻沒辦法長一點點聰明。

我們需要的，是慢慢走出「後威權時代」的習慣，認真去分辨什麼是真大師、什麼是假大師，然後才能透過對真大師的學習，領會到我們自己想破頭也沒有能力想出來的聰明道理。

## 真正的權威大師

在我的心目中，彼得‧杜拉克（Peter Drucker）當然是個歷經太多考驗、無可置疑的大師。大家習慣稱杜拉克為「管理學大師」，這稱呼不能說不對，畢竟「管理」成為一門學問，杜拉克本來就居功厥偉。不過「管理」成為一門學問，被和其他學門並列放置、並行發展時，它就慢慢失去了杜拉克剛創建「管理」這個重要概念時的恢弘目的與龐大向度，「管理」被愈來愈多瑣碎、機械、技術性的枝微末節擠塞得臃腫不堪。

杜拉克最大的貢獻，是以「管理」眼光來看整個世界。他提出了二十世紀是個高度組織化社會成立的觀察，以此為前提，才發現了組織各部門協調互動所需的知識與判斷，是這樣一個新的世界轉動的樞紐關鍵，才有了以「管理」為核心的思考建構。換句話說，杜拉克的「管理學」不是為了要解決企業經營上的管理問題，他的「管理學」是要提供我們對這個變化浮現新世紀的準確認識，也是為創造一組這個新視野中辨別事物的有效新座標。

杜拉克的見識有多準確、有多有效呢？最簡單的例子：他在一九七四年出版的「管理學聖經」──《管理：使命、責任、實務》（*Management: Tasks, Responsibilities, Practices*），歷經超過四分之一世紀，到現在仍然是最通用、最重要的管理學教科書。更值得讓人咋舌驚訝的，是這樣一本基礎教科書，用了二十多年，竟然依舊維持原版原貌，沒有修訂過。

杜拉克在為中文版特別寫的序言裡提到：「（這本書）是第

一套管理全書，也是第一套全面探討管理的著作，讓管理變成可以有系統學習的學科，更可以成功執行出來。自從這套書問世後，全球出現了一種管理風潮，部分原因是由這套書啓動的。每一年，在每個國家、每種語言，都有許多有關管理議題的著作出版。然而，令人驚訝的是，卻沒有人嘗試以系統方法，再去寫一本管理全書，這套書至今仍是市面上僅有的一套。」

杜拉克是眞驚訝還是假驚訝？他應該和所有涉獵過管理這一行的人一樣清楚：沒有出現另一本管理全書的理由，就是因爲杜拉克這本一直沒有過時，而且也很難有辦法超越。

## 歷時四分之一世紀還未落伍的智慧

現在這本書有了中文本，大家可以認眞地用最嚴峻最挑剔的眼光，逐頁逐頁、逐章逐章去檢驗，有多少杜拉克七〇年代初期說的寫的，到今天已經過時落伍不適用了的？

這樣的洞見，這樣的長遠視野，令人感到不可思議。尤其如果對照杜拉克在書中早已講得清清楚楚、明明白白的問題，今天卻還在我們周遭製造那麼大的困擾，我們會更覺得不可思議。

例如書中第十一到第十四章，講的都是「服務機構的績效」。其中杜拉克特別提到了以「民間企業人才」進入政府部門工作，必須要破除的迷思與可能製造的問題。

我們整理並延伸杜拉克的想法，可以得出幾點：

首先，民間企業有一種最基本、最有效的工具，作為控管指標依據，那就是成本與利潤。民間企業追求效率（efficiency），基本上就看成本與利潤之間的互動。換句話說，一個好的企業管理人，他隨時緊盯著這些數據變化，就能做出重要的判斷與決策。一個不尊重這些數據變化的人，也不可能在企業界生存。

再進一步擴大看，企業裡對於員工工作目標的管理，也是以成本與利潤為終極依歸。當然不同部門有不同部門的業務，甚至每個人有每個人的工作動機與工作成就來源，但大家都必須尊重成本與利潤的結構，成本與利潤是一切歧異的底線限制。

可是在政府機構，或者是服務機構，卻沒有這種簡單而可依賴的效率指標。政府機構內部，各個工作人員之間，也沒有這套最基本的共識。政府機構的業務、使命，因而更依賴其領導者的賦予。衡量效率的標準，也必須由領導人來訂定。政府機構的領導人，不能衹是追求效率，因為效率是空洞的、抽象的，他更需要的是獲致「成效」（effectiveness）。照杜拉克的解釋，「效率」是「用對的方式做事」（do the thing right），而「成效」則是「做對的事」（do the right thing）。

在民間企業，衹要成本控制、利潤增加，就彰顯了效率，效率也就肯定了成效。兩者間具有非常密切的連動關係；然而在政府組織先確定什麼是「對的事」，才說得上什麼是「對的方式」，中間並不存在一套空洞、抽象的「對的做事方式」。

## 政府與企業就是不一樣的

舉例來說，要建核四和要廢核四，就有兩種截然不同的做事方式。建核四的效率手段如果搬去用在廢核四上，怎麼可能還有效率？效率是由要做的事來決定，甚至來定義的。

民間企業越是優秀的人才，他對於成效與效率間的思考模式，往往就越不適用於政府機構，他不習慣先考慮、決定該做什麼、要做什麼；他更不習慣在沒有成本與利潤依據下，從業務服務考量去決定該做什麼、要做什麼。

杜拉克說：「所有機構都需要效率，但服務機構通常缺乏競爭，因此不像在競爭市場（有時甚至是寡占市場）上的企業那樣面臨成本控管的壓力。服務機構的基本問題不在成本太高，而是缺乏成效，有些服務機構的確非常有效率，但往往沒做對事。」

另外，政府機構與企業最大的不同，在於它沒有辦法靈活調整。它沒辦法靈活調整專注的焦點，它也沒辦法靈活調整放棄過時的服務業務。

企業靠專注焦點打下市場、鑄造成功。然而政府，尤其是民主政府，卻必須面對選民與選票，所以不可能專注做好一件事、一些事，放棄不管其他的。

政府單位的存續，不是靠市場靠成本利潤互動，而是由組織法和預算來決定的，因此最難、最慢被淘汰。每一個新上任的政府部會首長，一定面臨自己部門內高比例的老舊單位，使得資源浪費在這個社會其實已經不需要的業務上。

從民間企業來的主管，基於「專注焦點」的成功原則，往往不能明瞭各類不同行業、不同背景民眾的需要。他們傾向於把資源用在自己熟悉、自己認定有價值的領域，結果引起嚴重的反彈。

杜拉克舉了尖銳、明確的例子。「一個擁有二十二％工作鞋市場的製鞋商，其事業處於獲利狀態，如果這個製鞋商成功地把市場占有率提高到三十％，而這種鞋子的市場又呈現成長狀態，則這個製鞋商的績效無疑是非常成功。不必過分擔心另外七十％向其他廠商購買工作鞋的顧客，也不需關切流行女鞋的市場。

「然而，同樣情況換成是報酬來自預算分配的機構，態勢就不一樣了。此機構的預算必須獲得所有可被視為其服務對象的同意或勉強同意，二十二％的市場占有率對一個企業而言可能相當滿意，但對一個報酬來自預算的機構而言，被七十八％或甚至更小百分比的民意拒絕，是件非常嚴重的事。」

## 還要迷信從民間企業舉才嗎？

大師的語言、大師的智慧，我們還要迷信從民間企業舉才，硬生生地把他們推上政府決策的高位上嗎？

宗才怡遇到的窘境，固然有一部分來自她個人的資歷、準備，與經濟部長這個職位完全不相吻合；然而在這窘境背後，更值得我們警惕深思的另一部分，則是包括林信義副院長在內的人事布局，錯亂了企業與政府的人才素質條件，真的能為台

灣開創什麼樣的經濟前景嗎？

　麻煩大家，尤其是高層負擔國家管理責任的政府官員，讀讀杜拉克吧！

# 狂風暴雨式的「李登輝新聞」

李登輝之所以會變得那麼重要，李登輝之所以一有新聞就那麼
轟動，很多時候不是新聞本身牽動議題的力量，而是我們的新
聞界在處理他的新聞時，自然而然地變得那麼有情緒。

美國人之愛做調查的。不管風氣怎樣改變，不管歷來學院
裡的學派怎樣來來去去、此起彼落，美國社會骨子裡依然是堅
守「實證主義」立場的。凡事都必須蒐集、歸納證據，凡事不
是「眼見為信」，而是「有調查方為信」。

美國眾多的高等學院裡，聚集了龐大的調查資源。美國的
高等教育理念中，將教學與研究緊密聯繫在一起，一方面相信
受教育是人的基本權利，所以廣設大學不遺餘力，另一方面又
篤守「不出版就毀滅」（Publish or Perish!）的學院學術行規，結
果就是讓美國有一大堆在壓力下非做研究做調查不可的教授
們。

## 美國格外發達的調查文化

　　這種特殊狀況造成了美國格外發達的調查文化，在其他國家其他地區很少見的。像台灣不能說不重視教育吧，最近幾年大學院校簡直以比老鼠繁殖還要快的速率衍生，而且台灣教育體系又深深受到美國影響，不過台灣會有許多教授許多老師，卻不會有那麼蓬勃的調查活力。我們把「不出版就毀滅」稍稍改頭換面引介入台灣，成了「沒著作就不能升等」，壓力還是有的，可是面對「著作」之必要時，我們的老師我們的教授的優先選擇，往往是去抄書去摘譯，而不是去做調查。

　　這就是文化的差異。在底層裡，台灣人仍然對文字有高度尊重，不覺得非得在實證現象搜查整理領域中才找得到真理；再加上文字抄來抄去剪剪貼貼又剛好比較省事省錢，也就得過且過了。從我們習慣的角度看美國人做的調查，當然有很多我們要忍俊不住，覺得他們真是小題大作，不過畢竟還有更多調查會讓我們扼腕嘆息：「如果我們也有類似的調查，調查也能發揮類似的影響就好了！」

　　舉個例吧。美國最近有個學術機構，耐心地對過去十二年來股市分析師曾經做過的各種實際建議——該買該抱還是該賣哪些股票——全面蒐集，然後以電腦詳細地計算，結果發現：如果都按照這些明星分析師給的明牌去進出市場，十二年下來，沒有任何一位分析師的建議整體績效抵得過市場平均行情。換句話說，搞了半天，這些分析師明明白白沒幫人多賺到一毛錢！

　　注意，不是全部加起來的結果，而是沒有任何一位分析師
幫客戶真正賺到錢。這樣的調查對分析師來說，當然打擊很
大。他們紛紛提出各式各樣的說明解釋，尤其著重強調最近這
波不景氣吃掉太多累積的利潤，才使得他們的成績那麼差。不
過投資者不管那麼多，反正剛好現在股市狀況也不是太好，他
們索性不要分析師了，短短幾個月內，華爾街的股市分析師這
行，過去呼風喚雨多麼不可一世的這群新貴們，快速失勢。這
中間固然有大環境變動的因素，可是也千萬別忽略了一項扎實
完整調查可以散放出的恐怖殺傷力！

## 媒體公平性的細膩調查

　　再例如說，最近幾年每到選舉，我們會開始關心起媒體公
平性的問題。不過我們的調查頂多祇做到統計幾則新聞多少秒
數的「量」的累積，正面或負面的「質」的分析做得很少很粗
淺，可是你知道美國人在這方面調查已經做到什麼程度了嗎？

　　早在近二十年前，一九八四年時，一群心理學家就做過新
聞主播非意識性的好惡偏差調查。他們的作法是剪出當時三大
新聞網夜間新聞主播，一般被認為最成功最具公信力的彼得‧
詹寧斯（Peter Jennings）、湯姆‧布羅考（Tom Brokaw）及丹‧
拉瑟（Dan Rather）三個人播報選戰新聞的片段，每一段祇有兩
秒半左右。這些新聞牽涉到共和黨候選人雷根和民主黨候選人
孟岱爾，可是心理學家卻把它們全部消音，不讓受測者聽到任
何新聞內容。

這些受測者看著一段段沒有聲音、不知道內容的畫面，專就螢幕上主播的表情打分數。從「最負面」到「最正面」給零到二十一不等的分數。

拉瑟和布羅考兩個人的得分都滿中性的，而且報的是雷根的新聞或孟岱爾的新聞，也差別不大。比較特殊的是詹寧斯，他報選舉新聞，整體比其他兩人都來得興奮些，而他播報到與雷根有關的新聞時，從得分上看來簡直就是「喜形於色」。

算秒數，甚至分析新聞本身的正負面，美國三大新聞網都不太可能犯下讓人抓住不公正把柄的錯誤，然而心理學家精密設計的調查，卻洩漏了專業主播心底的祕密。

不祇是這樣，調查進一步還發現，雖然新聞界的普遍評價認為，詹寧斯所屬的ABC（美國廣播公司）整體上是對共和黨及雷根最不友善的，然而看ABC夜間新聞的觀眾，投票給共和黨及雷根的卻高於投給民主黨及孟岱爾的。

還有更值得注意的。雖然在新聞成就上，這三位主播難分軒輊，三個人也都各有特色，然而幾項調查結果，詹寧斯卻是被評為最受歡迎的主播，而受歡迎的主要理由是他最具有感染力。

將各項調查拼起來，我們發現：觀眾其實不愛看真正客觀公正、理性沒有情緒的新聞資訊，觀眾喜歡的是適度的好惡表現，而且這種好惡表現會受歡迎，因為它會刺激出反應，當然不祇是正面的反應。

回顧美國十幾年前做的調查幹什麼？一來是我很希望這樣的調查在台灣也可以照抄來做一下。測試一下各個電視新聞媒

體在播報到李登輝的新聞時，播報者的表情。我大膽預估那裡顯示的「負面指數」一定非常高。

## 為什麼碰到李登輝就激動呢？

為什麼遇到李登輝的新聞，這些人就會變得這麼激動，而且往往表現為抑制、掩藏不住的厭惡、忿恨與憤怒呢？要追究這個問題，就得要詳細分析台灣媒體的特殊生態，以及在這種生態下產生的特殊價值偏向，如此的分析可惜不是這篇文章裡能夠處理的。

光從現象上來看，我要提醒的是：李登輝之所以會變得那麼重要，李登輝之所以一有新聞就那麼轟動，很多時候不是新聞本身牽動議題的力量，而是我們的新聞界在處理他的新聞時，自然而然地變得那麼有情緒。

換句話說，如果由主播的表情評分來看，最有可能透露的訊息是：李登輝才是新聞界真正的煽情新聞。媒體弄了一大堆血腥的社會新聞、一大堆偷情與婚變的八卦，然而君不見這些所謂的「煽情」內容，根本沒有煽動主播和主持人的情緒，處理討論到這些新聞時，他們是冷靜的、客觀的，甚至是慵懶的、不耐煩的。

可是李登輝能夠真正觸動這些媒體工作者的情緒，而他們一旦帶著情緒處理新聞，不管怎樣包裝掩藏，觀眾很快就會意識到、就會把這樣的新聞視為是重要的新聞。

李登輝的重要性，尤其他的新聞衝擊力，其實真是被誇大

了。而弔詭的是，之所以會被誇大的原因，由於我們新聞界有太多真心討厭他、受不了他的人。這些人控制不了自己的情緒，也不曾打算真正按照新聞教科書講的那樣去控制情緒，反而大大增強了李登輝的感染力。

## 李登輝的新聞衝擊力

一碰到李登輝，即使是最瑣碎的消息、即使是再中性的現象，台灣都要經歷狂風暴雨式的情緒動員。情緒動員逼大家都看見李登輝、談論李登輝，大家的談論與注視，倒過來又逼新聞媒體去盯緊李登輝，在自我矛盾裡刺激出更多情緒來。

當然，我們如果把李登輝講話的畫面也剪成小片段，也都加以消音處理，然後拿給任何人去打分數，他們大概都難免會給他兩極的分數。李登輝對人對事，不是極正面極肯定，就是極負面極不屑，這是他和其他政治人物、甚至其他公眾人物很不一樣的地方。他的這種情緒特質當然也會推波助瀾，把自己老是推到新聞最前線去。

在這一點上，陳水扁具有的動能顯然就遜於李登輝，雖然陳水扁目前身為總統，儘管也有許多人對他有著高度的好憎情緒，不過陳水扁本身的表達，就沒有李登輝那麼戲劇性、沒有那麼豐富。

在排山倒海而來的情緒狂潮前，就連陳水扁也得讓路給還會繼續衝擊台灣社會的李登輝新聞吧！

# 不服輸、輸不起的艾佛森與李登輝

NBA球季結束的同時，台灣政壇上正是李登輝復出崛起的旋風
亂吹。我在接近八十歲的李登輝眼睛裡看到和艾佛森一樣不服
輸、輸不起的光芒。理智上，我清楚知道這是個亂象的開始，
又是一場台灣的危機；然而在感受上，我知道很多人跟我一樣
在預期著台灣政治會因李登輝的復出而注入許多新的活力。


二○○○～○一年的NBA球季落幕了，洛杉磯湖人隊贏得
了二連霸，證明了他們真的是全聯盟最強的隊伍。更可怕的
是，被視為是湖人隊「贏球方程式」的「歐布連線」——歐尼爾
和布萊恩，一個二十九歲、另一個更年輕到祇有二十二歲，不
祇是「來日方長」可以形容的。這兩個傢伙再這樣打下去，許
多人都不免咋舌地想，他們會創造出多長多旺的一個王朝啊！

## 另一個王朝的興起

講到「王朝」，大家當然直接想起上一個「公牛王朝」的盛
世。「公牛王朝」前後拿下了六座冠軍獎盃，其實本來應該是

八座的，少掉兩座是喬丹發神經提早退休跑去打棒球造成的。講起「公牛王朝」就會講到喬丹的榮耀、喬丹的神奇、喬丹的偉大，一連串的「喬丹話題」。不過別忘了，講起「公牛王朝」，還有另一個話題也值得好好談談，那就是在「公牛王朝」金光遮頂的情況下，被掩蓋掉、被犧牲掉了的悲劇英雄們。

NBA球迷都知道這個世紀上帝在籃球場上最惡劣的惡作劇——讓與喬丹同期的八四、八五年班，聚集了最多最具天才又最有特色的超級球員們。NBA歷史上，沒有比這兩年更是「人才密集」的了。可是這些換到別的時候都可以輪流各領風騷、各頂一片天的好球員、偉大球員，卻陰錯陽差地都成了喬丹傳奇的背景。

喬丹去打棒球那兩年，休士頓火箭隊乘機崛起，讓「非洲之王」歐拉朱萬賺到了兩枚冠軍戒指，連帶受益的還有適時轉隊來的「滑翔機」崔斯勒。可是到現在還死撐著不肯退休的尤恩和到現在還猶想密謀跟喬丹一起復出的巴克利，就沒那麼幸運了。還有卡爾‧馬隆與史塔克頓這「爵士二人組」，還有凱文‧強森，還有一狗票在球場跑啊跑總也摸不到冠軍盃的可憐蟲。

以「公牛王朝」做前例，我們設想：如果「歐布連線」真的打起來，年年進決賽年年打得對手七葷八素，那是不是又要生產出一堆倒楣和他們活在同一時代的球員啦？

險險逃過一劫的，是安東尼馬刺隊的雙塔，尤其是鄧肯。鄧肯絕對是目前全聯盟最棒最靈活的大前鋒。而且難得的是在一個講究花俏講究自我宣傳的年代，鄧肯卻是從做人到打球，

雖靈活卻絕不花俏、絕不誇張。看他進球得分，一晃過人，都覺得很簡單很輕鬆，要靠慢動作重播才能充分領略箇中的層層奧妙，看得擊掌叫好。

還好九九年馬刺隊拿過冠軍，鄧肯不至於被打入敗將的冷宮裡。不過九九年是罷工影響下的縮水球季，冠軍的意義連帶地也被打折了，鄧肯如果沒機會再拿下一個更真材實料的冠軍，畢竟還是遺憾。

更遺憾的還有一堆新生代各顯神通的能手。例如賈奈特、例如奇德、例如「新飛人」卡特，不過最最遺憾的，在我看來，第一名一定是艾佛森。

## 艾佛森的激烈性格

我不敢想像如果真有新一代的「湖人王朝」，如果艾佛森和七六人隊，真的沒機會拿下冠軍，那會是什麼樣的悲劇。因為艾佛森是個那麼不服輸、非贏不可的球員。

有時候看球過癮處，就在看球員眼底閃出來的那股鬥志，以及由鬥志變幻出來的魅力。作為一個頗有資歷的老球迷，我最自豪的經驗包括了，我曾經看過活塞隊的「控球之神」湯瑪斯在比賽最後一分四十秒內個人連得十六分的驚人表演。那麼不可思議的能量打哪裡來的？打從湯瑪斯不認輸不信邪、非贏不可的決心來的。

二○○一年季後賽，我看得最不順眼的是馬刺隊的羅賓森，馬刺對上湖人竟然全無看頭，羅賓森要負最大責任。雙塔

之一的羅賓森今年徹底失去了氣焰，幾乎場場陷入犯規過多的困境，正證明了他打球沒信心的弱點。氣勢上先讓了人家一大截，求勝意志單薄，讓人越看越氣。相反地，今年季後賽我看得最過癮的是公鹿隊的艾倫。這傢伙一向條件很好，一進NBA就保持兩位數以上平均得分，可是過去看他打球老是軟軟懶懶的，為什麼會懶？就是缺乏非贏不可的那股熱勁燃燒。今年的艾倫不一樣了，他敢擠敢搶敢纏敢投，那種球看起來才會挑動觀眾的情緒。

　　不過對艾倫而言，不幸的是他和他所屬的公鹿隊，在東區決賽遇上了比他更想贏球的艾佛森。說真的，自從湯瑪斯退休後，沒看過這麼輸不起的NBA明星。東區決賽第四場，費城七六人隊的布朗教練決定讓艾佛森徹底休息不上場，因為艾佛森滿身是傷，已經到了再打下去會掛掉的地步了。布朗教練寧可賭一場球，保住艾佛森還有機會撐住打完季後賽的可能性。

## 艾佛森眼中的凶光

　　艾佛森沒上場，七六人隊果然輸球。然而第五場回費城打，艾佛森歸隊，硬是拿下勝利。第六場換公鹿主場，換艾倫發飆了，一場球攻進平紀錄的九個三分球，早早就打得七六人隊暈頭轉向。第三節中，七六人隊最多落後到二十分。任何心思正常的教練，看到這種狀況都知道必須換上副將，保留主將體力準備拚第七場，尤其第七場七六人隊還沒有主場優勢。然而我們看到的卻是受傷最重、最需要爭取時間休息的艾佛森竟

然還在場上！

　　這當然不是布朗教練頭殼壞了，而是艾佛森仍然想贏這場球！而且更可怕的是，光靠艾佛森的意志力，七六人隊竟然可以把比數追到祇落後九分，讓原本以為勝券在握的公鹿隊大為緊張。公鹿最後還是保住了戰果，鬆一口氣的同時，他們一定心裡在暗笑：哈哈，艾佛森這樣白忙一場，下場表現很難不受影響吧！

　　東區決賽第七場打完，贏球的是七六人隊，英雄還是艾佛森！看艾佛森，就是要看七六人隊落後時，他眼珠裡冒出來的光。報復的凶光、激發出所有潛能的靈光。艾佛森打球還是很「獨」，球一到手上就進攻，禁區裡黑壓壓擠滿人，他一樣敢鑽，連籃框都看不見時，他一樣敢投。可是今年我們看到明顯地他的助攻大幅增長，我倒不覺得那是他幡然醒悟，開始在個性裡增加了「團隊精神」這項美德，毋寧是他找到了一種新的贏球武器，這武器證明真的有力，所以他捨不得不多用。

　　和艾佛森構成最強烈對比的，是這次擊敗他的布萊恩。布萊恩天生條件好得不能再好，布萊恩打球好看得不能再好看，然而布萊恩眼底就是沒有那把火。布萊恩和艾佛森是以完全不同的目的、不同的態度在打球的。艾佛森是寧可斷一條胳臂少一條腿都要贏球，布萊恩卻是為了追求更高更好的自我表演而打球。

　　我知道這樣講會得罪在台灣很多布萊恩的球迷，然而我還是要說，布萊恩並沒有從前兩年的個人風格裡轉化出來。他的個人主義最大問題就在要吸引大家的眼光、要表演。布萊恩這

兩年變得比較全面，是他發現了除了得分、灌籃，還有其他不同種的表演，包括巧妙的助攻。

## 「第三點爆發力」球員

布萊恩沒那麼在意輸贏，有一個明證——他很少是關鍵時刻關鍵出手的人。現在的湖人隊擁有「歐布連線」，可以保障每場的基本得分，這點的確使他們已經立於不敗之地了。可是真正碰到強敵時，湖人隊是贏是輸，就要看「第三點」有沒有發揮了。我覺得這「第三點」才是最可怕的「湖人必殺招」。

湖人陣中至少有四位具有潛在「第三點爆發力」的球員。福克斯、蕭、歐瑞和費雪。今年季後賽中尤其可怕的是歐瑞和費雪。大家把太多注意力放在「歐布連線」上，往往低估了歐瑞和費雪的關鍵角色。

總冠軍賽第五戰，真正挖坑埋了七六人隊的是費雪。那場球中，他一共得了十八分，統統都是在三分線外討得的功勞，三分外線出手八次命中六次，而且下半場至少有兩球是在進攻時間終了前出手中的。有三次是七六人隊打出好球正要追上來時，被他用三分球一口氣把氣焰吹熄的。這種球員，越是關鍵時刻越是神準。

布萊恩就是少了這種因為求勝意志帶出來的神奇本事。在這點上，費雪、歐瑞都比布萊恩更接近艾佛森那一國，也都更接近歷史上偉大的球員個性。

理智地問，我知道有布萊恩的湖人是支比較強勁的球隊；

然而在感情上，我寧可看打起球來像打擺子的艾佛森和七六人隊。理智上，我曉得球場上輸贏沒那麼了不起，應該冷靜追求運動家精神；然而感情上，我發現艾佛森身上那股一心求勝不能容忍失敗的魅力，令人無法抗拒。

NBA球季結束的同時，台灣政壇上正是李登輝復出崛起的旋風亂吹。我在接近八十歲的李登輝眼睛裡看到和艾佛森一樣不服輸、輸不起的光芒。

理智上，我清楚知道這是個亂象的開始，又是一場台灣的危機；然而在感受上，我知道很多人跟我一樣在預期著台灣政治會因李登輝的復出而注入許多新的活力。李登輝由意志力鍛鍊出來的魅力，真的還是陳水扁以下其他政治人物所望塵莫及的。看看李登輝，想想艾佛森，也許對台灣政治會有不一樣的思考。

# 這就是棒球、這就是人生

關於勝敗輸贏，關於常與變，關於喜劇與悲劇，關於英雄與罪人，關於愛與恨，棒球提供了說不完的話題。

這就是棒球。這就是人生。

今年剛剛拿下美國職棒大聯盟冠軍的亞利桑那球隊，隊名叫作「響尾蛇」，可是英文不是我們一般常見的Rattlesnakes，而是Diamondbacks。雖然中文同樣都叫「響尾蛇」，可是英文裡卻絕對不能叫錯不能弄混的。

重點倒不在Rattlesnake和Diamondback這兩種蛇到底有多大的差異，而在Diamond這個字。Diamond是鑽石、也是菱形的意思。Diamondback這種蛇之所以得到這樣的名字，是因為它的背部有明顯的菱形圖形。而菱形正是棒球場內野的形狀。

這支四年前才新成立的球隊，選擇Diamondbacks做隊名，就是取材與鑽石與棒球之間的複雜隱喻關係。鑽石長得像棒球場以外，百餘年來，也早已成為美國職棒固定的象徵了。

關於鑽石，最有名的話顯然就是：Diamond is forever，也就是我們常常在電視廣告裡會聽到的「鑽石恆久遠，一顆永留

傳」。鑽石幾乎是地球上自然產生的物質中最堅硬最難磨損的，因而也就具備了可以一直長遠存在下去的基本條件，彷彿時間對鑽石不會發生任何影響般。

## 棒球和鑽石一樣恆久

對於棒球迷來說，棒球也和鑽石一樣，是永恆的。當然棒球不能「一場永留傳」，任何單一一場比賽，不管再怎麼激烈再怎麼精采，總是會打完的。再了不起的球員也都會老，再光輝燦爛不過的記憶也會褪色。

可是棒球比賽本身，卻會恆久遠地保留下來。至少真正的棒球迷這樣相信，至少百餘年的歷史經驗沒有辦法推翻這樣的信念。

的確，在所有的運動比賽中，棒球的規則相對是很穩定的，百年前的棒球和現在的棒球，基本上打來沒有什麼大差別，這絕對是個了不起的成就。想想看，這一百年的歷史中，我們還能找到多少維持不變的東西？這一百年的人類存在主題，不是翻天覆地的進步改革，或假借進步改革名義的大破壞大毀滅嗎？在這樣的主題籠罩下，除了棒球，還有多少其他東西不進步不改革，竟然也沒有被破壞被毀滅的嗎？

當鑽石成了棒球的象徵，當鑽石具備的永恆暗示被轉移投射到棒球上時，棒球本身也就發展出一種與變化對抗、與時間拔河的機制。例如說不止是棒球的標準制服百年不變，有好幾十年的時間裡，制服上甚至連白色灰色以外的其他顏色都不曾

出現過，和籃球場上、美式足球場上五花八門的制服形成強烈的對比。即使進入二十一世紀，二〇〇一年世界大賽第七場，球場上你能看到的還是祇有白灰兩色，主隊穿白色球衣先攻，客隊穿灰色球衣先守備。

像不像黑白照片的效果？祇有白灰兩色球衣，使得每一年每一場球賽的記憶，都被統合在黑白的記憶裡。沒有了其他顏色的干擾，那種感覺更一致，更能形構成永遠流著、永遠不停歇不乾涸的時間影像。不是時間裡的影像，而是時間本身的忠實顯影。

## 通過棒球觸到時間本體

要讓人家相信，通過棒球可以觸到時間本體，可以望見永恆，光靠單調樸素的球衣，當然是不夠的。環繞著棒球，建立了一大套論述，論述的原型，與原型的論述，關於生命關於存在的任何最原初最根本的題材，都可以在棒球中找到故事、解釋或感應。

尤其是關於勝敗輸贏，關於常與變，關於喜劇與悲劇，關於英雄與罪人，關於愛與恨，棒球與棒球史提供了最多的材料。

今年世界大賽第七場比賽，進入第九局下半時，洋基隊依然領先一分，登板主投的是大聯盟歷史上最具威力的季後賽救援王里維拉，從統計上看，響尾蛇隊要在里維拉手中打下至少兩分逆轉取勝，機率祇比零多那麼一絲絲。可是響尾蛇隊竟然

打下了那珍貴的兩分，靠這兩分取得了珍貴的冠軍寶座。

　　球賽結束的瞬間，記者問剛走下投手丘的里維拉有何感想，里維拉聳聳肩，短短地回答：「這就是棒球。」這回答真棒，用最少的字道盡了一切。就像是亨利‧詹姆斯的名言：「生命中總有連舒伯特也無言以對的時刻。」就是這種時刻，連一生中幾乎每分每秒都在用音樂發抒感受的舒伯特都無言以對了，說再多都沒用。如果你一定要追問，那連舒伯特都無言以對了，該怎麼辦？亨利‧詹姆斯會給的答案，大概也是聳聳肩說：「這就是人生」吧！

　　「這就是棒球。」「這就是人生。」在里維拉所面對的那個情境下，這兩句話等於是同一句話。棒球就是生命，生命裡有的所有興奮、挫折、起伏、轉彎，所有情緒與所有戲劇，棒球裡都有。

　　同樣一句話，如果由另外一位救援投手來說，祇要改改語尾的口氣，一樣貼切適用。響尾蛇隊的韓籍救援投手金炳賢腦中響起的聲音，應該是：「這就是棒球！」「這就是人生！」

## 充滿附魔與禁錮的球賽

　　祇差那麼一點點，金炳賢就要被寫進響尾蛇隊的歷史裡，成為破壞一個完美球季的最大罪人。甚至在三十年後、五十年後，大家都忘掉了蘭迪‧強生、寇特‧席林在這個球季的精采表現，祇記得在金炳賢手中送出去的那三支要命的全壘打。世界大賽第四場，九局下半洋基最後進攻機會，兩出局一在壘，

響尾蛇隊還保持兩分領先，金炳賢一球投出，竟然被打者馬丁尼茲敲出追平的兩分全壘打，一舉葬送了席林投出的優勢。

世界大賽第五場，九局下半洋基最後進攻機會，兩出局一在壘，響尾蛇隊還保持兩分領先，金炳賢一球投出，竟然被打者布洛休斯敲出追平的兩分全壘打，一舉葬送了巴利斯塔投出的優勢。

別忘了，還有第四場延長第十局，被吉特打出的那支讓洋基反敗為勝的全壘打。這已經不是球技高低的計較了。那麼巧的事連續兩天照樣重演，這就進入了某種附魔的神祕領域了，或者是某種關於命運不可掙脫的軌跡的形上思考了。

還好最後的勝利屬於響尾蛇隊，解除了附魔與禁錮。同時解除了金炳賢以那三支全壘打留名大聯盟歷史的威脅。當然，現在金炳賢要面對的，變成了被大聯盟歷史忽略、遺忘的危險了。這也是沒辦法的，畢竟「這就是棒球」，「這就是人生」。

現在大家會記得「大個兒」強生和席林了。會記得他們是大聯盟歷史上少見的同隊「左右雙煞」。除了一個左投一個右投以外，兩個人從季賽到季後賽的戰績與防禦率，始終亦步亦趨併肩向前走，這種哥倆兒投得對手七葷八素的打法，難得一見。

大家還會記得另外一種配對，那就是第七戰席林對上洋基的「火箭人」克里門斯。這兩個人投球動作幾乎一模一樣，擅長的都是超快直球和快速指叉球，而且戰績又同等輝煌。這樣兩位名人堂級的投手，在全年最關鍵的最後一場比賽大對決，結果是席林沒有贏、克里門斯沒有輸，最後賺走勝投的竟然是

鼓足餘勇上場救援的蘭迪‧強生，這種安排，再完美不過，祇能說是上帝的安排。

　　整個世界大賽系列七場打下來，響尾蛇隊一共得了三十七分，洋基隊祇有十四分，不過這種比分沒有意義，大家祇會記得響尾蛇隊贏得多麼辛苦、多麼驚險。這就是棒球。

　　在第七戰第九局登板之前，里維拉締造了連續二十三場季後賽救援成功的歷史紀錄，不可能失手的王牌卻在最不能失手的一場比賽失手了。這就是棒球。

　　洋基隊的新人索利安諾差點成為大英雄，因為他在第三場和第七場都打出讓洋基隊超前的全壘打，可是比賽結果逆轉，這兩支全壘打的意義頓時消失不見了。這就是棒球。

　　響尾蛇隊打破了一項紀錄，那就是最快拿下總冠軍的新球隊。上一個紀錄保持者是一九九七年的佛羅里達馬林魚隊，他們成軍五年就拿下總冠軍，響尾蛇隊比他們還快了一年。九七年時，馬林魚隊曾是全美最受歡迎的球隊，不過拿下冠軍後，短視現實的球團老闆竟然硬生生把球員拆開賣走，獲利了結，使得馬林魚隊一夕間成了大聯盟最令人討厭、甚至令人感到羞恥與尷尬的球隊。這就是棒球。

　　我不是說了嗎？關於勝敗輸贏，關於常與變，關於喜劇與悲劇，關於英雄與罪人，關於愛與恨，棒球提供了說不完的話題。

　　這就是棒球。這就是人生。

# 棒球真的復活了嗎？

*群眾是敏感的。他們會到人多的地方去，最基本原因就是為了尋求認同、尋求自我意識上的安全感。也因此相對地，有些基本的錯誤，也就很快會讓群眾倒足胃口，遠離中心。*

　　傾圮了的殿堂，要如何重新塑建？或者應該退一步問：殿堂值不值得重建？有沒有可能重建？

　　棒球絕對是在台灣歷史上扮演過重要角色的集體精神殿堂。在兩個非常關鍵的特殊時刻，棒球是台灣凝聚自主群眾、表達群眾性情緒的主要管道。

　　那兩個時刻台灣的處境如此不同，群眾集體情緒的底層結構也如此不同，然而卻一前一後都選擇了棒球與棒球場為點燃引爆的焦點，這樣的過往事實，保證了棒球在台灣，不會是單純的運動、單純的球賽。一九六○年代末期，種種因素造成台灣深刻的社會挫折與鬱結。反攻大陸明顯越來越無望、懷鄉憶舊的情緒不得紓解，使得一部分的人極度苦悶。高壓統治下受到政治與文化上雙重的歧視與封鎖，又使得另外一群極度苦悶。成長的過程中，不斷感受到民族的苦難挫折，再加上中華

人民共和國擺脫向蘇聯「一面倒」的路線，重返國際社會，台灣的生存空間越縮越小，當然使得成長中的年輕人極度苦悶。

## 六○年代末期的多重苦悶

這種沒處可去的多重苦悶，因緣際會竟然在棒球，而且是少年棒球上找到了完全意料之外的出路。後來比較冷靜的時代，我們知道了當年透過世界少棒賽看到的那個「世界」，其實正證明了我們的封閉與狹窄；不過在那個時代，那就是最重要的世界，一個具備高度象徵性的小小世界。

更重要的，那是個我們有機會去參加、進一步去征服的世界。我們不理會「世界少棒聯盟」其實祇是美國一個民間團體，人家的球隊是小朋友課餘在社區活動裡組成的；我們不理會少棒聯盟打的「世界大賽」，其實是非常美國中心的。不祇是「世界大賽」中，美國有東西南北四支代表隊，固定占掉一半名額，而且我們球隊出賽時，永遠祇能掛著充滿了殖民時代舊風味的「遠東」名稱。

我們不管這些。我們在意的是我們派出去的代表隊，竟然可以在遠東區打敗日本，然後到美國賓州威廉波特，痛宰那些平日看來趾高氣昂的美國小孩們。

那個氣氛下，我們甚至不管、不追究，到底憑什麼台灣的少年棒球可以有這麼高超的水準。越是不管、不計較，就越可以把這樣一件在小小球場上產生的勝利，自由擴大解釋為民族優越性的證明。我們可以比日本人強、可以比美國更強。用這

種方式來滿足在現實受創得千瘡百孔的自信心與自尊心。

　　台灣的棒球其實是日據時代日本人遺留下的基礎。一九四五年以後，新來的政府不懂棒球，也就無從喜歡起。然而棒球藉著省府行庫以及師範生系統，繼續存留在社會上與學校裡。從紅葉到金龍到七虎到巨人，迸發出來的其實是這股伏流蓄積的能量。

　　不過那個時代我們不管這些。重要的是贏球的意義。棒球以及它所挾帶的豐富中華民族主義意義，替那個分裂沒有真正整合的社會，創造了一個共同的關心焦點，也創造了一個共同記憶。說戰後台灣的普遍「國民性」要到棒球熱掀起時才開始成形，絕不誇張。雖然藏在中華民族主義的大帽子底下，不過那種集體情緒，是非常台灣的。第一次在台灣，有了一樣不管來自何方、何時來的人，都共同可以感到驕傲的活動。而且對棒球的狂熱，還是跨世代的。從最小的小學生都能對那些瞬間成為民族英雄的球員，產生立即而直接的投射認同，這也就是為什麼台灣棒球根柢會打得那麼深的另一個主因。

## 職棒之聚眾效果

　　六○年代末期的棒球熱，二十年後，經歷了一次大轉型。中華職棒聯盟的成立，清楚象徵了棒球擺脫了過去的民族主義角色，獲得了新的身分新的角色。職業球賽最大的特色，就是不可能再有什麼國家對抗的情緒因素介染其中。最早成立的四支球隊，象獅虎龍，都是國內企業支持的球隊。就算有洋將，

洋將也是打散進入個別球隊，發揮的是傭兵助拳的作用。換句話說，如果球迷、觀眾要的還是國家對抗，一定得打敗日本隊、韓國隊、美國隊才會興奮的話，那麼職棒顯然不會有票房，更沒辦法生存下去。

事實證明職棒在台灣的環境已經成熟了。大批大批的球迷湧入球場，形成了台灣解嚴後第一波的「群眾奇觀」。戒嚴時代一個很重要的防衛機制，就是把所有自主性群眾都看成是危險的，對社會秩序與政治統治有威脅的。所以在戒嚴時代，祇有由國家力量動員，排列整齊表達效忠，才能讓群眾聚集。除此之外其他群眾場合，都會被投以猜疑監視的眼光。

與解嚴同時爆發的，就是這種聚眾的衝動。一種投入於集體情緒裡的解放發洩。

長期被抑遏被禁錮的群眾衝動脫桿而出，可是畢竟需要明確的地點、明確的形式才能具體實踐。

同一個時期內，棒球場與街頭抗議活動都擠滿了人群，這絕對不是偶然。除了政治之外，棒球能激發最多人最強烈的情感。除了政治之外，棒球最能有效創造出集體的熱情。

不過也就在這裡，埋下了短短幾年內棒球人氣快速崩散的種子。台灣最大的問題之一，也就在長期沒有群眾空間，沒有發展過群眾文化，幾乎沒有任何積極嚴肅的群眾思考，當然也就沒有關於群眾活動紀律規範的基本共識。

從另外一個角度看，社運的人氣和棒球的人氣同樣來得急去得快，恐怕也不是偶然。這兩種群眾場合面臨的問題都是群眾那麼容易就來了，可是沒有人有能力沒有人有準備該如何經

營群眾。

　　群眾是敏感的。他們會到人多的地方去，最基本原因就是為了尋求認同、尋求自我意識上的安全感。也因此相對地，有些基本的錯誤，也就很快會讓群眾倒足胃口，遠離中心。

## 一個接一個無知錯誤

　　棒球的十年歷程，我們看到的就是一個接一個的無知錯誤。經營者沒有辦法提供一個讓去到球場的人都覺得安全的環境，少數人的越軌狂熱行為，立刻會將比較膽小、比較沒那麼投入的人趕出球場。例如說祇要有幾個人使用超大音量的汽笛，球場馬上變成不適合扶老攜幼全家光臨的地方了。更不要說在多山多雨的都會區裡，觀眾與球員得不到基本的遮障保護，更不必說那永遠太髒太臭太可怕的廁所、殘破黑暗卻又似乎無所不在的死角，再大的熱情也抵擋不了這種摧殘。

　　更大的一個錯誤是無法防堵賭博作弊對球迷信任的侵蝕。我曾反覆一再說的，賭博不可怕，但用作弊來求賭博必贏，那就完蛋了。沒有一位球迷可以忍受自己投注了那麼大的心血看球，到後來發現人家原來是打假球的挫折。

　　更大的一個錯誤是出現兩個聯盟大幅拉低比賽水準，於是葬送了棒球在台灣和其他球類活動最不一樣的特色。那就是，看棒球的人相信，而且有理由相信，他所看到的球賽是具備一流國際競爭力的。他覺得自己看到夠精采的球賽，所以他才願意捨美國大聯盟的衛星轉播，進球場來看台灣的比賽。

　　那麼大那麼了不起的殿堂，我們回顧我們追溯，是這樣垮掉的。那麼倒過來要回答：世界盃是不是可以讓棒球在台灣復活呢？那答案顯然就是：要看在這次重新回到球場上的群眾們，會不會比上次的更聰明些，可以不祇避開這些錯誤，甚至還能拿出辦法和決心，建立一套屬於球迷真正的群眾紀律與群眾規範了。

# 楊照創作年表

1963年　出生於台北

1975年　寫出第一篇小說〈飛機〉。

1976年　發表第一首詩〈潮〉在《北市青年》上。

1977年　正式對外發表第一篇小說，〈約會〉刊登在《中華日報》副刊上。

1977　　三年內在各種詩刊上發表超過八十首詩。

～80年

1982年　短篇小說〈文革遺事〉，散文〈在我們的時代〉參加「時報文學獎」，都進入決選，不過都未得獎。

1983年　完成中篇小說〈流眄〉。

1986年　服役中開始撰寫系列散文「軍旅札記」。

1987年　出版第一本短篇小說集《蓮花落》（圓神出版社）。

　　　　赴美留學。

　　　　出版第一本散文集《軍旅札記》（圓神出版社）。

　　　　出版中短篇小說集《吾鄉之魂》（時報文化出版公司）。

1988年　在《自立晚報》本土副刊連載長篇小說《大愛》。

1989年　寫完二十四萬字的《大愛》。寫中篇小說《往事追憶錄》。

1990年　寫中篇小說《變貌》。

　　　　以〈胖〉一文獲《聯合報》小說獎。

1991年　出版《大愛》（遠流出版公司）。

　　　　出版中短篇小說集《獨白》（自立晚報）。

　　　　出版文化評論集《流離觀點》（自立晚報）。

　　　　以〈落髮〉一文獲《聯合報》小說獎。

1992年　獲「賴和文學獎」。

　　　　出版短篇小說集《紅顏》（聯合文學出版社）。

　　　　寫長篇小說《暗巷迷夜》。

1993年　出版短篇小說集《黯魂》（皇冠出版公司）。

　　　　出版文化評論集《異議筆記》（張老師文化公司）。

　　　　出版文化評論集《臨界點上的思索》（自立晚報）。

1994年　以〈家族相簿〉獲吳濁流文學獎小說正獎。

　　　　整理重出《軍旅札記》，改書名爲《飲酒時你總不在身邊——軍旅札記》（皇冠出版公司）。

　　　　出版《暗巷迷夜》、小說集《往事追憶錄》、《星星的末裔》（聯合文學出版社）。

　　　　獲「吳三連獎」（小說類）。

1995年　《暗巷迷夜》獲《中國時報》開卷版選爲年度十大好書。

　　　　以〈天堂書簡〉獲「洪醒夫年度小說獎」。

　　　　出版文化評論集《痞子島嶼荒謬紀事》（前衛出版社）。

　　　　出版文學評論集《文學的原像》及《文學、社會與歷史想像——戰後文學史散論》（聯合文學出版社）。

1996年　《文學、社會與歷史想像》獲選為《聯合報》讀書人
　　　　版年度好書。
　　　　在《中國時報》人間副刊撰寫「三少四壯」專欄。
　　　　出版散文集《迷路的詩》（聯合文學出版社）。
　　　　出版文化評論集《倉皇島嶼》、《人間凝視》（遠流出
　　　　版公司）。

1997年　獲選為出版界年度風雲人物。
　　　　專欄文章結集為《Café Monday》。（聯合文學出版社）
　　　　出版文化評論集《在我們的時代》（大田出版公司）。

1998年　出版文學評論集《夢與灰燼——戰後文學史散論二集》
　　　　（聯合文學出版社）。
　　　　出版文化評論集《知識份子的炫麗黃昏》（大田出版公
　　　　司）。

1999年　出版文化評論集《Taiwan Dreamer》（新新聞文化公
　　　　司）。
　　　　出版運動散文集《悲歡球場》（新新聞文化公司）。

2000年　出版運動散文集《場邊楊照》（新新聞文化公司）。
　　　　在《勁報》撰寫「我的二十一世紀」專欄。

2001年　出版文化評論集《那些人那些故事》（聯合文學出版
　　　　社）。
　　　　在《中國時報》人間副刊撰寫「三少四壯」專欄。
　　　　在《聯合報》副刊撰寫「時空交纏」專欄。

2002年　出版長篇小說《吹薩克斯風的革命者》（印刻出版公
　　　　司）。

　　　　出版散文集《新世紀散文家：楊照精選集》（九歌出版
　　　　社）。
　　　　出版散文集《爲了詩》（印刻出版公司）。
2003年　出版文化評論集《我的二十一世紀》（印刻出版公司）。
　　　　出版文學評論集《在閱讀的密林中》（印刻出版公司）。

楊照作品集　4

問題年代

| 作　　者 | 楊　照 |
|---|---|
| 總 編 輯 | 初安民 |
| 責任編輯 | 陳思妤 |
| 美術編輯 | 許秋山 |
| 校　　對 | 呂佳真　陳思妤　楊照 |

| 發 行 人 | 張書銘 |
|---|---|
| 出　　版 | **INK**印刻出版有限公司 |
| | 台北縣中和市中正路800號13樓之3 |
| | 電話：02-22281626 |
| | 傳真：02-22281598 |
| | e-mail：ink.book@msa.hinet.net |
| 法律顧問 | 漢全國際法律事務所 |
| | 林春金律師 |

| 總 經 銷 | 成陽出版股份有限公司 |
|---|---|
| | 訂購電話：03-3589000 |
| | 訂購傳真：03-3581688 |
| | http：//www.sudu.cc |
| 郵政劃撥 | 19000691 成陽出版股份有限公司 |
| 印　　刷 | 海王印刷事業股份有限公司 |

出版日期　2004 年 6 月　初版
ISBN 986-7420-03-9

定價　280元

Copyright © 2004 by  Yang Chao
Published by **INK** Publishing Co., Ltd.
All Rights Reserved
Printed in Taiwan

國家圖書館出版品預行編目資料

問題年代／楊照著.－－初版，－－
臺北縣中和市：INK印刻，2004〔民93〕面；
　　公分（楊照作品集；4）
　　ISBN　986-7420-03-9（平裝）
　　　　1.政治 - 臺灣

573.07　　　　　　　　　　93009680